**A redoma
de vidro**

SYLVIA PLATH

A redoma de vidro

Tradução: Ana Guadalupe
Ilustração: Beya Rebaï

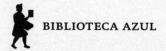

Copyright da tradução © 2023 Editora Globo s. a.
Copyright da ilustração © 2023 Beya Rebaï.
Copyright do texto © 1963 Sylvia Plath.
Publicado sob acordo com Tassy Barham Associates.

Todos os direitos reservados. Nenhuma parte desta edição pode ser utilizada ou reproduzida — em qualquer meio ou forma, seja mecânico ou eletrônico, fotocópia, gravação etc.— nem apropriada ou estocada em sistema de banco de dados sem a expressa autorização da editora.

Texto fixado conforme as regras do novo Acordo Ortográfico da Língua Portuguesa (Decreto Legislativo nº 54, de 1995).

Título original: The Bell Jar
Editor responsável: Lucas de Sena
Assistente editorial: Jaciara Lima
Preparação: Carolina Kuhn Facchin
Revisão: Érika Nogueira Vieira
Diagramação: Carolinne de Oliveira
Imagem da página 262: Sylvia Plath on holiday, 1953 (photo). Bridgeman Images/Keystone Brasil

CIP-BRASIL. CATALOGAÇÃO NA PUBLICAÇÃO
SINDICATO NACIONAL DOS EDITORES DE LIVROS, RJ

P777r

    Plath, Sylvia, 1932-1963
      A redoma de vidro / Sylvia Plath ; tradução Ana Guadalupe. — 1ª ed. — Rio de Janeiro: Biblioteca Azul, 2023.
    264 p.; 23 cm.

    Tradução de: The bell jar
    ISBN: 978-65-5830-185-1

    1. Ficção americana. I. Guadalupe, Ana. II. Título.

23-83506   CDD: 813
                CDU: 82-3(73)

Gabriela Faray Ferreira Lopes — Bibliotecária — CRB-7/6643

1ª edição | 2023
Rua Marquês de Pombal, 25 – 20230-240 –
Rio de Janeiro – RJ
www.globolivros.com.br

Para Elizabeth e David

Capítulo um

ERA UM VERÃO ESTRANHO E ABAFADO, o verão em que os Rosenberg foram executados na cadeira elétrica, e eu não sabia o que estava fazendo em Nova York. Executar alguém é uma ideia que não me entra na cabeça. Pensar em ser eletrocutada me dá engulhos, e os jornais só falavam disso — as manchetes me encaravam com olhos arregalados em todas as esquinas e na boca de cada estação de metrô, com aquele bafo de amendoim e bolor. Eu não tinha nada a ver com aquilo, mas não podia deixar de pensar em como seria ser queimada viva começando pelos nervos.

Eu achava que devia ser a pior coisa do mundo.

Nova York não era lá muito melhor. Às nove o frescor úmido que de alguma maneira invadia a cidade de madrugada, dando a falsa sensação de contato com a natureza, já tinha evaporado como o fim de um sonho bom. Cinzentas no fundo de cada abismo de granito, as ruas tremulavam sob o sol feito miragem, o capô brilhante dos carros chiava e a poeira seca e quente entrava nos meus olhos e descia pela minha garganta.

De tanto ouvir falar dos Rosenberg no rádio e no trabalho, eu não conseguia mais parar de pensar neles. Foi como a primeira vez que vi um cadáver. Passei semanas com a cabeça do cadáver — ou o que tinha sobrado dela — pairando detrás do meu ovo com bacon no café da manhã e da cara do Buddy Willard, que tinha sido o culpado por eu tê-la visto, inclusive, e não demorou muito para eu começar a sentir que estava levando aquela cabeça para todo lado, amarrada numa cordinha como um balão preto e sem nariz que fedia a vinagre.

Eu percebi que tinha algo de errado comigo naquele verão, porque eu só pensava nos Rosenberg e em como eu tinha sido idiota de ter comprado aquele monte de roupas desconfortáveis e caras que ficavam penduradas no meu armário como peixes num anzol, e em como o parco sucesso que eu conquistara com tanto esforço na faculdade virava espuma e se reduzia a nada diante das fachadas elegantes de mármore e vidro da Madison Avenue.

Era para aquela ser a melhor fase da minha vida.

Era para eu estar fazendo inveja a milhares de universitárias americanas iguaizinhas a mim, que sonhavam em sair zanzando por aí com os mesmos sapatos de couro envernizado tamanho 35 que eu comprara na Bloomingdale's no horário de almoço, com um cinto de couro envernizado preto e uma bolsa de couro envernizado preto combinando. E, quando minha foto foi publicada na revista em que nós doze estávamos trabalhando — tomando martíni e vestindo um sumário corpete de um tecido prateado que imitava lamê e uma imensa saia de tule branco que parecia uma nuvem, dentro de uma limusine com teto estrelado, na companhia de vários jovens anônimos de boa família e maxilar marcado, todos contratados ou emprestados para a ocasião —, qualquer pessoa teria pensado que eu estava me divertindo à beça.

Olhem o que é possível neste país, alguns diriam. Uma menina pobre passa dezenove anos em uma cidade no meio do nada, sem poder comprar nem uma revista, e de repente consegue uma bolsa para fazer faculdade e ganha um prêmio aqui, outro ali, e acaba em Nova York, guiando a cidade como se fosse seu carro.

Só que eu não estava guiando nada, nem a mim mesma. Eu só pulava do hotel para o trabalho e para as festas e dessas festas para o hotel e de novo para o trabalho, como um bonde que perdeu o rumo. Eu devia estar empolgada como a maioria das outras garotas, é verdade, mas eu simplesmente não conseguia. Eu me sentia muito prostrada e muito vazia, como deve se sentir um furacão quando avança bem no meio do rebuliço que o cerca.

8 *Sylvia Plath*

Éramos doze no hotel.

Todas tínhamos ganhado o concurso de uma revista de moda com os ensaios, contos, poemas e reportagens que havíamos escrito, e como prêmio nos deram estágios de um mês em Nova York com tudo pago, além de uma variedade de brindes, como entradas para o balé e para desfiles, cortes de cabelo num salão famoso e caríssimo, a oportunidade de conhecer gente bem-sucedida da área de nossa preferência e conselhos sobre como cuidar do tipo de pele de cada uma.

Ainda tenho o kit de maquiagem que me deram, montado para uma pessoa de olhos e cabelos castanhos: uma embalagem retangular de máscara de cílios marrom com um pincelzinho, um recipiente redondo de sombra azul com o tamanho ideal para você passar a ponta do dedo e três batons que vão do vermelho ao cor-de-rosa, todos na mesma caixinha dourada com espelho de um lado. Também guardei um estojo de óculos de sol branco com apliques de conchas e lantejoulas coloridas e uma estrela-do-mar de plástico verde.

Eu sabia que a gente só ganhava todos aqueles brindes porque eram uma ótima propaganda gratuita para as marcas envolvidas, mas nem por isso conseguia ficar indiferente. Eu vibrava com aqueles presentes que não paravam de chegar. Passei muito tempo com essas coisas guardadas, mas depois, quando eu já estava melhor, tirei todas da gaveta e estão espalhadas pela casa até hoje. De vez em quando uso os batons, e na semana passada tirei a estrela-do-mar do estojo de óculos e dei para o bebê brincar.

Pois bem, éramos doze no hotel, em quartos individuais na mesma ala e no mesmo andar, um do lado do outro, e isso me fazia lembrar do meu dormitório na universidade. Não era um hotel normal, quer dizer, um hotel em que homens e mulheres ficam misturados no mesmo andar.

Esse hotel, o Amazon, era só para mulheres, e a maioria das hóspedes eram garotas da minha idade com pais ricos que exigiam que suas filhas morassem num lugar em que homens não pudessem ter acesso a elas nem enganá-las, e todas frequentavam escolas de secretariado chiques como a Katy Gibbs, onde tinham que usar chapéu, meia-calça e luvas para ir à aula, ou tinham acabado de se formar em lugares como a Katy Gibbs e eram secretárias de executivos ou executivos júnior e estavam passando um tempo em Nova York antes de se casar com esse ou aquele bom partido.

Minha impressão era de que essas garotas viviam no mais profundo tédio. Eu as via no terraço, bocejando, pintando as unhas e tentando manter o bronzeado adquirido nas Bermudas, e sempre me parecia que estavam morrendo de tédio. Falei com uma delas, e ela estava cansada dos iates, cansada de voar por aí de avião, cansada de esquiar na Suíça no Natal, cansada dos homens brasileiros.

Essas garotas me tiram do sério. A inveja é tanta que mal consigo falar. Em dezenove anos, só saí da Nova Inglaterra para essa viagem a Nova York. Era minha primeira grande oportunidade, mas lá estava eu, perdendo tempo e a deixando escapar por entre os dedos como se fosse água.

Acho que um dos meus problemas foi a Doreen.

Eu nunca tinha conhecido uma garota como a Doreen. Ela estudava numa faculdade para mulheres da alta sociedade lá do sul e tinha um cabelo loiro quase branco que parecia algodão-doce em volta da cabeça, olhos azuis que lembravam bolas de gude de ágata transparente, duros, brilhantes, praticamente indestrutíveis, e a boca congelada numa espécie de sorriso de deboche permanente. Não que fosse maldoso, não era isso, era um sorriso misterioso, de quem está achando graça, como se as pessoas ao seu redor fossem meio bobas e ela pudesse tirar sarro de todas se quisesse.

A Doreen me tratou diferente logo de cara. Ela me fazia sentir que eu era muito mais inteligente que as outras, e além do mais era engraçadíssima. Ela sempre sentava do meu lado na mesa de reuniões e, enquanto os famosos que visitavam a revista falavam, cochichava tiradas sarcásticas que ninguém mais podia ouvir.

Na universidade em que ela estudava as alunas eram tão ligadas no mundo da moda, segundo ela, que todas usavam bolsas feitas do mesmo tecido que os vestidos, de forma que cada vez que trocavam de roupa elas tinham uma bolsa para combinar. Detalhes assim me impressionavam, porque sugeriam toda uma vida de luxos inimagináveis que me atraíam feito ímã.

Doreen só implicava comigo quando eu queria entregar meus trabalhos dentro do prazo.

— Por que você esquenta a cabeça com isso? — Doreen perguntava, jogada na minha cama com um robe de seda cor de pêssego, lixando as unhas amarelas de cigarro enquanto eu batia à máquina as perguntas de uma entrevista com um escritor best-seller.

Ainda tinha isso: nós usávamos camisolas de algodão engomadas e casacos grossos em casa, ou às vezes um roupão atoalhado que também podia ser usado na praia, mas a Doreen usava robes longos e quase transparentes de nylon ou renda e camisolas de cores indecentes, que grudavam no corpo como se por obra de uma descarga elétrica. Ela tinha um cheiro curioso, quase um cheiro de suor, que me lembrava aquelas folhas meladas de samambaia que você esmaga na mão só pra sentir o perfume.

— Você sabe que pra Jay Cee não faz a menor diferença se você entregar esse texto amanhã ou na segunda, né? — Doreen acendeu um cigarro e soltou a fumaça devagar pelo nariz, de forma que seus olhos ficaram encobertos. — Aquela velha é feia pra dedéu. — Ela prosseguiu, na maior tranquilidade. — Eu aposto que aquele marido caquético apaga a luz quando chega perto dela, pra não acabar vomitando.

Jay Cee era a minha chefe, e eu gostava muito dela, apesar da opinião da Doreen. Ela não era uma dessas deslumbradas com cílios postiços e joias exageradas que a gente via nas revistas de moda. A Jay Cee era inteligente, e por isso sua feiura deixava de ter tanta importância. Ela lia em várias línguas e conhecia todas as pessoas do métier que sabiam escrever bem.

Eu tentava imaginar a Jay Cee sem aquelas roupas sérias de trabalho e seu chapéu de almoço de negócios, na cama com o marido gordo, mas nunca conseguia. Sempre achei muito difícil imaginar as pessoas na cama.

A Jay Cee queria me ensinar alguma coisa, todas as mulheres mais velhas que conheci na vida queriam me ensinar alguma coisa, mas de repente comecei a achar que elas não tinham nada a me ensinar. Baixei a tampa da máquina de escrever até ouvir um clique.

Doreen abriu um sorriso.

— Menina esperta…

Alguém bateu à porta.

— Quem é? — Eu nem me preocupei em me levantar.

— Sou eu, a Betsy. Você vai pra festa?

— Acho que vou — respondi, ainda sem ir até a porta.

Tinham importado a Betsy do Kansas, com seu rabo de cavalo loiro que balançava de um lado para o outro e seu sorriso de princesinha da formatura. Lembro que uma vez chamaram nós duas até a sala de um produtor de TV que tinha a barba por fazer e usava um terno risca de giz. Ele queria saber se tínhamos alguma sugestão que ele pudesse usar num programa, e a Betsy começou a falar dos milhos macho e fêmea que existiam no Kansas. Ela ficou tão empolgada com essa história do milho que até o produtor ficou com os olhos marejados, mas disse que não dava para usar nada daquilo, infelizmente.

Depois, a editora de beleza convenceu a Betsy a cortar o cabelo e a convidou para ser modelo, e de vez em quando eu ainda a vejo toda sorridente naqueles anúncios que dizem "A esposa do fulano de tal usa a marca tal".

Betsy vivia me chamando para sair com ela e as outras meninas, como se estivesse, de alguma forma, tentando me salvar. Ela nunca chamava a Doreen. Entre nós, a Doreen chamava a Betsy de Pollyanna Country.

— Quer ir de táxi com a gente? — Betsy perguntou através da porta.

Doreen fez que não.

— Não precisa, Betsy — respondi. — Eu vou com a Doreen.

— Tá. — Ouvi os passos delicados da Betsy pelo corredor.

— A gente vai lá só um pouco, até ficar chato — Doreen me disse, apagando o cigarro na base do abajur que ficava ao lado da minha cama —, depois a gente dá uma volta na cidade. Essas festas que eles fazem aqui me lembram aqueles bailinhos no ginásio da escola. Por que eles fazem tanta questão de convidar os alunos de Yale? Eles são uns idiotas!

O Buddy Willard estudava em Yale, e, agora que eu tinha parado para pensar, ele era mesmo um idiota. Claro, ele até que tinha conseguido tirar notas boas e ter um caso com uma garçonete horrorosa chamada Gladys em Cape Cod, mas ele não tinha nem um pingo de intuição. A Doreen tinha intuição de sobra. Tudo o que ela falava era como uma voz secreta que saía de dentro de mim.

Ficamos presas no engarrafamento do horário de abertura dos teatros. Nosso carro ficou espremido entre o táxi da Betsy e o táxi de quatro das outras garotas, e nada se mexia.

A Doreen estava deslumbrante. Tinha escolhido um vestido sem alças de renda branco e embaixo dele estava usando um espartilho bem justo que comprimia o meio do corpo e destacava as partes de cima e de baixo, e sua pele tinha um brilho bronzeado por baixo do pó compacto claro. Parecia que ela tinha passado a loja de perfumes inteira.

Eu estava usando um vestido acinturado de tafetá preto que tinha custado quarenta dólares numa das compras que fizera por impulso com parte do dinheiro da bolsa, assim que soube que seria uma das felizardas que iriam para Nova York. O corte desse vestido era tão esquisito que eu não podia usar sutiã por baixo, mas isso não era tão importante porque eu estava magra feito um menino e praticamente não tinha curvas, e gostava de me sentir quase nua nas noites quentes de verão.

Mas a cidade tinha acabado com o meu bronzeado. Eu estava amarela feito um chinês. Normalmente eu teria ficado preocupada com meu vestido e minha cor estranha, mas estar com a Doreen me fazia deixar as inseguranças de lado. Eu me sentia absolutamente madura e cínica.

Quando o homem de camisa xadrez azul, calça de sarja preta e botas de caubói saiu de debaixo do toldo listrado do bar, de onde vinha observando nosso táxi, e começou a andar devagar na nossa direção, eu nem me iludi. Eu sabia muito bem que ele estava indo falar com a Doreen. Ele avançou por entre os carros parados e se debruçou sobre a nossa janela aberta com uma expressão curiosa.

— Posso perguntar o que duas moças lindas como vocês estão fazendo sozinhas num táxi numa noite linda dessas?

Ele tinha um sorriso grande e branco de propaganda de pasta de dente.

— Estamos indo pra uma festa — eu acabei falando, já que a Doreen de repente tinha ficado muda e não parava de mexer, com um ar desatento, em sua bolsa de renda branca.

— Parece a maior chatice — o homem disse. — Por que vocês duas não vêm beber comigo naquele bar ali? Uns amigos meus também estão esperando.

Ele fez um gesto na direção de vários homens em trajes casuais que pareciam estar sem fazer nada debaixo do toldo. Eles vinham seguindo o amigo com os olhos e, quando ele virou a cabeça para retribuir o olhar, todos começaram a rir.

Eu devia ter encarado àquela risada como um aviso. Era uma espécie de risadinha baixa de quem acha que sabe tudo, mas pareceu que o trânsito ia voltar a andar, e eu sabia que se ficasse ali quietinha em dois segundos já teria me arrependido de não ter aceitado esse presente do acaso e visto algo de Nova York que não fosse o que as pessoas da revista tinham planejado com tanto capricho pra gente.

— E aí, Doreen? — perguntei.

— E aí, Doreen? — o homem perguntou, abrindo aquele sorriso largo. Até hoje não consigo lembrar como ele era quando não estava sorrindo. Acho que ele devia sorrir o tempo inteiro. Devia ser algo natural para ele, sorrir daquele jeito.

— Vamos, então — Doreen disse para mim. Eu abri a porta, e saímos do táxi no instante em que ia voltar a andar e fomos em direção ao bar.

Ouviu-se uma freada alta, seguida de um baque seco.

— Ô, vocês duas! — Nosso taxista estava dependurado para fora da janela com uma cara roxa de pura fúria. — Aonde cês pensam que vão?

Ele tinha parado o táxi tão de repente que o que vinha atrás dele bateu na traseira do carro, e deu para ver as quatro meninas lá dentro caindo do banco e tentando se recompor.

O homem riu, nos deixou junto ao meio-fio e voltou para entregar o dinheiro para o taxista, e ao seu redor havia muitas buzinas e alguns gritos, e em seguida vimos as meninas da revista se afastando enfileiradas, um táxi atrás do outro, como numa festa de casamento feita só de madrinhas.

— Vem, Frankie — o homem disse para um de seus amigos, e um cara baixinho e mal-encarado se afastou do grupo e entrou com a gente no bar.

Ele era o tipo de cara que eu não suporto. Tenho um e setenta e sete descalça, e quando estou com homens baixinhos fico meio corcunda e entorto o quadril para parecer menor. Acabo me sentindo desengonçada e bizarra, quase uma atração de circo.

Por um instante tive a ingenuidade de pensar que talvez a gente fosse formar os pares de acordo com a altura, e assim eu ficaria com o cara que tinha ido falar com a gente, e ele tinha mais de um e oitenta, sem dúvida, mas ele foi com a Doreen e nem me olhou. Tentei fingir que não estava vendo o Frankie chegar cada vez mais perto e me sentei ao lado de Doreen quando chegamos à mesa.

O bar estava tão escuro que eu só via a Doreen. Com aquele cabelo branco e o vestido branco ela estava tão branca que parecia prateada. Acho que ela estava refletindo os neons do balcão. Senti que eu estava derretendo entre as sombras, como se fosse o negativo de uma pessoa que eu nunca tinha visto na vida.

— E aí, o que a gente vai beber? — o homem perguntou com um sorriso largo.

— Acho que vou querer um *old fashioned* — a Doreen me disse.

Eu sempre ficava perdida quando ia pedir um drinque. Eu não sabia diferenciar uísque de gim e acabava nunca gostando da bebida que escolhia. Em geral, o Buddy Willard e os outros universitários que eu conhecia ou não tinham dinheiro para beber destilados ou achavam que beber era besteira. É impressionante a quantidade de universitários que não bebem nem fumam, e pelo jeito eu conhecia todos eles. O máximo que o Buddy Willard tinha feito foi comprar uma garrafa de licor Dubonnet pra gente, e ele só fez isso porque queria mostrar que tinha bom gosto, mesmo sendo estudante de medicina.

— Vou querer uma vodca — eu disse.

O homem me encarou por um instante.

— Com quê?

— Pura — respondi. — Sempre tomo pura.

Achei que eu ia passar vergonha se pedisse vodca com gelo, soda, gim ou o que quer que fosse. Uma vez eu tinha visto uma propaganda de vodca que só mostrava um copo cheio de vodca no meio de uma nevasca com uma luz azul, e a bebida parecia límpida e pura como água, então pensei que tomar vodca pura devia ser uma boa ideia. Meu sonho era um dia pedir uma bebida num bar e descobrir que era uma delícia.

Nesse momento o garçom chegou, e o homem fez o pedido para nós quatro. Ele parecia estar tão à vontade com sua roupa de fazendeiro naquele bar da cidade que até pensei que talvez ele fosse famoso.

A Doreen não falava nada, só mexia no porta-copo de cortiça e de vez em quando acendia um cigarro, mas o homem não parecia incomodado. Ele a olhava do jeito que as pessoas ficam olhando a grande arara-branca no zoológico, esperando que ela diga algo humano.

As bebidas chegaram e a minha parecia límpida e pura, igualzinha à da propaganda de vodca.

— O que você faz? — perguntei para o homem, para quebrar o silêncio que crescia ao meu redor como uma vegetação selvagem. — Quer dizer, o que você faz aqui em Nova York?

Devagar, e com o que pareceu ser um grande esforço, o homem parou de olhar os ombros da Doreen.

— Eu sou DJ — ele respondeu. — Você já deve ter ouvido falar de mim. Meu nome é Lenny Shepherd.

— Eu te conheço — Doreen disse de repente.

— Que bom, querida — o homem respondeu e caiu na gargalhada. — Isso ajuda muito. Eu sou famoso pra caramba.

Nesse momento Lenny Shepherd lançou um olhar demorado para o Frankie.

— E vocês, de onde vocês são? — Frankie perguntou, ajeitando a postura bruscamente. — Qual é o nome de vocês?

— Essa aqui é a Doreen. — Lenny pousou a mão no braço nu da Doreen e deu um apertão.

O que me surpreendeu foi que a Doreen parecia não ver o que ele estava fazendo. Ela só ficou ali sentada no escuro, parecendo uma negra de cabelo descolorido com seu vestido branco, dando golinhos elegantes no drinque.

— Meu nome é Elly Higginbottom — eu disse. — Sou de Chicago. — Depois disso eu me senti mais segura. Não queria que vinculassem qualquer coisa que eu dissesse ou fizesse naquela noite comigo, nem com meu nome verdadeiro, nem com o fato de eu ser de Boston.

— Então, Elly, o que acha de a gente ir dançar um pouco?

Só de pensar em dançar com aquele nanico de sapato de camurça laranja com salto interno, aquela camiseta barata e aquele blazer azul mal cortado, tive vontade de rir. Se tem uma coisa que eu desprezo é um homem de blazer azul. Pode ser preto, cinza ou até marrom. Mas azul me dá vontade de rir.

— Não tô a fim — respondi friamente, dando as costas para ele e puxando minha cadeira mais para perto da Doreen e do Lenny.

A essa altura parecia que os dois se conheciam havia anos. Doreen estava pescando os pedaços de fruta do fundo de seu copo com uma colherzinha comprida de prata, e o Lenny soltava um grunhido toda vez que ela levava a colher à boca e avançava com o rosto, fingindo ser um cachorro ou sei lá o que, para tentar pegar as frutas. A Doreen dava uma risadinha e continuava.

Comecei a achar que vodca era a minha bebida. Não tinha gosto de nada, mas descia de uma vez feito a espada de um engolidor de espada, e eu me sentia poderosa como uma divindade.

— Acho que eu vou embora — Frankie disse, se levantando.

O lugar estava tão escuro que eu não conseguia enxergá-lo muito bem, mas pela primeira vez percebi que ele tinha uma voz aguda e ridícula. Ninguém prestou atenção nele.

— Então, Lenny, você tá me devendo. Você lembra, né, Lenny, que você tá me devendo?

Achei estranho que o Frankie quisesse lembrar ao Lenny que ele lhe devia algo na nossa frente, já que éramos completas desconhecidas, mas o Frankie ficou ali dizendo a mesma coisa mil vezes até que o Lenny enfiou a mão no bolso e tirou um maço grande de notas verdes, pegou uma e lhe entregou. Acho que eram dez dólares.

— Cala a boca e sai daqui.

Por um instante pensei que o Lenny também estivesse falando comigo, mas então ouvi a Doreen dizer "Eu só vou se a Elly for". Eu tinha que admitir que ela falava meu nome falso com muita naturalidade.

— Ah, a Elly vai junto, não vai, Elly? — Lenny me perguntou com uma piscadinha.

— Claro que vou — respondi. Frankie tinha saído derrotado do bar, então achei melhor seguir a noite com a Doreen. Eu queria ver tudo que pudesse.

Eu gostava de observar as pessoas em situações críticas sem precisar me envolver. Se houvesse um acidente de carro, uma briga na rua ou um feto num vidro de laboratório, eu parava e olhava com tanta atenção que nunca mais me esquecia daquilo.

Desse jeito descobri muitas coisas que jamais teria descoberto de outra maneira, disso não há dúvida, e mesmo quando o que via me surpreendia ou me chocava eu nunca deixava transparecer. Eu fingia que já sabia que as coisas eram assim.

Capítulo dois

EU JAMAIS PERDERIA A CHANCE DE conhecer a casa do Lenny.
Por dentro era idêntica a uma fazenda, só que ficava num edifício de Nova York. Ele contou que tinha derrubado algumas paredes para ampliar o espaço e depois tinha instalado lambris de madeira e um balcão com painéis de madeira feito sob medida em forma de ferradura. Acho que o piso também era da mesma madeira.

Havia tapetes imensos de pele de urso branco espalhados pelo chão, e os únicos móveis eram vários futons cobertos com tapetes indígenas. Em vez de quadros pendurados nas paredes, havia galhadas, chifres de búfalo e uma cabeça de coelho empalhada. Lenny apontou um dedo para o focinho cinza delicado e as orelhas duras do coelho.

— Esse eu atropelei lá em Las Vegas.

Ele se afastou, indo até o outro lado da sala, as botas de caubói ressoando como tiros de pistola.

— É a acústica — ele disse, e foi ficando cada vez menor até que entrou por uma porta e sumiu.

De súbito, uma música começou a sair de todos os lados. Depois ela parou, e ouvimos o Lenny dizer: "Aqui quem fala é o seu DJ da meia-noite, Lenny Shepherd, com a ronda dos maiores sucessos do pop. A número dez da parada dessa semana é ninguém mais, ninguém menos que aquela mocinha de cabelo pixaim que anda fazendo o maior barulho… a inconfundível 'Sunflower'!".

Eu nasci no Kansas, me criei no Kansas,
E quando eu me casar vai ser no Kansas…

— Que figura de almanaque! — Doreen disse. — Ele não é uma figura?

— É sim — eu concordei.

— Viu, Elly, me faz um favor… — Parecia que a essa altura ela achava mesmo que eu era a Elly.

— Faço, claro — respondi.

— Fica aqui, pode ser? Eu não teria nenhuma chance se ele quisesse fazer alguma gracinha. Você viu o muque? — Doreen deu uma risadinha.

Lenny reapareceu de repente, saído do quarto dos fundos.

— Tenho vinte mil paus em equipamento musical aqui. — Ele foi andando lentamente até o bar, pegou três copos, um balde metálico de gelo e uma jarra grande e começou a misturar bebidas de várias garrafas.

… com uma moça de bom coração que prometeu esperar…
Ela é o girassol do Estado do Girassol.

— Sensacional, né? — Lenny se aproximou, equilibrando os três copos. Todos estavam cobertos de gotas graúdas como suor, e os cubos de gelo tilintaram quando ele nos entregou os drinques. Em seguida a música terminou, e ouvimos a voz do Lenny anunciar a próxima.

— Não tem nada melhor do que ouvir a sua própria voz. Mas então… — Lenny me olhou longamente. — O Frankie se escafedeu, mas você precisa de alguém pra te fazer companhia. Vou chamar um dos rapazes.

— Não tem problema — eu disse. — Não precisa. — Eu não queria dizer com todas as letras que preferiria alguém bem maior que o Frankie.

Lenny pareceu aliviado. — Só se você não se incomodar. A última coisa que eu quero é decepcionar uma amiga da Doreen. — Ele olhou para a Doreen e lhe lançou um grande sorriso branco. — Né, minha linda?

Ele estendeu uma mão para a Doreen, e sem dizer nenhuma palavra os dois começaram a dançar o swing, ainda segurando os copos.

Eu me sentei de pernas cruzadas em um dos futons e tentei não esboçar nenhuma reação, como alguns executivos que certa vez observei enquanto assistiam à apresentação de uma dançarina do ventre argelina, mas assim que apoiei a cabeça na parede, a mesma do coelho empalhado, o futon começou a rolar pela sala, então me sentei sobre uma pele de urso no chão e me apoiei no móvel.

Meu drinque estava aguado e horrível. A cada gole que eu dava, sentia mais gosto de água salobra. Na metade do copo havia um laço de caubói cor-de-rosa com bolinhas amarelas pintado de fora a fora. Bebi até passar mais ou menos três centímetros da linha e esperei um pouco, e quando fui dar outro gole o líquido tinha voltado a subir até o desenho do laço.

A voz fantasma do Lenny reverberou pelo ar: "Ai, ai, por que eu fui sair do Wyoming?".

Os dois não paravam de dançar nem durante os intervalos entre as músicas. Eu me senti encolhendo até virar um pontinho preto perdido entre aqueles tapetes vermelhos e brancos e aqueles painéis de madeira. Eu me senti um buraco no chão.

Ver duas pessoas que estão cada vez mais atraídas uma pela outra sempre carrega um quê de humilhação, ainda mais quando só tem você além delas no recinto.

É como ver Paris de um trem que vai na direção contrária: a cada segundo a cidade vai ficando menor, mas você sente que é você que vai ficando cada vez menor, cada vez mais solitária, se afastando em altíssima velocidade daquelas luzes e daquela alegria toda.

De vez em quando Lenny e Doreen se trombavam e se beijavam, depois se separavam, bebiam alguns goles longos e voltavam a se grudar. Achei que era melhor deitar no tapete e dormir até a Doreen decidir voltar para o hotel.

Aí o Lenny soltou um grunhido terrível. Eu me sentei. Doreen estava mordendo o lóbulo da orelha esquerda do Lenny.

— Me solta, sua vagabunda!

Ele se agachou de uma vez e a Doreen saiu voando por cima de seu ombro, arremessando o copo num arco longo e amplo que terminou no painel

de madeira com um barulhinho bobo. O Lenny continuava grunhindo e se debatendo tão rápido que eu não conseguia ver o rosto da Doreen.

Percebi, do jeito corriqueiro com que notamos a cor dos olhos de alguém, que os seios da Doreen tinham pulado para fora do vestido e estavam balançando de leve como melões maduros enquanto ela girava pendurada nos ombros do Lenny, sacudindo as pernas no ar e dando gritinhos, e depois os dois começaram a rir e se acalmaram um pouco, e o Lenny estava tentando morder a coxa da Doreen com saia e tudo quando fui embora sozinha antes que mais alguma coisa acontecesse e consegui descer a escada segurando o corrimão com as duas mãos, praticamente deslizando.

Só percebi que tinha ar-condicionado na casa do Lenny quando cheguei cambaleando à calçada. O calor tropical e rançoso que as ruas vinham chupando o dia inteiro me golpeou a cara como um último insulto. Eu não tinha a mínima ideia de onde estava.

Por um instante cogitei pegar um táxi e ir à festa mesmo assim, mas desisti porque talvez o baile já tivesse acabado e eu não estava com vontade de terminar a noite num salão vazio, com confete, bitucas de cigarro e guardanapos usados jogados pelo chão.

Fui andando com dificuldade até a esquina mais próxima, passando a ponta do dedo nos prédios à minha esquerda para me equilibrar. Olhei a placa da rua, depois peguei o mapa de Nova York que tinha na minha bolsa. Eu precisava andar exatamente quarenta e três quadras em linha reta e mais cinco para o lado para chegar ao hotel.

Andar nunca foi problema para mim. Só segui na direção certa, contando as quadras em voz baixa, e quando cheguei à recepção do hotel eu já estava completamente sóbria e meus pés estavam só um pouco inchados, mas isso foi culpa minha porque eu não estava de meia.

A recepção estava vazia, a não ser por um funcionário do turno da noite, que estava quase dormindo em sua cabine iluminada, entre os chaveiros e os telefones mudos.

Entrei no elevador, que não tinha ascensorista, e apertei o botão do meu andar. As portas se fecharam como um acordeão silencioso. Então senti uma coisa estranha nos ouvidos e vi uma chinesa grandona me encarando com um olhar inexpressivo e borrado de maquiagem. Era eu, é claro. Eu estava acabada, toda enrugada, e ver aquilo me horrorizou.

Não havia ninguém no corredor. Entrei no quarto. Estava cheio de fumaça. De início pensei que a fumaça tinha se materializado como uma espécie de punição, mas logo depois lembrei que era a fumaça do cigarro da Doreen e apertei o botão que abria uma fresta na janela. Tinham adaptado as janelas e você não podia de fato abri-las e se apoiar no parapeito, e por algum motivo isso me deixava furiosa.

Se ficasse de pé do lado esquerdo da janela e encostasse o rosto na madeira, eu conseguia ver o centro, até onde a sede da ONU se equilibrava no escuro como um favo de mel marciano, verde, muito estranho. Também via as luzes vermelhas e brancas que avançavam pela rua e as luzes das pontes cujo nome eu não sabia.

O silêncio me deixou deprimida. Não era o silêncio do silêncio. Era o silêncio que vinha de mim.

Eu sabia muito bem que os carros estavam fazendo barulho, e as pessoas que estavam dentro deles e atrás das janelas iluminadas dos prédios estavam fazendo barulho, e o rio estava fazendo barulho, mas eu não escutava nada. A cidade estava pendurada na minha janela, plana feito um pôster, tremeluzindo e piscando, mas ela podia nem estar ali, que para mim não fazia diferença nenhuma.

O telefone branco como porcelana que havia sobre a mesa de cabeceira podia me conectar a muitas coisas, mas só ficava ali, imóvel como um crânio. Tentei pensar nas pessoas para quem eu tinha dado meu número, para conseguir fazer uma lista de todas as possíveis chamadas que poderia estar prestes a receber, mas só consegui pensar que tinha dado meu telefone para a mãe do Buddy Willard para que ela pudesse passá-lo para um tradutor e intérprete da ONU que ela conhecia.

Soltei uma risadinha sarcástica.

Eu até podia imaginar a que tipo de tradutor a sra. Willard ia querer me apresentar, sendo que ela sempre quis que eu me casasse com o Buddy, que estava com tuberculose, se tratando em um lugar do norte do estado de Nova York. A mãe do Buddy tinha inclusive me conseguido um emprego de garçonete no sanatório de tuberculosos naquele verão, para que o Buddy não se sentisse tão sozinho. Nenhum dos dois entendeu por que preferi ir para Nova York.

O espelho que ficava em cima da minha escrivaninha pareceu levemente distorcido e prateado demais. O rosto que havia nele parecia um reflexo visto numa obturação dentária. Pensei em me enrolar nos lençóis e tentar dormir, mas isso me pareceu tão bom quanto colocar uma carta toda suja e rabiscada num envelope novo e limpo. Decidi tomar um banho quente.

Deve haver algumas coisas que um banho quente não é capaz de curar, mas eu não conheço muitas delas. Sempre que fico triste porque vou morrer, ou nervosa demais para dormir, ou estou apaixonada por alguém que vou demorar uma semana para ver de novo, eu sofro só até certo ponto, depois penso: "Vou tomar um banho quente".

No banho eu medito. A água da banheira precisa estar muito quente, a ponto de você mal conseguir colocar o pé. Aí você vai entrando, pouco a pouco, até a água chegar ao seu pescoço.

Eu me lembro do teto de todos os banheiros nos quais tomei banho. Eu me lembro da textura de cada teto, das rachaduras, das cores, das infiltrações e das lâmpadas. Também me lembro das banheiras: das banheiras antigas com pés, das banheiras modernas em forma de caixão e das banheiras chiques de mármore cor-de-rosa com vista para tanques de flor-de-lótus que as pessoas têm dentro de casa, e me lembro das formas e do tamanho das torneiras e dos diferentes tipos de saboneteiras.

O momento em que mais me sinto eu mesma é quando estou tomando um banho quente.

Fiquei deitada naquela banheira no décimo sétimo andar daquele hotel exclusivo para mulheres, muito acima do burburinho de Nova York, por quase uma hora, e senti que aos poucos fui me purificando. Não acredito em batismo nem nas águas do Jordão, nem em nada disso, mas acho que vejo num banho quente o que os religiosos veem na água benta.

Eu disse a mim mesma: "A Doreen está se dissolvendo na água, o Lenny Shepherd está se dissolvendo na água, o Frankie está se dissolvendo na água, Nova York está se dissolvendo na água, todos estão se dissolvendo e indo embora com a água e nenhum deles importa. Eu não conheço essas pessoas, nunca as conheci, e estou purificada. Aquela bebida toda e os beijos melecados que eu vi e a poeira que grudou na minha pele na volta estão virando uma coisa pura".

Quanto mais eu ficava ali deitada naquela água transparente, mais purificada eu me sentia, e quando enfim saí da banheira e me enrolei em uma das toalhas brancas, grandes e macias do hotel, me senti doce e pura como um bebê recém-nascido.

Não sei por quanto tempo dormi até ouvir as batidas. No começo não dei atenção, porque a pessoa que estava batendo ficava repetindo "Elly, Elly, Elly, me deixa entrar", e eu não conhecia nenhuma Elly. Aí um outro tipo de batida ressoou por cima do primeiro, mais pausado — uma série de golpes secos, e uma voz diferente, muito mais nítida, disse: "Srta. Greenwood, sua amiga precisa de você", e eu soube que era a Doreen.

Pulei da cama e passei um minuto tentando me equilibrar no meio do quarto escuro. Fiquei com raiva da Doreen por ter me acordado. Minha única chance de escapar daquela noite triste era dormir bem, e ela tinha me acordado e estragado tudo. Pensei que se eu fingisse estar dormindo talvez parassem de bater e me deixassem em paz, mas esperei e não pararam.

"Elly, Elly, Elly", a primeira voz murmurava, enquanto a outra continuou sibilando "Srta. Greenwood, srta. Greenwood, srta. Greenwood", como se eu tivesse dupla personalidade ou algo assim.

Abri a porta e olhei o corredor claro, franzindo o cenho. Tive a impressão de que não era noite nem dia, mas um terceiro tempo lúgubre que de repente tinha se instalado entre os dois e não ia terminar nunca.

A Doreen estava caída junto ao batente da porta. Quando saí, ela se jogou nos meus braços. Não consegui ver seu rosto porque a cabeça pendia sobre o peito e seu cabelo loiro e duro descia das raízes escuras como uma saia havaiana.

Vi que a mulher gorducha e bigoduda de uniforme preto era a camareira da noite, que passava a ferro os vestidos formais e os trajes de gala numa salinha apertada no nosso andar. Não consegui entender de onde ela conhecia a Doreen, nem por que ela ia querer ajudar a Doreen a me acordar em vez de levá-la ao quarto dela sem fazer barulho.

Vendo que eu estava segurando a Doreen e ela estava quieta, exceto por alguns soluços, a mulher saiu andando pelo corredor e foi para a salinha, em que havia uma máquina de costura Singer antiguíssima e uma tábua de passar branca. Eu quis correr atrás dela e dizer que eu não tinha nada a ver com a Doreen, porque ela parecia austera, trabalhadora e honesta como uma imigrante europeia de antigamente e me lembrava minha avó austríaca.

"Deixa eu deitar, deixa eu deitar", Doreen resmungava. "Deixa eu deitar, deixa eu deitar."

Senti que se eu levasse a Doreen para dentro do meu quarto e a ajudasse a se deitar na minha cama, eu nunca mais ia conseguir me livrar dela.

Ela se apoiou no meu braço, jogando todo o peso, e seu corpo estava morno e macio como um travesseiro. Seus pés, com aqueles sapatos de salto agulha, ficavam ridículos se arrastando. Ela era pesada, e eu não ia conseguir arrastá-la pelo corredor inteiro.

Concluí que minha única opção era deixá-la ali mesmo, trancar bem minha porta e voltar a dormir. Quando acordasse, a Doreen não ia se lembrar do que acontecera e ia pensar que devia ter desmaiado na frente do meu quarto quando eu estava dormindo, e ia se levantar sozinha e voltar para o quarto dela sem causar problemas.

Comecei a baixar a Doreen com cuidado no carpete verde do corredor, mas ela gemeu e se desvencilhou, caindo para a frente. De repente ela soltou um jato de vômito marrom, e uma poça grande se formou em volta dos meus pés.

De súbito ela ficou mais pesada ainda. Sua cabeça caiu para a frente, dentro da poça, as mechas de cabelo loiro chapinhando no vômito como raízes de árvores num pântano, e eu percebi que ela estava dormindo. Então me afastei. Eu também estava quase dormindo.

Naquela noite eu tomei uma decisão. Decidi que ia olhar para a Doreen e ouvir o que ela dizia, mas no fundo não ia mais ter nenhuma ligação com ela. No fundo, eu ia ser leal à Betsy e a suas amigas ingênuas. Era com a Betsy que eu parecia, na minha essência.

Sem fazer barulho, voltei para o meu quarto e fechei a porta. Na última hora desisti de trancá-la. Não tive coragem.

Quando acordei no dia seguinte, uma manhã nublada de mormaço, eu me vesti, joguei água fria no rosto, passei batom e abri a porta bem devagar. Acho que ainda esperava ver o corpo da Doreen deitado no vômito, como uma prova concreta e chocante da minha própria natureza sórdida.

Não tinha ninguém no corredor. O carpete ia de um lado ao outro, limpo e eternamente verdejante, a não ser por uma mancha escura e irregular que mal se via diante da minha porta, como se alguém tivesse derrubado um copo d'água e limpado logo em seguida.

Capítulo três

DISPOSTAS SOBRE A GRANDE MESA DA *Ladies' Day* havia metades de abacate verdes, quase amarelas, recheadas com caranguejo e maionese, e travessas de rosbife bem rosado no meio e peito de frango frio, e uma e outra travessa de vidro lapidado cheia de caviar. Eu não tinha tido tempo de tomar café da manhã no refeitório do hotel aquele dia, exceto por uma xícara de café que estava tão amargo que quase o cuspi. Eu estava morrendo de fome.

Antes de ir para Nova York eu nunca tinha ido jantar num restaurante de verdade. Não conto o Howard Johnson's, onde eu só comia batata frita, cheeseburger e milkshake de baunilha com gente como o Buddy Willard. Não sei bem por quê, mas comida é uma das coisas de que eu mais gosto no mundo. Não importa o quanto eu coma, eu nunca engordo. Tirando uma única ocasião, tenho o mesmo peso há dez anos.

Meus pratos preferidos não economizam na manteiga, no queijo e no creme azedo. Em Nova York íamos a tantos almoços com gente da revista e com os vários famosos que visitavam o escritório que criei o hábito de passar os olhos por aqueles imensos cardápios escritos à mão, nos quais qualquer pratinho minúsculo de ervilhas custava cinquenta ou sessenta centavos, até encontrar os pratos mais deliciosos e mais caros e pedir vários de uma vez só.

Sempre que nos levavam a esses lugares a revista pagava tudo, então eu nunca me sentia culpada. Fazia questão de comer bem rápido para não deixar ninguém esperando, já que as outras pessoas costumavam pedir só a salada do chef com suco de toranja porque estavam tentando emagrecer. Quase todo mundo que conheci em Nova York estava tentando emagrécer.

— Quero dar as boas-vindas ao grupo de moças mais lindas e inteligentes que nossa equipe já teve a sorte de receber — o mestre de cerimônias gorducho e careca sibilou em seu microfone de lapela. — Este banquete é só uma amostra da hospitalidade que a cozinha experimental aqui da *Ladies' Day* gostaria de oferecer em agradecimento à presença de vocês.

Houve uma salva de palmas delicada e feminina, e todas nos sentamos diante da imensa mesa coberta por uma toalha de linho.

Estávamos em onze meninas da revista, reunidas com a maior parte das editoras e toda a equipe da cozinha experimental da *Ladies' Day*, que usava aventais brancos muito higiênicos, redes no cabelo muito corretas e uma maquiagem impecável num tom uniforme de torta de pêssego.

Só havia onze meninas porque a Doreen não tinha aparecido. Por algum motivo haviam colocado seu lugar ao lado do meu, e a cadeira ficou vazia. Guardei a plaquinha com seu nome — que também era um espelhinho de bolso com o nome "Doreen" pintado na parte superior em uma caligrafia decorada e uma coroa de margaridas foscas ao redor, emoldurando o buraco prateado em que seu rosto apareceria.

Doreen estava passando o dia com o Lenny Shepherd. A essa altura ela passava quase todo o tempo livre com o Lenny Shepherd.

Logo antes do almoço na *Ladies' Day* — a famosa revista feminina que publica belíssimas fotos de página dupla de refeições em tecnicolor, com um tema e uma locação diferentes a cada mês —, tinham nos oferecido um passeio pelas incontáveis cozinhas reluzentes, onde vimos como era difícil fotografar uma torta de maçã *à la mode* num ambiente muito iluminado, porque o sorvete acaba derretendo e precisam apoiá-lo por trás com palitos de dente e trocá-lo toda vez que começa a ficar muito molengo.

Ver toda aquela comida estocada nas cozinhas me deixou com tontura. Não é que faltasse comida na nossa casa, mas minha avó sempre fazia pratos mais baratos e bolos de carne mais baratos e tinha mania de dizer coisas como "Espero que você goste, saiu quarenta e cinco centavos o quilo" no ins-

34 *Sylvia Plath*

tante em que você levava à primeira garfada à boca, e isso sempre me fazia sentir que estava comendo dinheiro, e não o almoço de domingo.

Enquanto estávamos em pé atrás das cadeiras, ouvindo o discurso de boas-vindas, eu tinha baixado a cabeça e averiguado, sem que ninguém percebesse, a posição das travessas de caviar. Uma delas estava estrategicamente posicionada entre mim e a cadeira vazia da Doreen.

Imaginei que a menina que estava na minha frente não ia conseguir alcançá-la por causa do gigantesco prato de frutas de marzipã que fazia as vezes de centro de mesa, e a Betsy, à minha direita, ia ficar com vergonha de me pedir se eu deixasse a travessa perto de mim, bem ao lado do prato de pão com manteiga. Além do mais, havia outra travessa de caviar um pouco adiante, à direita da garota que estava ao lado da Betsy, e ela podia se servir dali.

Eu e meu avô tínhamos uma piada interna. Ele era o chefe dos garçons de um country club perto da minha cidade natal, e todo domingo minha avó ia buscá-lo de carro para passar sua folga de segunda em casa. Eu e meu irmão íamos com ela, cada um num domingo, e meu avô sempre servia o jantar de domingo para a minha avó e quem estivesse com ela, ou eu ou ele, como se fôssemos frequentadores normais do clube. Ele adorava me mostrar os acepipes mais especiais, e aos nove anos eu já tinha desenvolvido uma verdadeira paixão por vichyssoise fria, caviar e patê de anchova.

A piada era que, no meu casamento, meu avô ia providenciar todo o caviar a que eu tinha direito. Era uma piada porque eu não pretendia me casar, e, mesmo se o fizesse, meu avô só ia poder comprar caviar se levasse uma mala e assaltasse a cozinha do clube.

Com a ajuda do tilintar das taças de água, dos talheres de prata e da porcelana, que distraía todo mundo, enchi meu prato de fatias de frango. Depois cobri os pedaços de frango com grossas camadas de caviar, como se estivesse passando manteiga de amendoim numa fatia de pão. Depois peguei os pedaços de frango com a mão, um por um, os girei para que o caviar não escorresse e os comi.

Eu tinha percebido, depois de muita angústia por não saber a ordem certa dos talheres, que se você fizer algo errado à mesa, mas o fizer com certa arrogância, como se tivesse certeza absoluta de estar fazendo a coisa certa, é possível se safar sem que ninguém pense que você não tem modos ou veio de família pobre. Na verdade, todo mundo acaba achando que você é muito sagaz e original.

Aprendi esse truque no dia em que a Jay Cee me levou para almoçar com um poeta famoso. Ele estava usando um paletó de tweed marrom com um caimento horrível, e todo manchado, uma calça cinza e um suéter xadrez azul e vermelho com gola redonda num restaurante muito formal, cheio de chafarizes e lustres, em que todos os homens estavam de ternos escuros e camisas brancas imaculadas.

Esse poeta comeu a salada que tinha pedido com a mão, folha por folha, enquanto discorria sobre a antítese entre a natureza e a arte. Eu não conseguia parar de olhar aqueles dedos gordos e pálidos que iam e vinham do prato de salada do poeta à boca do poeta, levando uma folha úmida de alface após a outra. Ninguém riu nem caçoou dele. O poeta fez com que comer salada com a mão parecesse a coisa mais natural do mundo.

Nenhuma das editoras da nossa revista nem dos funcionários da *Ladies' Day* estavam sentados perto de mim, e a Betsy estava com uma cara meiga e simpática, nem parecia gostar de caviar, então fui ousando cada vez mais. Quando terminei meu primeiro prato de frango e caviar, me servi do segundo. Depois ataquei a salada de abacate e caranguejo.

Abacate é minha fruta preferida. Todos os domingos meu avô me levava um abacate escondido no fundo da mala, embaixo de seis camisas sujas e dos quadrinhos do jornal de domingo. Ele me ensinou a comer metades de abacate recheadas com um molho feito de geleia de uva e vinagrete. Eu sentia tanta saudade desse molho que era como sentir saudade de casa. Perto dele, o caranguejo até perdia a graça.

— Como foi o desfile de peles? — perguntei à Betsy quando perdi o medo de que pegassem o meu caviar. Raspei as últimas ovinhas pretas e salgadas do prato com a colher de sopa e a lambi.

— Foi lindo — Betsy respondeu com um sorriso. — Ensinaram a gente a fazer uma echarpe muito versátil com cauda de vison e uma corrente dourada, daquelas que vendem na Woolworth's por menos de dois dólares, e a Hilda foi direto para uma promoção de peles e comprou um monte de caudas de vison, depois passou numa Woolworth's e já montou a echarpe na volta de ônibus.

Olhei para a Hilda, que estava sentada do outro lado da Betsy. Dito e feito: ela estava usando uma echarpe toda peluda que parecia bastante cara, amarrada de um dos lados com uma corrente dourada.

Eu nunca tinha entendido a Hilda. Ela tinha um e oitenta de altura, olhos verdes enormes e meio caídos, lábios vermelhos carnudos e um rosto pouco expressivo, com traços eslavos. Ela fazia chapéus e era estagiária da editora de moda, ao contrário das garotas mais literárias da turma, como a Doreen, a Betsy e eu, que escrevíamos colunas, ainda que várias delas só tratassem de saúde e beleza. Não sei nem se a Hilda sabia ler, mas os chapéus que ela fazia eram impressionantes. Ela estudava numa escola especializada na produção de chapéus em Nova York e todos os dias ia ao trabalho com um modelo diferente, feito por ela mesma com palha, pele, fita ou tule, e todos tinham cores claras e inesperadas.

— Que maravilha! — eu disse. — Que maravilha… — Eu sentia falta da Doreen. Ela teria feito algum comentário cruel e divertido sobre a echarpe inacreditável da Hilda para me alegrar. Eu estava muito desanimada. Justo naquela manhã a própria Jay Cee tinha me desmascarado, e eu já estava achando que todas as suspeitas desagradáveis que eu tinha sobre mim mesma estavam se confirmando, e que eu não ia poder esconder a verdade por muito mais tempo. Depois de dezenove anos correndo atrás de boas notas, prêmios e bolsas dos mais variados tipos, eu estava perdendo o ritmo e abandonando a competição.

— Por que você não foi com a gente ao desfile de peles? — Betsy perguntou. Tive a impressão de que ela estava se repetindo, de que havia feito a mesma pergunta pouco antes, mas eu não tinha escutado. — Você saiu com a Doreen?

— Não — respondi —, eu queria ir ao desfile, mas a Jay Cee me chamou e me fez ir para a revista. — A parte de querer ir ao desfile não era exatamente verdade, mas nesse momento tentei me convencer de que era verdade, porque assim eu podia ficar ainda mais magoada com o que a Jay Cee tinha feito.

Contei para a Betsy que naquela manhã eu tinha planejado ir ao desfile quando estava na cama. O que não contei foi que a Doreen tinha ido até meu quarto mais cedo e dito: "Por que você quer ir naquele desfile metido à besta? Eu e o Lenny vamos pra Coney Island, não quer vir junto? O Lenny pode arranjar um cara legal pra você. De qualquer forma o dia já vai ser uma porcaria com esse almoço e a estreia do filme à tarde, então ninguém vai dar falta da gente".

Por um minuto senti vontade de ir. Era verdade que o desfile parecia uma bobagem, e eu nunca tinha gostado de peles. O que decidi fazer, no fim, foi ficar na cama o quanto quisesse e depois ir ao Central Park e passar o dia deitada na grama, a grama mais alta que eu encontrasse naquela selva descampada, cheia de lagoas de patos.

Eu disse a Doreen que não ia ao desfile, nem ao almoço, nem à estreia do filme, mas que também não iria a Coney Island. Eu ia ficar na cama. Depois que a Doreen foi embora, eu me perguntei por que eu não conseguia mais fazer o que eu tinha que fazer. Isso me deixou triste e cansada. Depois me perguntei por que eu também não conseguia fazer o que eu não tinha que fazer, como a Doreen fazia, e isso me deixou mais triste e mais cansada ainda.

Eu não sabia que horas eram, mas tinha ouvido as meninas fazendo barulho e chamando uma à outra no corredor, nos preparativos para o desfile, e depois eu tinha ouvido o corredor ficar em silêncio, e, deitada de barriga para cima na cama, encarando o teto branco e vazio, o silêncio pareceu crescer tanto que senti que ia estourar meus tímpanos. Aí o telefone tocou.

Fiquei olhando por um instante. O aparelho estremeceu um pouco no gancho cor de osso, por isso eu soube que de fato estava tocando. Pensei que talvez eu tivesse dado meu número para alguém num baile ou numa festa e esquecido completamente. Peguei o telefone e falei com uma voz rouca e receptiva:

— Alô?

— Aqui é a Jay Cee — ela já foi falando com uma rapidez violenta. — Eu estava pensando se você por acaso pretendia vir para a redação hoje.

Eu me afundei mais ainda nas cobertas. Não entendia por que a Jay Cee achava que eu ia para a redação. Tínhamos cartões mimeografados que nos ajudavam a organizar nossa agenda de atividades e passávamos muitas manhãs e tardes fora da redação, indo a compromissos pela cidade. E, claro, alguns dos compromissos eram opcionais.

Houve uma pausa bastante longa. Então eu disse com uma voz dócil:

— Eu achei que ia ao desfile de peles.

Claro que eu não tinha achado nada disso, mas não consegui pensar em mais nada para dizer.

— Eu disse pra ela que achei que ia ao desfile — contei a Betsy. — Mas ela me pediu pra ir à redação, porque queria conversar comigo e tinha umas coisas do trabalho pra me passar.

— Não acredito! — Betsy disse, mostrando solidariedade. Ela devia ter visto as lágrimas que caíram pesadas no meu merengue com sorvete de conhaque, porque empurrou a própria sobremesa intacta na minha direção, e eu a comi, quase sem pensar, logo que terminei a minha. Fiquei com um pouco de vergonha por ter chorado, mas era um choro sincero, pelo menos. A Jay Cee tinha me falado coisas horríveis.

QUANDO CHEGUEI À REDAÇÃO, BASTANTE ABATIDA, perto das dez da manhã, a Jay Cee se levantou e deu a volta ao redor de sua mesa para fechar a porta, e eu me sentei na cadeira giratória em frente à minha máquina de escrever e de frente para ela, e ela se sentou na cadeira giratória atrás de sua mesa, de frente para mim, com a janela cheia de vasos de plantas, prateleiras e mais prateleiras delas, indo de encontro às costas dela como um jardim tropical.

— Seu trabalho não te interessa, Esther?

— Claro que me interessa, claro — eu respondi. — Me interessa, e muito. — Tive vontade de gritar essas frases, como se assim elas fossem convencer alguém, mas me controlei.

Eu tinha passado a vida dizendo a mim mesma que estudar, ler, escrever e trabalhar feito uma louca era o que eu queria fazer, e isso de fato parecia ser verdade, já que eu me saía relativamente bem em tudo e só tirava dez, e quando entrei na universidade ninguém podia me segurar.

Eu tinha sido correspondente universitária do jornal da cidade, editora da revista literária e secretária do comitê de honra, que lida com contravenções acadêmicas e sociais e suas punições — uma instituição bastante popular —, e tive uma poeta e professora muito conhecida na universidade que fez de tudo para que eu entrasse na pós-graduação de uma maiores universidades da Costa Leste, com uma boa chance de conseguir bolsa integral, e agora que era estagiária da melhor editora que havia entre as revistas de moda mais intelectuais, eu me sentia uma pangaré que não saía do lugar.

— Eu me interesso muito por tudo. — Essas palavras caíram sobre a mesa da Jay Cee com um ruído oco, como se fossem moedas falsas.

— Fico feliz em saber disso — Jay Cee disse, com um tom um pouco petulante. — Dá pra aprender muita coisa nesse mês que você está passando na revista, viu? É só arregaçar as mangas e trabalhar. A menina que passou por aqui antes de você não fazia questão de ir a nenhum desses eventos de moda. Ela saiu desse escritório e foi direto para a *Time*.

— Minha nossa! — eu disse, no mesmo tom sepulcral. — Que rápido!

— Claro, você ainda tem mais um ano de faculdade — Jay Cee prosseguiu, um pouco mais calma. — O que você pensa em fazer depois de se formar?

Eu sempre achei que meu plano era ganhar uma bolsa importante para fazer pós-graduação ou estudar em vários países da Europa, depois pensei em dar aulas na universidade e escrever livros de poesia ou escrever livros de poesia e ser editora de alguma publicação. Eu sempre tinha esses planos na ponta da língua.

— Não sei direito — eu me ouvi dizer. Ouvir isso foi um choque profundo, porque no mesmo instante eu soube que era verdade.

Parecia verdade, e eu a reconheci na hora, do mesmo jeito que você reconhece uma pessoa que fica rondando a sua casa por muito tempo, e de repente entra e diz que é seu pai biológico, que é idêntico a você, por isso você acredita que ele é mesmo seu pai, e a pessoa que você passou a vida inteira pensando que era seu pai é uma farsa.

— Não sei direito.

— Assim você não vai chegar a lugar nenhum. — Jay Cee fez uma pausa. — Que idiomas você fala?

— Ah, eu leio em francês, mas só um pouco, e sempre quis aprender alemão. — Fazia cinco anos que eu falava para todo mundo que queria aprender alemão.

Minha mãe falava alemão quando chegou aos Estados Unidos, ainda pequena, e durante a Primeira Guerra Mundial as outras crianças da escola a apedrejaram por isso. Meu pai, que também falava alemão e morreu quando eu tinha nove anos, tinha vindo de algum lugarejo deprimente nas profundezas da Prússia. Naquele exato momento meu irmão caçula estava vivendo sua experiência de vida no exterior, em Berlim, e já falava alemão como um nativo.

O que eu não contava para ninguém é que toda vez que eu pegava um dicionário de alemão ou um livro em alemão, só de ver aquelas letras densas e negras de arame farpado meu cérebro se fechava feito uma concha.

— Eu sempre pensei que ia gostar de trabalhar no mercado editorial — eu disse, tentando puxar um assunto que me devolvesse minha antiga e famosa capacidade de me vender. — Acho que o que eu vou fazer é mandar currículo para alguma editora.

— Você tem que ler francês e alemão — Jay Cee disse, sem me poupar —, e provavelmente outras línguas, espanhol, italiano… melhor ainda, russo. Centenas de meninas chegam a Nova York todos os meses achando que vão ser editoras. Você precisa ter algo que uma pessoa comum não tem. É melhor você aprender mais idiomas.

Não tive coragem de falar para a Jay Cee que não havia nem sinal de horário livre para aprender algum idioma no cronograma do meu último ano. Eu estava cursando um daqueles programas de honras que te ensinam a pensar de forma independente e, tirando um curso sobre Tolstói e Dostoiévski e um seminário de composição poética avançada, eu ia passar o tempo todo escrevendo sobre algum aspecto pouco óbvio das obras de James Joyce. Eu ainda não tinha escolhido o tema porque ainda não terminara de ler *Finnegans Wake*, mas meu professor estava muito animado com meu trabalho e havia prometido me passar algumas referências sobre a questão dos duplos.

— Vou ver o que eu consigo fazer — eu disse a Jay Cee. — De repente consigo encaixar um daqueles cursos intensivos de alemão básico que eles lançaram. — Nesse momento pensei que eu poderia mesmo fazer isso. Eu sempre dava um jeito de convencer a diretora do departamento a me deixar fazer coisas que não eram permitidas. Ela me via como uma espécie de experimento.

Na universidade eu era obrigada a cursar as disciplinas de física e química. Já tinha cursado botânica e me saído muito bem. Não tinha errado nenhuma questão de nenhuma prova o ano inteiro, e por um tempo cheguei a pensar em ser bióloga e estudar as vegetações selvagens da África ou as florestas tropicais da América do Sul, porque é muito mais fácil ganhar bolsas generosas para estudar essas coisas inusitadas em lugares exóticos do que ganhar uma bolsa para estudar arte na Itália ou inglês na Inglaterra. A competição é bem menor.

Até que estudar botânica era interessante, porque eu adorava cortar folhas e colocá-las no microscópio, desenhar diagramas com bolor de pão e ver aquelas estranhas folhas em forma de coração que apareciam no ciclo reprodutivo da samambaia. Tudo aquilo me parecia tão real.

Na minha primeira aula de física eu quis morrer.

O sr. Manzi, um homem baixinho e moreno que tinha uma voz aguda e a língua presa, estava na frente da sala usando um terno azul justo demais. Ele pegou uma bolinha de madeira, colocou-a sobre uma rampa íngreme e irregular e a deixou rolar até a base. Aí ele começou a falar que a letra *a* era igual a aceleração e a letra *t* era igual a tempo e de repente estava escrevendo letras, números e sinais de igual na lousa toda, e meu cérebro fundiu.

Levei o livro de física para o meu quarto no dormitório. Era um livro enorme, mimeografado em papel poroso — quatrocentas páginas sem nenhum desenho nem fotografia, só diagramas e fórmulas — com capa de papelão vermelho-tijolo. O sr. Manzi tinha escrito esse livro para ensinar física para as garotas da universidade, e, se funcionasse, ele ia tentar publicá-lo.

Pois bem, eu estudei aquelas fórmulas, fui às aulas, olhei a bolinha descer e ouvi sinos tocarem e, quando o fim do semestre chegou, a maioria das outras meninas tinha reprovado e eu tinha tirado dez. Ouvi o sr. Manzi dizer o seguinte para um grupo de alunas que estavam reclamando que a matéria era difícil demais: "Não, não pode ser difícil demais, porque uma menina tirou dez". "Quem foi? Conta pra gente", elas disseram, mas ele fez que não, sem dizer nada, e me lançou um sorrisinho cúmplice e gentil.

Foi assim que tive a ideia de fugir das aulas de química no semestre seguinte. Eu até podia ter tirado dez em física, mas estava em pânico. Nunca deixei de sentir náusea enquanto estudava física. Não suportava aquela coisa de reduzir tudo a letras e números. Em vez de formas de folhas, diagramas ampliados dos buracos pelos quais as folhas respiram e palavras fascinantes como "caroteno" e "xantofila", só havia fórmulas medonhas que enchiam a lousa como escorpiões, escritas com o giz vermelho que o sr. Manzi gostava de usar.

Eu sabia que química seria pior, porque tinha visto uma grande tabela com os noventa e poucos elementos pendurada no laboratório, e todas aquelas palavras que cumpriam muito bem sua função, como ouro, prata, cobalto e alumínio, tinham sido trocadas por abreviações horríveis com vários números decimais. Se tivesse que continuar forçando minha cabeça com aquilo, ia ficar louca. Eu ia tirar zero. Já tinha precisado de um esforço descomunal para terminar a primeira metade do ano.

Então procurei a diretora do departamento com um plano genial.

Meu plano era que eu precisava de mais tempo para fazer um curso sobre Shakespeare, já que afinal eu estudava inglês. Tanto ela quanto eu sabíamos muito bem que eu ia tirar dez de novo no curso de química, então por que eu precisava fazer as provas, por que eu não podia só assistir às aulas como ouvinte e absorver todo o conteúdo e deixar aquilo de notas e créditos pra lá? Era uma questão de honra e todos os envolvidos eram pessoas honradas, e o conteúdo era mais importante que a forma, e notas sempre foram uma besteira, de qualquer forma, ainda mais quando você sabe que sempre vai tirar dez, não é? A universidade tinha acabado de deixar de exigir o segundo ano de aulas de ciência para as turmas que vinham depois da minha, então a minha tinha sido a última a ser sujeitada às antigas regras, e isso só corroborava o meu plano.

O sr. Manzi concordou plenamente. Acho que ele ficou lisonjeado com o fato de eu gostar tanto das aulas dele que queria assisti-las sem nenhum objetivo materialista, como ganhar créditos ou uma nota dez, mas sim para admirar toda a beleza da química. Achei muito inteligente da minha parte me oferecer para comparecer ao curso mesmo depois de substituí-lo pelo de Shakespeare. Era uma atitude bastante desnecessária, que dava a impressão de que eu não ia aguentar ficar sem estudar química.

É claro que eu jamais teria conseguido emplacar essa estratégia se não tivesse tirado aquele primeiro dez. E se a diretora do departamento soubesse como eu estava assustada e deprimida, e que eu estava pensando seriamente em tomar decisões drásticas, como arranjar um atestado médico que me declarasse impossibilitada de estudar química, dizendo que as fórmulas me davam tontura e daí por diante, não tenho dúvida de que ela ia me escutar, mas mesmo assim ia me obrigar a fazer o curso.

Eis que o conselho docente aprovou minha solicitação, e depois a diretora do departamento me disse que vários dos professores tinham ficado comovidos, que tinham visto no meu pedido uma demonstração de maturidade intelectual.

Quando eu pensava em como tinha sido o resto daquele ano, só conseguia rir. Eu ia às aulas de química cinco vezes por semana e nunca perdi nenhuma. O sr. Manzi ficava parado na base daquele anfiteatro caindo aos pedaços fazendo chamas azuis, labaredas vermelhas e nuvens de uma gosma amarela com as substâncias que passava de um tubo de ensaio a outro, e, para não ouvir a voz dele, eu fingia que era só um pernilongo em algum lugar distante. Assim eu conseguia relaxar, me aproveitando das luzes claras e das chamas coloridas para escrever páginas e mais páginas de vilanelas e sonetos.

De vez em quando o sr. Manzi olhava para mim, via que eu estava escrevendo e me lançava um sorrisinho gentil e satisfeito. Acho que ele pensava que eu estava anotando aquelas fórmulas todas não para a prova, como as outras alunas, mas porque as explicações dele me fascinavam tanto que eu não conseguia me segurar.

Capítulo quatro

Não sei por que justo a minha evasão bem-sucedida da aula de química me veio à mente ali, na sala da Jay Cee.

Enquanto ela falava comigo, eu via o sr. Manzi flutuando atrás da cabeça da Jay Cee, como se um mágico o tivesse tirado da cartola, e ele segurava sua bolinha de madeira e o mesmo tubo de ensaio que havia soltado uma imensa nuvem de fumaça amarela com cheiro de ovo podre na véspera do feriado de Páscoa, e todas as alunas e o sr. Manzi tinham começado a rir.

Eu sentia pena do sr. Manzi. Tinha vontade de procurá-lo e pedir desculpa de joelhos por ter sido tão mentirosa.

A Jay Cee me entregou um monte de rascunhos de matérias e mudou o tom, falando de forma mais gentil. Passei o restante da manhã lendo as matérias e escrevendo o que achava delas à máquina nas folhas cor-de-rosa de memorando, depois as enviei para a sala da editora da Betsy para que ela as lesse no dia seguinte. De vez em quando a Jay Cee me interrompia para me dar algum conselho ou contar alguma fofoca.

Naquele dia a Jay Cee ia almoçar com dois escritores famosos, um homem e uma mulher. O homem acabara de vender seis contos para a *New Yorker* e seis para a Jay Cee. Fiquei surpresa, porque não sabia que as revistas compravam contos de seis em seis, e fiquei zonza só de pensar no valor que deviam pagar por seis contos. Jay Cee disse que ia precisar tomar muito cuidado nesse almoço, porque a escritora também escrevia contos, mas nunca tinha publicado nada na *New Yorker* e a Jay Cee só tinha comprado um dos dela nos últimos cinco anos. A Jay Cee tinha que bajular o homem famoso e ao mesmo tempo tomar cuidado para não magoar a mulher, que não era tão famosa.

Quando os querubins do relógio de parede francês da sala da Jay Cee bateram as asas e levaram suas trombetinhas douradas à boca, soltando doze notas, uma depois da outra, ela me disse que eu já tinha trabalhado o suficiente aquele dia e que devia ir à visita e ao banquete da *Ladies' Day*, e também à estreia do filme, e que a gente se via no primeiro horário do dia seguinte.

Depois ela vestiu o paletó de um terninho por cima da blusa lilás, colocou um chapéu de lilases falsos no alto da cabeça, passou pó compacto no nariz com um gesto rápido e arrumou os óculos de armação grossa. Ela estava horrorosa, mas parecia muito sábia. Ao sair da sala, ela me deu um tapinha nas costas com uma de suas luvas lilás.

— Não deixa essa cidade cruel te desanimar.

Passei alguns minutos sentada em silêncio na minha cadeira giratória e pensei na Jay Cee. Tentei imaginar como seria se eu fosse a Ee Gee, a editora famosa, numa sala cheia de vasos de plantas de plástico e violetas africanas que minha secretária tinha que regar todas as manhãs. Pensei que seria bom ter uma mãe como a Jay Cee. Porque aí eu saberia o que fazer.

Minha mãe de verdade não ajudava muito. Ela dava aulas de taquigrafia e datilografia para sustentar a gente desde que meu pai morreu, mas no fundo ela odiava trabalhar e o odiava por ter morrido sem deixar dinheiro nenhum porque não confiava em corretores de seguro de vida. Ela vivia tentando me convencer a aprender taquigrafia depois da faculdade, porque assim eu ia saber fazer algo de útil, além de ter um diploma universitário. "Até os apóstolos fabricavam tendas", ela dizia. "Eles precisavam sobreviver, igualzinho a gente."

Molhei os dedos na lavanda de água morna que uma garçonete da *Ladies' Day* tinha colocado no lugar dos meus dois pratos de sorvete vazios. Depois sequei cuidadosamente cada dedo com o guardanapo de linho, que ainda estava bastante limpo. Depois dobrei o guardanapo de linho, colocando-o entre os lábios e fechando a boca num movimento preciso. Quando devolvi o guardanapo à mesa, o contorno meio borrado de uma boca cor-de-rosa havia brotado bem no meio dele, como um coração pequenino.

Pensei que eu tinha chegado muito longe.

A primeira vez que vi uma tigela de molhar os dedos como aquela tinha sido na casa da minha benfeitora. Era costume na minha universidade, segundo a senhora sardenta do departamento de bolsas de estudos, escrever agradecendo à pessoa que havia concedido a bolsa que você ganhou, se ela ainda estivesse viva.

Quem concedeu minha bolsa foi Philomena Guinea, uma romancista muito rica que tinha estudado na minha universidade no começo dos anos 1900 e cujo primeiro romance tinha sido transformado num filme mudo com Bette Davis e numa radionovela que ainda era transmitida, e eis que ela estava viva e morava numa mansão enorme que não ficava muito longe do country club do meu avô.

Então escrevi a Philomena Guinea uma longa carta em tinta preto-carvão num papel cinza com o nome da universidade gravado em vermelho. Contei como estavam as folhas naquele outono quando eu ia de bicicleta na direção das montanhas, e como era maravilhoso morar no campus e não precisar ir de ônibus a uma faculdade comunitária, nem continuar morando na casa da minha mãe, e que eu sentia que todo o conhecimento do mundo estava à minha disposição, e que talvez um dia eu fosse capaz de escrever grandes livros como ela.

Eu tinha lido um dos livros da sra. Guinea na biblioteca municipal — a biblioteca da universidade não tinha nenhum deles, curiosamente —, e o texto era repleto de perguntas longas e enigmáticas: "'Será que Evelyn vai perceber que Gladys conheceu Roger no passado?', Hector se perguntou, consternado" e "'Como Donald seria capaz de se casar com ela depois de saber da pequena Elsie, que morava com a sra. Rollmop naquela fazenda isolada do mundo?', Griselda perguntou ao travesseiro inerte e iluminado pela luz da lua". Com livros assim, Philomena Guinea, que depois me contou ter tirado notas péssimas na época da faculdade, ganhara milhões e milhões de dólares.

A sra. Guinea respondeu minha carta e me convidou para um almoço em sua casa. Foi lá que vi alguém molhar os dedos à mesa pela primeira vez.

Havia algumas flores de cerejeira boiando na água, e pensei que devia ser alguma espécie de sopa japonesa transparente que se tomava depois do jantar e comi tudo, inclusive as florezinhas secas. A sra. Guinea não disse nada, e só muito depois, quando contei sobre o jantar a uma riquinha que conheci na faculdade, eu entendi o que tinha feito.

Quando saímos do ambiente exageradamente iluminado da *Ladies' Day* e chegamos às ruas cinzentas, estava chovendo muito. Não era aquela chuva legal que dá um banho na alma, mas uma chuva que imagino caindo no Brasil. Ela saía voando do céu em gotas do tamanho de um pires e se espatifava na calçada quente com um sibilo, e do concreto escuro e brilhante saíam nuvens de vapor que subiam serpenteando.

As portas giratórias da *Ladies' Day*, com seu movimento de batedor de claras, mataram qualquer esperança que eu ainda tinha de passar a tarde sozinha no Central Park. De repente me vi debaixo da chuva morna, sendo cuspida na caverna sombria e pulsante de um táxi, com Betsy, Hilda e Emily Ann Offenbach, uma mocinha afetada que usava o cabelo ruivo preso num coque e tinha marido e três filhos em Teaneck, Nova Jersey.

O filme era péssimo. As protagonistas eram uma loira boazinha que parecia a June Allyson, mas não era, e uma morena sexy que parecia a Elizabeth Taylor, mas também não era, e dois rapazes musculosos e burros que tinham nomes como Rick e Gil.

Era um típico romance entre o capitão do time de futebol americano e a mocinha, e era em tecnicolor.

Eu odeio tecnicolor. Num filme em tecnicolor, parece que todo mundo se sente obrigado a usar uma roupa diferente em cada cena, uma mais extravagante que a outra, e ficar parado feito um varal humano com um monte de árvores muito verdes ou um campo de trigo muito amarelo ou um mar muito azul que se estende por quilômetros e quilômetros em todas as direções.

Quase todas as cenas desse filme se passavam nas arquibancadas, onde as duas garotas ficavam acenando e torcendo com terninhos com crisântemos laranja do tamanho de um repolho na lapela, ou no salão de baile, onde elas rodopiavam com os namorados usando vestidos que pareciam saídos de ... *E o vento levou* e depois entravam escondidas no banheiro para falar maldades.

Logo entendi que a boa moça ia acabar ficando com o bom moço que era o herói do time e a moça sexy ia acabar sem ninguém, porque o tal do Gil sempre quis uma amante, e não uma esposa, e agora ia para a Europa sem data para voltar.

Mais ou menos nessa hora comecei a sentir uma coisa estranha. Olhei ao meu redor e vi todas aquelas fileiras de cabecinhas hipnotizadas que tinham o mesmo brilho prateado na frente e a mesma sombra preta atrás, e me ocorreu que todas pareciam umas luas ridículas.

Senti que eu corria o risco de vomitar a qualquer momento. Não sabia se era o filme ruim que tinha me dado dor de barriga ou o monte de caviar que eu tinha comido.

— Vou voltar para o hotel — sussurrei para a Betsy no lusco-fusco.

Betsy estava encarando a tela com concentração total.

— Você não está se sentindo bem? — ela perguntou num sussurro, quase sem mexer a boca.

— Não — respondi. — Estou um caco.

— Eu também. Vou voltar com você.

Saímos das poltronas e fomos pedindo Com licença Com licença Com licença até chegar ao fim da fileira, e as pessoas foram resmungando, chiando e tirando as galochas e os guarda-chuvas do caminho para deixar a gente passar, e eu pisei no maior número de pés que consegui porque isso me distraía da vontade de vomitar que crescia como um balão, tão rápida e tão grande que eu não conseguia ver mais nada.

Os restos de uma chuva tépida ainda caíam quando saímos do cinema.

A Betsy parecia uma assombração. A cor rosada de suas bochechas tinha sumido e seu rosto abatido flutuava na minha frente, suado e meio verde. Prontamente nos lançamos em um daqueles táxis amarelos quadriculados que sempre aparecem junto à calçada quando você ainda não sabe se quer pegar um táxi, e quando enfim chegamos ao hotel eu tinha vomitado uma vez e a Betsy, duas.

O taxista virava as esquinas com tanto ímpeto que nos lançava juntas primeiro para um lado do banco de trás, depois para o outro. Cada vez

RKO
A MIGHTY SPECTACLE
JOHN WAYNE
SUSAN HAYWARD
IN
THE CONQUEROR
TECHNICOLOR
DO NOT ENTER
EXIT

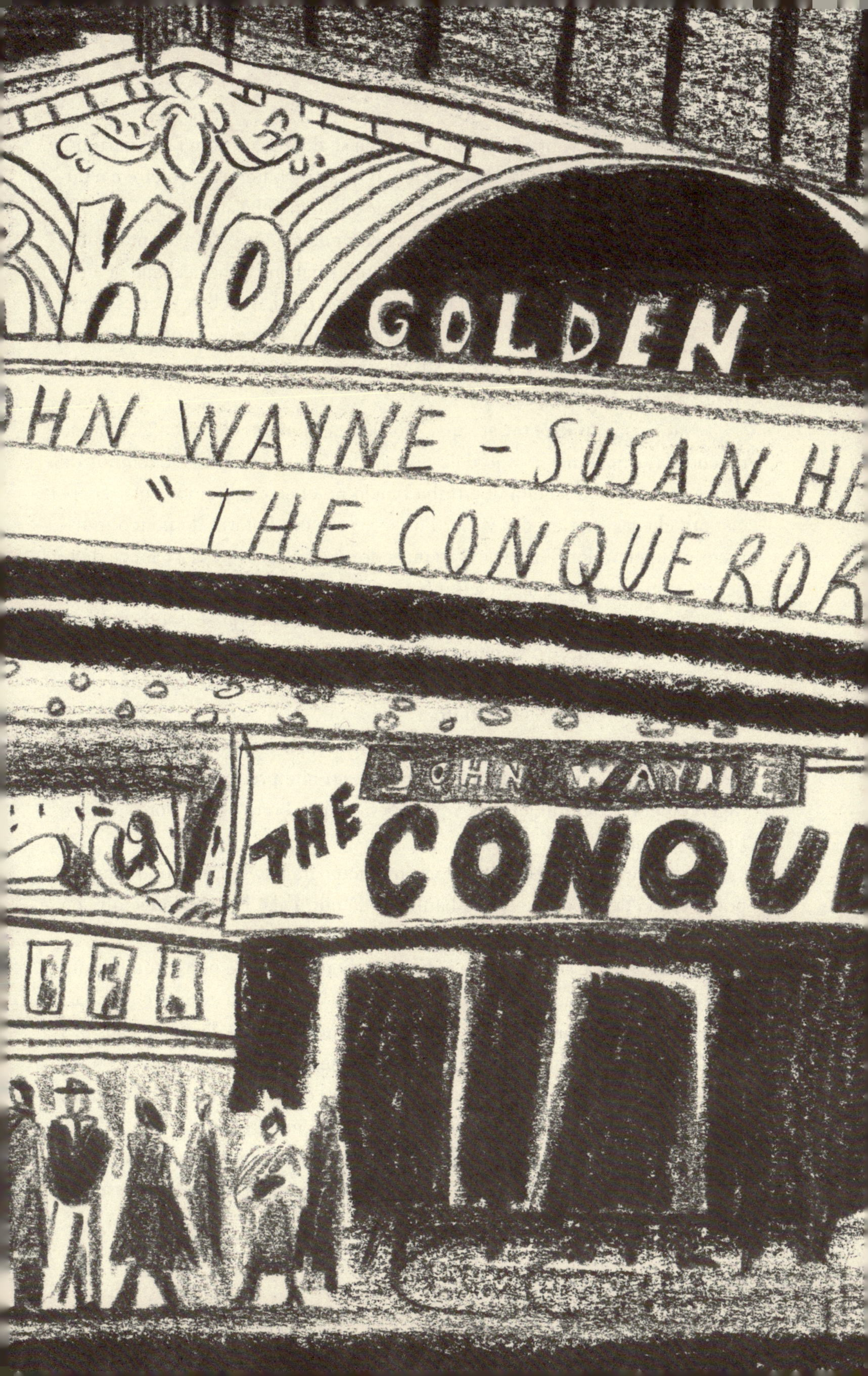

que alguém sentia vontade de vomitar, uma se debruçava sem fazer barulho, como se tivesse derrubado algo no chão e fosse recolher esse objeto, e a outra cantarolava alguma coisa e fingia estar olhando pela janela.

Mesmo assim pareceu que o taxista entendeu o que estava acontecendo.

— Ei! — ele reclamou, passando por um sinal que tinha acabado de ficar vermelho. — Vocês não podem fazer isso no meu táxi, é melhor vocês saírem!

Mas a gente não falou nada, e acho que ele percebeu que estávamos quase chegando ao hotel, então só nos mandou sair quando paramos em frente à entrada principal.

Não ousamos esperar até que o taxista terminasse de calcular o preço da corrida. Enchemos a mão dele de moedas, jogamos alguns lencinhos de papel para cobrir a sujeira que tinha ficado no chão e corremos pela recepção até chegar ao elevador vazio. Por sorte era um horário de pouco movimento. No elevador Betsy vomitou mais uma vez, e eu segurei a cabeça dela, depois vomitei e ela segurou a minha.

Geralmente é só colocar tudo pra fora que você já se sente melhor. A gente se abraçou, se despediu e fomos cada uma para um lado do corredor, para nos deitarmos em nossos quartos. Se tem uma coisa que aproxima duas pessoas, essa coisa é vomitar junto.

Mas, depois que fechei a porta, tirei a roupa e fui me arrastando até a cama, eu me senti pior do que nunca. Senti que precisava ir ao banheiro urgentemente. Dei um jeito de vestir meu roupão branco com flores azuis e fui cambaleando até lá.

Betsy tinha chegado antes de mim. Deu para ouvi-la gemendo atrás da porta, então dei a volta e fui ao banheiro da outra ala. Era tão longe que eu pensei que ia morrer.

Sentei na privada, apoiei a cabeça na borda da pia e pensei que, junto da comida, eu estava soltando também as tripas. O enjoo ia e vinha em ondas. Depois de cada onda ele ia embora, me deixando trêmula da cabeça aos pés e mole feito uma folha molhada, e depois eu sentia o enjoo subindo de novo dentro de mim, e os azulejos brancos de câmara de tortura que havia no piso, no teto e nas quatro paredes iam se fechando ao meu redor.

Não sei quanto tempo passei ali. Deixei a torneira de água fria aberta até o fim, fazendo muito barulho, para que qualquer pessoa que passasse por ali pensasse que eu estava lavando roupa, e quando me senti razoavelmente segura eu me deitei no chão e fiquei ali, quase sem me mexer.

Parecia que não era mais verão. Senti que o inverno tinha chegado, me fazendo tremer inteira e bater os dentes, e a grande toalha branca de hotel que eu tinha levado para o banheiro ficou ali, imóvel sob minha cabeça como um monte de neve.

ME PARECEU MUITA FALTA DE EDUCAÇÃO bater numa porta como alguém que eu não sabia quem era começou a fazer. Era só dar a volta e procurar outro banheiro, como eu tinha feito, e me deixar em paz. Mas a pessoa continuou batendo e implorando para eu abrir, e me ocorreu que talvez eu conhecesse aquela voz. Parecia um pouco a voz da Emily Ann Offenbach.

— Só um minuto — eu disse. Minha fala saiu grudenta feito melaço.

Eu me recompus, me levantei devagar, dei a descarga pela décima vez, passei uma água na pia, enrolei a toalha para esconder um pouco as manchas de vômito, abri a porta e saí do banheiro.

Eu sabia que olhar para a Emily Ann ou para qualquer outra pessoa seria fatal, então mantive os olhos fixos numa janela que nadava no fim do corredor e comecei a andar, colocando um pé depois do outro.

A PRÓXIMA COISA QUE VI FOI o sapato de alguém.

Era um sapato pesado de couro preto bastante usado, com furinhos que formavam um padrão curvo sobre os dedos e verniz desgastado, e estava apontado para mim. Parecia estar posicionado sobre uma superfície dura e verde que estava machucando minha têmpora direita.

Fiquei bem quietinha, esperando alguma pista que me sugerisse o que fazer. Um pouco à esquerda do sapato, vi o que parecia ser um monte de flores azuis sobre um chão branco, e isso me deu vontade de chorar. Era a manga do meu roupão que eu estava vendo, e saindo dela estava minha mão esquerda, branca feito um bacalhau.

— Agora ela melhorou.

A voz veio de uma área fria e racional que estava muito longe da minha cabeça. Por um instante não vi nada de estranho nela, mas depois mudei de ideia. A voz era de homem, e homens eram proibidos de entrar no nosso hotel a qualquer horário do dia ou da noite.

— Tem mais quantas? — a voz prosseguiu.

Prestei atenção. O chão me pareceu incrivelmente sólido. Era bom saber que eu já tinha caído e não podia cair mais.

— Onze, acho — uma voz de mulher respondeu. Deduzi que devia pertencer ao sapato preto. — Acho que tem mais onze, só que uma sumiu, então tem é dez.

— Bom, leva essa aqui pra cama, que eu vou ver as outras.

Ouvi um clique-claque oco no meu ouvido direito, e ele foi ficando cada vez mais fraco. Aí uma porta se abriu muito longe, e havia vozes e grunhidos, e a porta se fechou de novo.

Duas mãos se enfiaram debaixo das minhas axilas e a voz de mulher disse "Vem cá, linda, que a gente consegue", e eu senti que estavam me levantando um pouco, e devagar as portas começaram a surgir, uma depois da outra, até que chegamos a uma que estava aberta e entramos.

Minha cama tinha sido feita, e a mulher me ajudou a deitar, me cobriu até o queixo e passou um minuto descansando na poltrona que ficava ao lado da cama, se abanando com uma mão rosada e gorducha. Ela usava óculos de armação dourada e uma touca branca de enfermagem.

— Quem é você? — perguntei com uma voz fraca.

— Sou a enfermeira do hotel.

— O que eu tenho?

— Intoxicação — ela disse, sem rodeios. — Deu a mesma coisa em vocês todas. Eu nunca vi nada igual. Era vômito pra cá, vômito pra lá… O que vocês andaram comendo, hein, mocinhas?

—As outras também passaram mal? — perguntei, sentindo uma ponta de esperança.

— Todo mundo — ela confirmou com verdadeiro prazer. — Todo mundo botando as tripas para fora.

O quarto pairava ao meu redor com uma imensa delicadeza, como se as cadeiras, as mesas e as paredes tivessem combinado de disfarçar seu peso por compaixão à minha fragilidade repentina.

— O doutor te deu uma injeção — disse a enfermeira, parada junto à porta. — Agora você vai dormir.

E a porta tomou o lugar dela como uma folha em branco, depois uma folha maior tomou o lugar da porta, e eu me deixei levar por essa folha, ninando a mim mesma com um sorriso.

TINHA ALGUÉM EM PÉ AO LADO do meu travesseiro com uma xícara branca.

— Bebe isso — a pessoa disse.

Eu fiz que não. O travesseiro estalou como um monte de palha.

— Bebe isso que você vai se sentir melhor.

Tinham colocado uma xícara branca de porcelana grossa debaixo do meu nariz. Sob a luz débil que poderia ser do entardecer ou do amanhecer eu contemplei o líquido âmbar transparente. Pedaços de manteiga flutuavam na superfície e um cheiro que lembrava frango subiu até o meu nariz.

Num movimento hesitante, meus olhos buscaram a saia que estava atrás da xícara.

— Betsy — eu disse.

— Betsy nada, sou eu.

Nesse momento ergui os olhos e vi a silhueta da cabeça da Doreen em frente à janela pálida, com uma iluminação que vinha de trás e acendia as pontas de seu cabelo como uma auréola dourada. Seu rosto estava contra a luz, por isso não consegui ver sua expressão, mas senti que um tipo de ternura experiente saía de seus dedos. Ela podia muito bem ser a Betsy, ou a minha mãe, ou uma enfermeira com cheiro de plantas.

Baixei a cabeça e tomei um pouco do caldo. Senti que minha boca era feita de areia. Tomei mais um pouco, depois mais um pouco, até deixar a xícara vazia.

Eu me senti purificada, sagrada, pronta para uma vida nova.

Doreen pousou a xícara no parapeito da janela e se acomodou na poltrona. Percebi que ela nem cogitou acender um cigarro, e, como ela fumava um atrás do outro, isso me surpreendeu.

— É, você quase morreu — ela disse, enfim.

— Deve ter sido aquele monte de caviar.

— Caviar nada! Foi o caranguejo. Fizeram uns testes e estava cheio de ptomaína, uma loucura.

Consegui até ver as cozinhas branquíssimas e celestiais da *Ladies' Day* se estendendo até o infinito. Vi abacate atrás de abacate sendo recheado com caranguejo e maionese e fotografado sob as luzes brilhantes. Vi a carne das patas do caranguejo, com sua consistência delicada e suas manchinhas rosadas, perfurando, sedutora, a cobertura de maionese, e a metade amarelada do abacate, com sua borda verde-jacaré, abrigando aquela gororoba toda.

Veneno.

— Quem fez esses testes? — Pensei que o médico talvez tivesse sugado o conteúdo do estômago de alguém e analisado o que encontrou no laboratório do hotel.

—Aqueles bocós da *Ladies' Day*. Logo que todas vocês começaram a cair feito pinos de boliche alguém ligou para a revista e a revista ligou para a *Ladies' Day* e analisaram tudo o que sobrou do almoço. Há!

— Há! — eu repeti sem emoção. Era bom ver a Doreen de novo.

— Eles mandaram presentes — ela acrescentou. — Estão numa caixa grande no corredor.

— Como chegaram tão rápido?

— Entrega expressa, o que você acha? Eles não podem correr o risco de todas vocês saírem por aí contando que se intoxicaram na *Ladies' Day*. Com um bom advogado, vocês podiam arrancar a maior grana desse pessoal.

— Que presentes são esses? — Comecei a pensar que se o presente fosse muito bom eu ia esquecer o que tinha acontecido, porque era verdade que depois de tudo aquilo eu estava me sentindo purificada.

— Ninguém abriu a caixa ainda, estão todas desmaiadas. Me mandaram entregar sopa pra todo mundo, já que sou a única que está de pé, mas trouxe a sua primeiro.

— Vai lá ver que presente é esse — implorei. Aí eu me lembrei e disse:
— Eu também tenho um presente pra você. — Doreen saiu no corredor e a ouvi fazendo alguma coisa, depois um barulho de papel sendo rasgado.

Depois de um tempo ela voltou, segurando um livro grosso com uma capa brilhante cheia de nomes.

— *Os trinta melhores contos do ano*. — Ela colocou o livro no meu colo. — Tem mais onze lá na caixa. Acho que eles pensaram que assim vocês iam ter alguma coisa pra ler enquanto não melhoram. — Ela fez uma pausa. — Cadê o meu?

Remexi minha carteira e entreguei a Doreen o espelho com margaridas e o nome dela. Ela olhou para mim e eu olhei para ela, e nós duas caímos na gargalhada.

— Pode tomar minha sopa se você quiser — ela disse. — Colocaram doze sopas na bandeja por engano, e eu e o Lenny comemos tantos cachorros-quentes enquanto a gente esperava a chuva passar que agora não consigo comer mais nada.

— Manda — eu disse. — Tô morrendo de fome.

Capítulo cinco

ÀS SETE HORAS DA MANHÃ SEGUINTE o telefone tocou.

Nadei devagar do fundo de um sono negro até chegar à superfície. Já havia um telegrama da Jay Cee colado no meu espelho, avisando que eu não precisava ir trabalhar e podia tirar o dia para descansar até estar recuperada, e dizendo que sentia muito pelo caranguejo, então eu nem imaginava quem poderia estar me ligando.

Estiquei o braço e coloquei o receptor no travesseiro, para o bocal ficar apoiado na minha clavícula e o fone, no meu ombro.

— Alô?

Uma voz masculina disse:

— É a srta. Esther Greenwood?

Pensei ter detectado um discreto sotaque estrangeiro.

— É ela mesma.

— Aqui quem fala é o Constantin Não-sei-o-quê.

Não consegui entender o sobrenome, mas era cheio de Ss e Ks. Eu não conhecia nenhum Constantin, mas não tive coragem de dizer.

Então me lembrei da Sra. Willard e do tradutor que ela conhecia.

— Claro, claro! — exclamei, me endireitando na cama e segurando o telefone com as duas mãos.

Eu nunca tinha imaginado que a sra. Willard de fato fosse me apresentar para um homem chamado Constantin.

Eu colecionava homens com nomes interessantes. Já conhecia um Sócrates. Ele era alto, feio e culto, filho de um produtor de cinema grego que era famoso em Hollywood, mas também era católico, e isso era um entrave para os dois. Além do Sócrates, eu tinha conhecido um russo branco chamado Attila na Faculdade de Administração de Boston.

Aos poucos entendi que o Constantin estava tentando marcar de nos encontrarmos naquele dia.

— O que acha de ver a ONU hoje à tarde?

— Eu já vejo a ONU daqui — eu disse, com uma risadinha histérica.

Ele pareceu não entender.

— Da minha janela. — Pensei que talvez eu falasse inglês um pouco rápido demais para ele.

Houve um momento de silêncio.

Aí ele disse:

— E se a gente fizer uma boquinha depois?

Reconheci o vocabulário da sra. Willard e senti uma pontada no coração. Ela sempre convidava todo mundo para fazer uma boquinha. Lembrei que aquele homem havia se hospedado na casa da sra. Willard quando chegou aos Estados Unidos — ela participava de um desses esquemas em que você recebe estrangeiros na sua casa e, quando viaja, eles retribuem o favor.

Nesse momento eu me dei conta de que a sra. Willard tinha trocado sua hospedagem gratuita na Rússia pela minha "boquinha" em Nova York.

— Claro, seria ótimo fazer uma boquinha — respondi, toda dura. — A que horas você chega?

— Eu te telefono do meu carro por volta das duas. É no Amazon, não é?

— É.

— Ah, eu sei onde fica.

Por um instante pensei que seu tom de voz estivesse imbuído de algum significado especial, mas depois me ocorreu que era mais provável que alguma das meninas hospedadas no Amazon trabalhasse como secretária na ONU e eles tivessem saído alguma vez. Esperei ele desligar, depois coloquei o telefone no gancho e voltei a me deitar, me sentindo bem pessimista.

60 *Sylvia Plath*

E lá fui eu mais uma vez construir a imagem glamurosa de um homem que se apaixonaria perdidamente por mim na hora em que me conhecesse, e tudo por uma promessa tão prosaica: uma volta na ONU e um sanduíche depois!

Tentei recobrar minha confiança.

Provavelmente o tradutor da sra. Willard ia ser baixinho e feio, e no fim das contas eu ia acabar fazendo pouco dele como fazia do Buddy Willard. Pensar nisso me trouxe uma certa satisfação. Porque eu de fato fazia pouco do Buddy Willard, e, ainda que todos pensassem que a gente iria se casar quando ele saísse do sanatório, eu sabia que nunca ia me casar com ele, mesmo se ele fosse o último homem do planeta Terra.

O Buddy Willard era um falso.

No começo eu não sabia que ele era um falso, é claro. Eu achava que ele era o rapaz mais sensacional que já tinha conhecido. Eu o venerei à distância por cinco anos antes que ele sequer olhasse para mim, depois veio uma fase linda em que eu ainda o venerava e ele começou a olhar para mim, depois, à medida que ele me olhava cada vez mais, descobri meio que por acaso que ele era um tremendo de um falso, e agora ele queria que eu me casasse com ele e eu não o suportava.

A pior parte foi que eu não pude me abrir e falar o que eu pensava dele, porque ele pegou tuberculose antes, e agora eu tinha que aguentar o Buddy até que ele estivesse em condições de encarar a verdade nua e crua.

Decidi não ir tomar café da manhã no refeitório. Para isso eu precisaria me vestir, e por que eu me vestiria para passar a manhã inteira na cama? Eu até poderia ter telefonado e pedido que me levassem o café da manhã no quarto, mas aí teria que dar gorjeta para a pessoa que o levasse e eu nunca sabia quanto dar de gorjeta. Eu havia tido experiências bastante perturbadoras tentando dar gorjetas em Nova York.

No dia em que cheguei ao Amazon, um homem extremamente baixinho e careca que estava com o uniforme do hotel carregou minha mala até o elevador e abriu a porta do meu quarto para mim. É claro que na mesma hora corri até a janela para ver como era a vista. Depois de um tempo me dei conta de que o carregador de malas estava abrindo as torneiras quente e fria da pia e dizendo "Aqui é a quente e aqui é a fria" e ligando o rádio e me falando o nome de todas as estações de Nova York e eu comecei a ficar incomodada, então continuei de costas para ele e disse com uma voz firme: "Obrigada por trazer minha mala".

"Obrigada, obrigada, obrigada. Há!", ele disse num tom horrível, como se estivesse insinuando alguma coisa, e, antes que eu pudesse dar meia-volta para ver o que tinha dado nele, o homem tinha saído batendo a porta.

Depois, quando contei a Doreen sobre esse comportamento esquisito, ela disse: "Ele queria a gorjeta, sua tonta!".

Perguntei quanto eu devia ter dado, e ela disse que no mínimo vinte e cinco centavos, e trinta e cinco se a mala fosse muito pesada. Eu poderia muito bem ter levado aquela mala até o quarto sozinha, só que o carregador pareceu fazer questão de levar, então eu deixei. Pensei que esse tipo de serviço estivesse incluído no que você pagava por um quarto de hotel.

Odeio dar dinheiro para outras pessoas fazerem uma coisa que eu posso facilmente fazer sozinha. Fico nervosa.

Doreen dizia que sempre devemos dar gorjetas de dez por cento, mas por algum motivo eu nunca tinha a oportunidade de fazer isso e me sentia uma completa idiota dando cinquenta centavos para alguém e dizendo "Quinze centavos é a sua gorjeta, me dá os trinta e cinco de troco".

Na primeira vez que peguei um táxi em Nova York, dei dez centavos de gorjeta para o taxista. A corrida tinha custado um dólar, então achei que dez centavos eram a quantia ideal e dei a moeda para o taxista com um gesto pomposo e um sorriso. Mas ele só pegou a moeda e ficou olhando, olhando, e quando saí do táxi, torcendo para não ter dado a ele uma moeda canadense por engano, ele começou a gritar: "Moça, eu tenho que me sustentar, igual a você e a todo mundo" com uma voz alta que me deixou com tanto medo que saí correndo. Por sorte ele teve que parar num sinal vermelho, porque acho que ele teria me seguido, gritando daquele jeito constrangedor.

Quando perguntei a Doreen sobre isso, ela disse que talvez a porcentagem da gorjeta tivesse subido de dez para quinze por cento desde que ela estivera em Nova York pela última vez. Ou isso, ou esse taxista era um vigarista.

PEGUEI O LIVRO QUE A EQUIPE da *Ladies' Day* tinha enviado.

Quando o abri, um cartão caiu de dentro dele. A parte da frente mostrava um poodle com um pijama florido sentado numa caminha de cachorro com uma cara triste, e a parte de trás mostrava o mesmo poodle deitado na caminha dormindo profundamente com um sorriso, e acima dele havia um bordado que dizia "Quanto mais descansar, mais você vai melhorar". Na parte de baixo do cartão alguém tinha escrito "Melhoras! De todos os seus amigos da *Ladies' Day*" em tinta lavanda.

Fui passando os olhos pelos contos até chegar a um que falava de uma figueira.

Essa figueira ficava no gramado verde que havia entre a casa de um judeu e um convento, e o judeu e uma freira morena muito bonita viviam se encontrando na árvore para pegar os figos maduros, até que um dia viram um passarinho saindo do ovo num ninho que estava num galho da árvore, e enquanto viam o passarinho quebrar a casca com o bico a mão de um encostou na mão do outro, e depois a freira não foi mais pegar figos com o judeu, e quem passou a ir no lugar dela foi uma cozinheira católica com cara de antipática, que contava os figos que o homem pegava depois que os dois terminavam para ver se ele não tinha pegado mais que ela, e o homem ficou revoltado.

Esse conto me pareceu ótimo, principalmente a parte que falava da figueira no inverno, coberta de neve, e depois da figueira na primavera, com aquele monte de figos verdes. Fiquei triste quando cheguei à última página. Tive vontade de entrar escondida no meio daquelas linhas negras impressas no papel, como alguém que passa por debaixo de uma cerca, e dormir sob aquela figueira verde, imensa, linda.

Pensei que eu e o Buddy Willard éramos como o judeu e a freira, embora não fôssemos judeus nem católicos, claro, e sim unitaristas. Tínhamos nos encontrado debaixo da nossa figueira imaginária, e o que vimos não tinha sido um pássaro saindo de dentro um ovo, mas um bebê saindo de dentro de uma mulher, e depois uma coisa terrível aconteceu e cada um seguiu seu caminho.

Deitada ali, na minha cama branca de hotel, me sentindo solitária e fragilizada, pensei no Buddy Willard deitado, ainda mais solitário e ainda mais fragilizado que eu, naquele sanatório nos Adirondacks, e me senti uma verdadeira cobra. Nas cartas que me mandava, o Buddy sempre contava que estava lendo poemas de um poeta que também era médico, e que tinha descoberto um contista russo muito famoso que já tinha morrido e que também tinha sido médico, então talvez médicos e escritores pudessem se dar bem.

Esse discurso era muito diferente do que o Buddy Willard tinha nos dois anos que passamos nos conhecendo melhor. Eu me lembro do dia em que ele me perguntara, sorrindo: "Você sabe o que é um poema, Esther?".

"Não, o que é?", eu dissera.

"Um monte de poeira." E ele pareceu tão orgulhoso de ter pensado nisso que só fiquei olhando aquele cabelo loiro, aqueles olhos azuis e aqueles dentes brancos dele — ele tinha dentes brancos muito longos e fortes — e disse: "Pode ser".

Foi só em plena Nova York, um ano inteiro depois disso, que finalmente pensei em uma resposta para esse comentário.

Passava muito tempo tendo conversas imaginárias com o Buddy Willard. Ele era alguns anos mais velho que eu e era muito apegado à ciência, então sempre podia provar as coisas. Quando estava com ele, eu tinha que me esforçar para não ficar para trás.

Essas conversas que eu tinha com ele na minha cabeça geralmente repetiam os começos das conversas reais que eu havia tido com o Buddy, só que acabavam comigo dando respostas bastante afiadas, e não parada dizendo: "Pode ser".

Nesse momento, deitada na cama de barriga para cima, eu imaginei o Buddy perguntando: "Você sabe o que é um poema, Esther?".

"Não, o quê?", eu respondia.

"Um monte de poeira."

Aí, bem quando ele começasse a sorrir, orgulhoso de sua tirada, eu ia dizer: "Os cadáveres que você disseca também são. E as pessoas que você pensa estar curando. São pura poeira, poeira, poeira. Na minha opinião, um bom poema dura muito mais do que cem pessoas dessas juntas".

E é claro que o Buddy não ia saber o que dizer, porque era verdade. As pessoas eram feitas de poeira, nada mais, e eu não conseguia entender por que cuidar dessa poeira seria muito melhor do que escrever poemas de que as pessoas se lembrariam e repetiriam para si mesmas quando estivessem tristes, doentes ou com insônia.

Meu problema era que eu achava que tudo o que o Buddy Willard dizia era a mais pura verdade. Eu me lembro da primeira vez que ele me beijou. Foi depois da festa de formatura do terceiro ano da Universidade Yale.

A forma como o Buddy me convidou para aquela festa foi muito estranha.

Ele apareceu na minha casa sem avisar durante as férias de Natal, usando uma blusa branca de gola alta que o deixava tão bonito que eu não conseguia parar de olhar, e disse: "Qualquer dia desses vou dar um pulo na sua faculdade pra te ver, tá?".

Eu nem podia acreditar. Só via o Buddy na igreja aos domingos quando nós dois estávamos em casa nas folgas da faculdade, e mesmo assim de longe, e não consegui entender o que tinha dado nele para ir até lá me procurar — ele disse que tinha corrido os mais de três quilômetros que separavam a casa dele da minha para praticar para as trilhas que ia fazer.

Também tinha o fato de as nossas mães serem amigas. Elas haviam estudado juntas e depois se casado com seus professores e decidido morar na mesma cidade, mas o Buddy sempre estava fora, fosse por causa de uma bolsa de estudos em uma escola preparatória ou porque estava passando o verão em Montana, onde trabalhou tratando pinheiros com fungos para ganhar dinheiro, então o fato de nossas mães terem sido inseparáveis na escola não fazia diferença nenhuma.

Depois dessa visita repentina só fui ter alguma notícia do Buddy em uma bela manhã de sábado no início de março. Eu estava no meu quarto na universidade, estudando sobre Pedro, o Eremita, e Gualtério Sem-Haveres para minha prova de história sobre as cruzadas, que seria na segunda-feira seguinte, quando o telefone do corredor tocou.

Geralmente a gente se revezava para atender o telefone do corredor, mas eu era a única caloura num andar em que só havia veteranas, então me faziam atender quase todas as vezes. Esperei um pouco para ver se alguém ia atender antes de mim, mas depois pensei que todo mundo devia estar fora naquele fim de semana, ou visitando a família ou jogando squash, então eu mesma fui.

— Esther, é você? — a garota que estava cuidando da portaria perguntou, e quando confirmei ela disse: — Tem um homem que quer falar com você.

Fiquei surpresa em saber disso, porque, dentre todos os encontros às cegas que eu tivera naquele ano, nem um sequer havia me convidado para um segundo encontro. Eu não dava sorte. Era horrível descer as escadas com as mãos suadas, toda curiosa, a cada noite de sábado, só para que alguma veterana me apresentasse ao filho da melhor amiga de sua tia, que sempre acabava sendo um rapaz pálido e desanimado que ou era orelhudo, ou dentuço, ou manco. Eu achava que merecia coisa melhor, afinal eu não era aleijada. Eu só estudava demais e não sabia a hora de parar.

Pois bem, penteei o cabelo, passei um pouco mais de batom, peguei meu livro de história — para poder falar que estava a caminho da biblioteca caso fosse alguém horrível — e desci, e lá estava o Buddy Willard, apoiado na mesa de correspondências com uma jaqueta cáqui com zíper, macacão azul e um tênis cinza velho, e ele me olhou e sorriu.

— Só passei pra te dar um oi — ele disse.

Achei estranho ele ir de Yale até lá, ainda que fosse de carona, como ele fazia para economizar, só para me dar um oi.

— Oi — eu disse. — Vamos sair e sentar na varanda.

Eu queria que nos sentássemos na varanda porque a garota que estava na portaria era uma veterana intrometida e já estava me olhando com curiosidade. Era óbvio que ela pensava que o Buddy tinha cometido um grande erro.

Nós nos sentamos lado a lado em duas cadeiras de balanço de vime. O tempo estava aberto, sem vento, e era um dia quase quente.

— Só posso ficar alguns minutos — Buddy disse.

—Ah, fica para o almoço, vai — eu disse.

—Ah, não posso. Vim com a Joan para a formatura do segundo ano.

Eu me senti uma completa idiota.

— E *como vai* a Joan? — perguntei friamente.

Joan Gilling era da mesma cidade que a gente, frequentava nossa igreja e estava um ano na minha frente. Ela não parava — era presidente da sua turma, estudava física e era campeã de hockey da universidade. Ela sempre me deixava agoniada com aqueles olhos de cor de ágata que me encaravam, aqueles dentes brilhantes de lápide e aquela voz ofegante. E ainda era enorme, parecia um cavalo. Comecei a achar que o Buddy tinha mau gosto.

— Ah, a Joan… — ele disse. — Ela me convidou para esse baile com dois meses de antecedência, e a mãe dela perguntou pra minha mãe se eu podia levá-la, o que eu podia fazer?

— Mas por que você falou que ia se não queria? — perguntei, maldosa.

— Ah, eu gosto da Joan. Ela não se importa se você gasta dinheiro com ela ou não, e adora fazer atividades ao ar livre. Da última vez que ela foi para Yale passar o fim de semana de folga a gente foi de bicicleta até East Rock, e ela foi a única garota que não precisei empurrar para subir as ladeiras. A Joan é bacana.

Senti uma inveja profunda. Eu nunca tinha ido a Yale, e lá era o lugar para onde todas as veteranas do meu alojamento mais gostavam de ir aos finais de semana. Decidi que não ia esperar nada do Buddy Willard. O segredo para não se decepcionar é nunca esperar nada de ninguém.

— Então é melhor você ir procurar a Joan — eu disse, direta. — Tenho um encontro daqui a pouco, e ele não vai gostar de me ver sentada aqui com você.

— Um encontro? — Buddy pareceu surpreso. — Com quem?

— São dois — respondi. — Pedro, o Eremita, e Gualtério Sem-Haveres. — Buddy não disse nada, então eu disse: — Esses são os apelidos deles.

Depois acrescentei:

— Eles estudam na Dartmouth.

Acho que o Buddy não entendia muito de história, porque sua boca se contraiu. Ele se levantou num pulo e afastou a cadeira de balanço com um empurrãozinho desnecessário. Depois, colocou no meu colo um envelope azul-claro com um emblema de Yale.

— Essa é a carta que eu ia deixar pra você se você não estivesse aqui. Nela tem uma pergunta que você pode responder por escrito. Não estou com vontade de te perguntar agora.

Depois que o Buddy foi embora eu abri a carta, que era um convite para ir com ele na formatura do terceiro ano de Yale.

Fiquei tão surpresa que deixei escapar uns gritinhos e entrei correndo na casa, gritando: "Eu vou, eu vou, eu vou". Depois do sol branco da varanda, ali dentro estava um verdadeiro breu, então não conseguia enxergar nada. De repente me vi abraçando a veterana que estava na portaria. Quando ouviu que eu ia à festa de formatura do terceiro ano de Yale, ela me tratou com perplexidade e respeito.

A REDOMA DE VIDRO 67

Por mais estranho que pareça, as coisas mudaram no alojamento depois disso. As veteranas do meu andar começaram a falar comigo, e de vez em quando uma delas atendia o telefone por conta própria, e ninguém mais passou pela minha porta falando em voz alta sobre pessoas que desperdiçavam a melhor fase da faculdade com a cara enfiada num livro.

Mas o Buddy passou o baile de formatura inteiro me tratando como se eu fosse uma amiga ou uma prima.

Dançamos a noite inteira separados por cerca de um quilômetro, até que, quando tocaram "Auld Lang Syne", ele de repente repousou o queixo no topo da minha cabeça, como se estivesse muito cansado. Depois, em meio ao vento frio e negro das três da manhã, andamos lentamente por oito quilômetros até chegar à casa onde eu estava dormindo na sala, num colchonete muito estreito, porque a hospedagem só custava cinquenta centavos por noite, e não dois dólares, como a maioria dos lugares que tinham uma cama de verdade.

Eu me senti sem rumo, sem graça, cheia de visões despedaçadas.

Tinha imaginado que o Buddy fosse se apaixonar por mim naquele fim de semana, e que eu não ia mais ter de me preocupar com o que fazer em nenhum sábado à noite pelo resto do ano. Quando estávamos quase chegando à casa onde eu estava hospedada, Buddy disse:

— Vamos passar no laboratório de química.

Fiquei horrorizada.

— No laboratório de *química*?

— É. — Buddy esticou o braço e pegou a minha mão. — Lá tem uma vista linda.

E realmente havia uma espécie de morro atrás do laboratório de química, e de lá era possível ver as luzes de algumas das casas de New Haven.

Fiquei em pé fingindo admirá-las enquanto o Buddy se equilibrava no chão irregular. Enquanto ele me beijava, mantive os olhos abertos e tentei memorizar o espaço que havia entre as luzes das casas, para nunca mais esquecê-las.

Depois de um tempo o Buddy se afastou.

— Caramba! — ele exclamou.

— Caramba o quê? — perguntei, surpresa. Havia sido um beijinho seco e pouco memorável, e me lembro de ter pensado que era uma pena que aquela caminhada de oito quilômetros no vento frio tivesse deixado nossas bocas tão rachadas.

— Caramba, adorei beijar você.

Eu, modesta, não disse nada.

— Você deve sair com muitos caras, né? — Buddy disse em seguida.

— É, eu saio, sim. — Pensei que aquele ano eu devia ter saído com um rapaz diferente por semana.

— Bom, eu estudo muito.

— Eu também — me apressei em acrescentar. — É que não posso perder a minha bolsa.

— Mas mesmo assim acho que consigo dar um jeito de te ver no terceiro fim de semana de cada mês.

— Parece ótimo. — Eu estava quase desmaiando de vontade de voltar para a universidade e contar pra todo mundo.

Buddy me beijou mais uma vez na frente da entrada da casa, e no outono seguinte, quando ele enfim conseguiu a bolsa de estudos para fazer medicina, eu fui visitá-lo em vez de ir para Yale, e foi lá que descobri que ele tinha me enganado durante aqueles anos todos e era um falso.

Descobri tudo isso no dia em que vimos o parto do bebê.

Capítulo seis

EU VINHA IMPLORANDO PARA O BUDDY me mostrar alguma coisa interessante no hospital, então uma certa sexta-feira matei todas as aulas que eu tinha e fui passar o fim de semana prolongado com ele, e foi aí que ele me mostrou tudo a que eu tinha direito.

Comecei vestindo um jaleco branco e me sentando numa banqueta numa sala cheia de cadáveres enquanto o Buddy e seus amigos os dissecavam. Os cadáveres mal pareciam humanos, por isso não fiquei nem um pouco impressionada. Tinham uma pele dura e roxa, quase preta, que parecia couro, e o cheiro lembrava salmoura velha.

Depois, Buddy me levou a uma sala onde havia jarros de vidro bem grandes cheios de bebês que tinham morrido antes de nascer. O bebê no primeiro vidro tinha uma cabeça grande e branca caída sobre um corpinho corcunda do tamanho de um sapo. O bebê no próximo jarro era maior, e o bebê no próximo era maior ainda, e o bebê no último vidro era do tamanho de um bebê normal, e parecia estar me olhando e sorria um sorriso de porquinho.

Eu tinha um certo orgulho de não me assustar com essas coisas macabras. A única vez que levei um susto foi quando encostei o cotovelo na barriga do cadáver do Buddy para vê-lo dissecar um pulmão. Depois de um ou dois minutos senti uma coisa queimando no meu cotovelo e me ocorreu que o cadáver ainda podia estar meio vivo, já que continuava quente, então pulei da banqueta e soltei um gritinho mínimo. Aí o Buddy explicou que o calor vinha do líquido que usavam para conservar os corpos, e eu voltei a me sentar.

Antes do almoço, Buddy me levou a uma aula sobre anemia falciforme e outras doenças muito tristes. Eles levavam as pessoas em cadeiras de rodas até a plataforma e lhes faziam perguntas, depois as levavam embora e mostravam slides coloridos.

Eu me lembro que um dos slides mostrava uma menina bonita e risonha com uma verruga preta na bochecha. "Vinte dias depois que essa verruga apareceu a menina morreu", o médico disse, e todo mundo ficou em silêncio por um minuto e depois o sinal tocou, então nunca cheguei a saber o que era a verruga e por que a menina tinha morrido.

À tarde fomos ver um parto.

Antes encontramos um armário no corredor do hospital, e o Buddy pegou um pouco de gaze e uma máscara branca para eu usar.

Um estudante de medicina alto e gordo como o Sydney Greenstreet estava sentado ali perto, observando o Buddy enrolar a gaze na minha cabeça até cobrir todo o meu cabelo e só ficarem meus olhos para fora da máscara branca.

O estudante deu uma risadinha desagradável. "Pelo menos a sua mãe te ama", ele disse.

Eu estava tão distraída pensando em como ele era gordo e em como devia ser ruim para um homem, ainda mais um homem tão jovem, ser gordo, afinal que mulher ia querer se debruçar sobre aquele barrigão para beijá-lo?, que demorei para entender que ele tinha me insultado. Quando me dei conta de que ele devia se achar um rapaz bastante atraente e pensei em dar uma resposta afiada sobre como só as mães amam um homem gordo, ele já tinha ido embora.

Buddy estava observando atentamente uma estranha placa de madeira na parede. Havia uma fileira de buracos na placa, começando por um do tamanho de uma moedinha de um dólar e terminando em um do tamanho de um prato de comida.

— Legal, legal — ele me disse. — Tem alguém que está prestes a dar à luz.

Na frente da porta da sala de parto havia um aluno magro e corcunda que o Buddy conhecia.

— Oi, Will — Buddy disse. — Quem vai fazer o serviço?

— Eu — Will respondeu, desanimado, e vi que havia gotinhas de suor brotando de sua testa grande e pálida. — Sou eu, e é meu primeiro parto.

Buddy me contou que Will estava no terceiro ano e tinha que fazer oito partos antes de poder se formar.

Então vimos que havia um alvoroço no outro extremo do corredor, e alguns homens de avental verde-limão e touca e algumas enfermeiras começaram a vir na nossa direção, numa espécie de procissão caótica, trazendo um carrinho em que havia uma coisa branca bem grande.

— Você não devia ver isso — Will cochichou no meu ouvido. — Você nunca vai querer ter filhos. Eles não deviam deixar mulheres verem isso. Seria o fim da raça humana.

Eu e o Buddy rimos, depois o Buddy apertou a mão do Will e todos entramos na sala.

Ver a mesa em que estavam colocando a mulher me impressionou tanto que fiquei sem palavras. Era horrível, parecia uma mesa de tortura, com ganchos de metal que ficavam pendurados de um lado e toda sorte de instrumentos, cabos e tubos que eu não sabia direito o que eram no outro.

Buddy e eu ficamos em pé perto da janela, a alguns metros da mulher, e dali podíamos ver tudo.

A barriga da mulher estava tão saltada que eu não conseguia ver seu rosto nem a parte de cima do corpo. Parecia que ela só tinha uma barriga imensa e inchada como a de uma aranha e duas perninhas magrelas apoiadas nos ganchos, mais nada, e ela passou o parto inteiro fazendo barulhos que sequer pareciam humanos.

Depois o Buddy me disse que a mulher tinha tomado um remédio que a faria se esquecer de ter sentido qualquer dor, e que quando ela xingava ou grunhia ela não sabia o que estava fazendo, porque estava em uma espécie de estado crepuscular.

Pensei que só um homem seria capaz de inventar um remédio assim. Aquela mulher estava morrendo de dor, e era óbvio que estava sentindo tudo, senão não ia fazer aquele barulho, mas ela ia voltar para casa e ia correndo fazer mais um bebê, porque graças ao remédio ia esquecer que a dor tinha sido insuportável, quando na verdade, em alguma parte secreta dessa mulher, esse corredor de dor tão longo, tão escuro, sem portas nem janelas, estaria sempre ali, pronto para se abrir e trancá-la de novo.

O médico que estava supervisionando o Will ficava dizendo para a mulher: "Empurra, sra. Tomolillo, empurra mais, isso, muito bem, empurra mais", e depois de um tempo, no lugar rachado e depilado que havia entre suas pernas, e que o antisséptico deixava ainda mais impressionante, vi uma coisa escura e peluda aparecer.

— A cabeça do bebê — Buddy sussurrou em meio aos grunhidos da mulher.

Mas por algum motivo a cabeça do bebê ficou presa, e o médico disse a Will que ele ia precisar fazer um corte. Ouvi as lâminas da tesoura se fechando na pele da mulher como se ela fosse um tecido e o sangue começou a sair — um vermelho vivo e forte. De repente o bebê pareceu pular nas mãos do Will, da cor de uma ameixa azul, polvilhado de uma coisa branca e todo manchado de sangue, e o Will ficou falando "Vou deixar cair, vou deixar cair, vou deixar cair" com uma voz de desespero.

— Não vai, não — o médico disse, e pegou o bebê e começou a massageá-lo, e a cor azul sumiu, e o bebê começou a chorar com uma voz grave e aflita, e vi que era um menino.

A primeira coisa que o bebê fez foi fazer xixi na cara do médico. Depois eu disse ao Buddy que não entendia como isso era possível, mas ele disse que era possível, embora fosse incomum, ver algo assim acontecer.

Assim que o bebê nasceu as pessoas que estavam na sala se dividiram em dois grupos, as enfermeiras amarrando uma plaquinha de cachorro no pulso do bebê e passando um cotonete nos olhos dele e o enrolando num pano e o colocando num berço forrado com lona, enquanto o médico e Will começaram a costurar o corte da mulher com uma agulha e um fio bem comprido.

Acho que alguém disse "É menino, sra. Tomolillo", mas a mulher não respondeu nem ergueu a cabeça.

— E aí, o que achou? — Buddy perguntou com uma expressão satisfeita quando estávamos atravessando o quadrângulo verde que levava a seu quarto.

— Maravilhoso — eu disse. — Eu veria esse tipo de coisa todos os dias.

Não tive vontade de perguntar a ele se existia algum outro jeito de ter um bebê. Não sei por quê, mas a coisa que eu achava mais importante era ver o bebê sair de você e ter certeza de que era seu mesmo. Eu achava que se você tinha que sentir toda aquela dor de qualquer jeito, era melhor ficar acordada de uma vez.

Eu sempre tinha me imaginado me levantando, apoiada nos cotovelos, na mesa de parto depois de tudo acabar — pálida feito um fantasma, é claro, por estar sem maquiagem e ter acabado de passar por uma provação, mas sorridente e feliz, com o cabelo chegando até a cintura, e esticando o braço para pegar meu primeiro bebezinho e dizendo seu nome, fosse qual fosse.

— Por que o bebê estava todo coberto de farinha? — perguntei nesse momento, para puxar assunto, e o Buddy me falou sobre a substância que protegia a pele do bebê e parecia uma cera.

Quando voltamos para o quarto do Buddy, que me lembrava nada menos que uma cela de monge, com as paredes vazias, a cama vazia e o chão vazio, e a escrivaninha abarrotada de livros grossos e assustadores como a *Anatomia de Gray*, Buddy acendeu uma vela e abriu uma garrafa de Dubonnet. Ficamos deitados lado a lado na cama enquanto o Buddy bebia seu vinho e eu lia em voz alta "algum lugar em que nunca estive" e outros poemas de um livro que eu tinha levado.

Buddy dizia que, para uma garota como eu dedicar todo o seu tempo a isso, devia haver algum apelo na poesia, então toda vez que nos encontrávamos eu lia alguns poemas para ele e explicava o que eu via nesses poemas. Isso tinha sido ideia dele. Ele sempre planejava cada detalhe dos nossos fins de semana para que a gente não desperdiçasse tempo nenhum. O pai do Buddy era professor, e acho que o Buddy também levava jeito para ser professor, já que vivia tentando me explicar as coisas e me apresentar a novos ensinamentos.

De repente, quando terminei de ler um poema, ele perguntou:

— Esther, você já viu um homem?

Pelo jeito que ele falou, eu entendi que ele não se referia a um homem normal ou a qualquer homem, entendi que ele se referia a um homem nu.

— Não — eu respondi. — Só estátuas.

— E será que você não ia gostar de me ver?

Eu não soube o que dizer. Nos últimos tempos, minha mãe e minha avó tinham começado a repetir sempre que podiam que o Buddy Willard era um rapaz muito bom, muito honesto, de uma família muito boa, muito honesta, e que todo mundo na igreja dizia que ele era um exemplo de rapaz, sempre tão gentil com seus pais e com os mais velhos, além de tão atlético, tão bonito e tão inteligente.

Eu só tinha ouvido falar de como o Buddy era muito bom e muito honesto, e como ele era o tipo de pessoa que merecia que uma garota também fosse boa e honesta. Por isso eu não via nada de errado em qualquer coisa que o Buddy sugerisse.

— É, pode ser, acho que sim — eu disse.

Fiquei olhando enquanto o Buddy abria o zíper, tirava a calça de sarja e a colocava sobre uma cadeira, e depois tirava a cueca, que era feita de algo como uma rede de nylon.

— É fresquinha — ele explicou — e a minha mãe fala que é fácil de lavar.

Depois ele só ficou ali parado na minha frente, e eu fiquei olhando para ele. Só consegui pensar num pescoço de peru e fiquei muito deprimida.

Buddy pareceu magoado porque eu não disse nada.

— Acho que você devia se acostumar a me ver assim — ele disse. — Agora deixa eu ver você.

Mas de repente tirar a roupa na frente do Buddy me pareceu tão interessante quanto aquele dia na universidade em que te obrigam a tirar a roupa e a ficar em pé na frente de uma câmera, sabendo muito bem que uma foto sua sem roupa, tanto de frente quanto de perfil, vai ficar no arquivo do ginásio e ser marcada com A, B, C ou D, dependendo da sua postura.

— Ah, outra hora você vê — eu disse.

— Tudo bem. — Buddy voltou a se vestir.

Depois nos beijamos e nos abraçamos por um tempo e eu me senti um pouco melhor. Bebi o resto do Dubonnet, sentei de pernas cruzadas na ponta da cama do Buddy e pedi um pente emprestado. Comecei a pentear meu cabelo por cima do meu rosto, para que o Buddy não pudesse me ver. De súbito perguntei:

— Você já teve um caso com alguém, Buddy?

Não sei o que me levou a perguntar isso, as palavras simplesmente saíram da minha boca. Nunca pensei, nem por um segundo, que o Buddy Willard teria um caso com alguém. Imaginei que ele fosse dizer "Não, eu tenho me guardado para quando me casar com uma garota pura e virgem, como você".

Mas o Buddy não disse nada, só ficou todo vermelho.

— E então?

— O que você quer dizer com "um caso"? — Buddy perguntou, com um tom artificial.

— Ué, se você já foi pra cama com alguém. — Continuei penteando meu cabelo com movimentos ritmados por sobre o lado do meu rosto que estava mais próximo do Buddy, e senti os pequenos filamentos elétricos grudando na minha bochecha morna e quis gritar "Não, não, não me conta, não fala nada". Mas eu não gritei; eu fiquei quieta.

— É... eu tive, sim — Buddy disse, por fim.

Eu quase caí para trás. Desde a primeira noite em que o Buddy tinha me beijado e comentado que eu devia sair com muitos rapazes, ele tinha dado a entender que eu era muito mais sexy e experiente que ele, e que tudo que ele fazia, os abraços, beijos e carinhos, eram só coisas que ele de repente tinha vontade de fazer comigo e não conseguia se segurar, mas não sabia de onde vinham.

Nesse momento eu entendi que ele tinha passado todo aquele tempo fingindo ser inocente.

— Me conta como foi. — Continuei penteando o cabelo devagar, mais e mais vezes, sentindo a cada movimento o pente cravar os dentes no meu rosto. — Com quem foi?

Buddy pareceu aliviado em ver que eu não estava brava. Ele pareceu aliviado inclusive por ter alguém para contar sobre como ele tinha sido seduzido.

Porque é claro que alguém tinha seduzido o Buddy, ele não tinha feito nada sozinho e não tinha culpa nenhuma. Tinha sido uma garçonete do hotel no qual ele havia trabalhado como ajudante de garçom no verão anterior, em Cape Cod. Buddy tinha reparado que ela o encarava de um jeito estranho e esfregava os peitos nele na confusão da cozinha, por isso um dia ele lhe perguntou qual era o problema e ela olhou nos olhos dele e disse: "Eu quero você".

"Com salsinha e tudo?", Buddy tinha perguntado com uma risadinha inocente.

"Não", ela dissera. "Uma noite dessas."

E foi assim que o Buddy perdeu sua pureza e sua virgindade.

De início pensei que ele devia ter ido para a cama com a garçonete só uma vez, mas quando perguntei quantas vezes tinham sido, só para ter certeza, ele disse que não lembrava, mas tinham sido algumas vezes por semana pelo resto do verão. Multipliquei três por dez e deu trinta, e isso me pareceu um completo absurdo.

Depois disso alguma coisa em mim congelou.

Quando voltei à universidade, comecei a perguntar para uma ou outra veterana o que ela faria se um rapaz que ela conhecia de repente contasse que tinha dormido trinta vezes com uma garçonete vulgar no mesmo verão, bem quando vocês ainda estavam se conhecendo melhor. Mas essas veteranas disseram que a maioria dos rapazes era assim mesmo e que você só podia reclamar depois que os dois estivessem namorando sério ou noivos.

Na verdade, não era pensar no Buddy na cama com alguém que me incomodava. Quer dizer, eu tinha lido sobre muita gente que ia pra cama antes do casamento, e se fosse qualquer outro rapaz eu até ia querer saber os detalhes mais interessantes, e talvez fosse sair e dormir com alguém também só para ficarmos quites, e depois nem ia mais pensar nisso.

O que eu não conseguia aceitar era que o Buddy tinha mentido que eu era tão sexy e ele, tão puro, mas enquanto isso estava dormindo com aquela garçonete vagabunda e provavelmente rindo da minha cara.

— O que a sua mãe acha dessa garçonete? — perguntei ao Buddy naquele fim de semana.

Buddy era extremamente próximo da mãe dele. Ele vivia repetindo as coisas que ela dizia sobre a relação entre homens e mulheres, e eu sabia que a sra. Willard era uma defensora fanática da virgindade, tanto para homens quanto para mulheres. Quando fui jantar na casa dela pela primeira vez, ela ficou me olhando de um jeito estranho, curioso, e na mesma hora eu soube que ela estava tentando adivinhar se eu era virgem ou não.

Ele ficou constrangido, como eu havia imaginado.

— Minha mãe perguntou sobre a Gladys, sim — ele admitiu.

— É? E o que você disse?

— Eu disse que a Gladys era maior de idade, livre e desimpedida.

Eu sabia que, se fosse para me defender, o Buddy jamais daria uma resposta tão grosseira para sua mãe. Ele já tinha cansado de me contar que ela dizia "O homem quer uma companheira, já a mulher quer segurança infinita" e "O homem é uma flecha que vai na direção do futuro, e a mulher é o ponto de partida dessa flecha".

Toda vez que eu tentava questionar essas coisas, o Buddy dizia que a mãe dele ainda gostava muito de estar com seu pai, e que isso era incrível na idade deles, então ela devia saber do que estava falando.

Bom, eu tinha acabado de decidir que ia dar um fora no Buddy Willard de uma vez por todas, não por ele ter dormido com a garçonete, mas porque ele não tinha coragem de falar a verdade para todo mundo e admitir que aquilo fazia parte de quem ele era, e bem nesse momento o telefone do corredor tocou e alguém falou com um tom malicioso:

— É pra você, Esther, de Boston.

Na mesma hora eu soube que devia haver algum problema, porque o Buddy era a única pessoa que eu conhecia em Boston, e ele nunca fazia telefonemas de longa distância, porque era muito mais caro do que mandar cartas. Uma vez, quando tinha uma mensagem que queria me entregar quase imediatamente, ele foi até a entrada da universidade dele e perguntou se alguém ia de carro até a minha naquele fim de semana, e claro que tinha alguém indo, então ele mandou o bilhete por essa pessoa e eu o recebi no mesmo dia. Ele sequer precisou pagar por um selo.

Dito e feito: era o Buddy. Ele me disse que seu raio X anual do pulmão havia mostrado que ele estava com tuberculose e que tinha ganhado uma bolsa de estudos para estudantes de medicina com tuberculose numa instituição especializada nos Adirondacks. Depois ele disse que eu não havia escrito desde o último fim de semana e que esperava que estivesse tudo bem entre nós, e se eu poderia tentar escrever para ele pelo menos uma vez por semana e ir visitá-lo nesse lugar nas minhas férias de fim de ano?

Eu nunca tinha visto o Buddy tão chateado. Ele tinha muito orgulho de sua saúde perfeita e vivia me dizendo que minha sinusite, que me deixava sem ar, era psicossomática. Eu achava que um médico não falaria isso e pensava que talvez ele devesse estudar psiquiatria, mas é claro que nunca tive coragem de dizer isso a ele.

Eu disse ao Buddy que lamentava muito e prometi lhe escrever, mas quando desliguei o telefone não me senti nem um pouco triste. Só senti um alívio maravilhoso.

Pensei que a tuberculose podia muito bem ser um castigo pela vida dupla que o Buddy levava, e por sua mania de se sentir tão superior às outras pessoas. E também pensei que era muito conveniente não precisar contar a todo mundo na universidade que eu tinha me separado do Buddy, nem voltar àquela chatice que eram os encontros às cegas.

Eu só disse para todo mundo que o Buddy estava com tuberculose e que estávamos praticamente noivos, então, quando eu passava as noites de sábado estudando, todas me tratavam com a maior gentileza, porque pensavam que eu era muito esforçada e estava estudando daquele jeito só para esconder minha tristeza.

Capítulo sete

É claro que o Constantin era muito baixinho, mas tinha lá seu charme — seu cabelo era castanho-claro, seus olhos, azuis-escuros, e sua expressão era animada e provocativa. Ele quase poderia passar por americano, porque era muito bronzeado e tinha dentes muito bem-cuidados, mas percebi na mesma hora que não era. Ele tinha uma coisa que nenhum homem americano que eu conhecia tinha: intuição.

Logo de cara o Constantin adivinhou que eu estava longe de ser protegida da sra. Willard. Eu levantei uma sobrancelha aqui e joguei uma risadinha sarcástica ali, e não demorou para estarmos os dois fazendo a caveira da sra. Willard, e eu pensei: "Esse Constantin não vai se incomodar que eu seja muito alta, não saiba vários idiomas e nunca tenha ido pra Europa; ele vai ver quem eu sou de verdade".

Constantin me levou até a ONU em seu conversível verde, que tinha bancos de couro marrom confortáveis e meio puídos e estava com o teto abaixado. Ele me disse que tinha ficado bronzeado jogando tênis, e quando estávamos sentados lado a lado, voando pelas ruas sob o sol forte, ele pegou minha mão e a apertou, e eu fiquei feliz como não ficava desde que tinha mais ou menos nove anos e corria pelas praias brancas e quentes com meu pai, no verão antes de ele morrer.

E, quando Constantin e eu estávamos sentados em um daqueles auditórios chiques e silenciosos da ONU, perto de uma garota russa forte e séria que não usava maquiagem e era intérprete simultânea como ele, pensei que era muito estranho que nunca tivesse me ocorrido que eu só tinha sido feliz de verdade até os meus nove anos.

Depois disso — apesar do grupo de escoteiras, das aulas de piano, das aulas de aquarela, das aulas de dança e do acampamento para aprender a navegar, todas coisas que minha mãe tinha batalhado muito para me oferecer, e da universidade, com as amigas reunidas com o dia ainda escuro, antes do café da manhã, das tortas de creme com base de chocolate e das novas ideias que apareciam todos os dias feito pequenos fogos de artifício — eu nunca mais tinha sido feliz de verdade.

Fiquei olhando na direção da garota russa, com seu blazer cinza de botão duplo, que com a maior rapidez traduzia expressões e mais expressões para sua própria língua incompreensível — a parte mais difícil de todas, segundo o Constantin, porque os russos não tinham as mesmas expressões idiomáticas que a gente —, e quis do fundo do coração poder entrar dentro dela engatinhando e passar o resto da vida repetindo aquelas expressões. Talvez isso não me fizesse mais feliz, mas seria mais um grãozinho de eficiência em meio a todos os outros.

Depois o Constantin, a intérprete russa e todo o grupo de homens negros e brancos e asiáticos que estavam conversando lá embaixo, atrás de seus microfones com plaquinha, pareceram ir para muito longe. Vi a boca de cada um subir e descer sem som nenhum, como se estivessem sentados no convés de um navio prestes a zarpar, me abandonando no meio de um imenso silêncio.

Comecei a listar todas as coisas que eu não sabia fazer.

Primeiro pensei que eu não sabia cozinhar.

Minha avó e minha mãe cozinhavam tão bem que eu deixava as duas fazerem tudo. Elas viviam tentando me ensinar esse ou aquele prato, mas eu só olhava e dizia: "Tá, tá, entendi", enquanto as instruções escorriam pela minha cabeça como água, e depois eu sempre fazia tudo errado para que ninguém me pedisse para tentar de novo.

Eu me lembro de quando a Jody, minha única e melhor amiga do primeiro ano de faculdade, fez ovos mexidos para mim em sua casa certa manhã. Tinham um gosto diferente, e quando perguntei se ela tinha colocado algo a mais, ela respondeu queijo e sal de alho. Perguntei quem lhe havia ensinado aquilo, e ela disse que ninguém, que ela tinha pensado sozinha. Mas ela era uma pessoa bastante dinâmica e estudava sociologia.

Eu também não sabia taquigrafar.

Por causa disso eu não ia conseguir um bom emprego depois da universidade. Minha mãe sempre me dizia que ninguém queria uma graduada em inglês que não tivesse outras habilidades, mas uma graduada em inglês que sabia taquigrafar eram outros quinhentos. Todo mundo ia querer contratá-la. Todos os jovens promissores iam competir entre si para ficar com ela, e ela ia transcrever cartas interessantíssimas.

O único problema era que eu odiava a ideia de servir aos homens, fosse da forma que fosse. Eu queria ditar minhas próprias cartas interessantíssimas. Além do mais, aqueles sinaizinhos de taquigrafia do livro que minha mãe me mostrara não pareciam muito diferentes de letra *t* equivale a tempo e a letra *s* a distância total.

Minha lista foi crescendo.

Eu dançava muito mal. Era desafinada. Não tinha equilíbrio nenhum e, quando tínhamos que andar por uma plataforma estreita com os braços esticados e um livro sobre a cabeça nas aulas de educação física, sempre acabava caindo. Eu não sabia andar a cavalo nem esquiar, as duas coisas que eu mais queria aprender, porque eram coisas que custavam muito dinheiro. Eu não sabia falar alemão, nem ler em hebraico, nem escrever em chinês. Eu sequer sabia onde a maioria dos países longínquos e estranhos que os homens da ONU que estavam à minha frente representavam ficava no mapa.

Pela primeira vez na vida, sentada ali, no coração acusticamente isolado do edifício da ONU, entre Constantin, que sabia jogar tênis e fazer interpretação simultânea, e a garota russa, que conhecia tantas expressões, me senti terrivelmente inadequada. A questão era que eu sempre havia sido inadequada; eu só não tinha pensado nisso ainda.

A única coisa que eu fazia bem era ganhar bolsas de estudos e prêmios, mas esse tempo também estava chegando ao fim.

Eu me sentia um cavalo de corrida num mundo em que não havia hipódromos, ou um campeão de futebol americano universitário que de repente se via obrigado a botar terno e gravata e trabalhar em Wall Street, os dias de

glória reduzidos a uma pequena taça dourada sobre a lareira, com uma data gravada como se fosse a data entalhada num túmulo.

Eu vi minha vida se ramificando à minha frente como a figueira verde daquele conto.

Da ponta de cada galho, como um figo roxo e gordo, um futuro maravilhoso me chamava com uma piscadinha. Um figo era um marido numa casa feliz com filhos, e outro figo era uma poeta famosa e outro figo era uma professora universitária brilhante, e outro figo era Ee Gee, a editora genial, e outro figo era a Europa, a África e a América do Sul, e outro figo era Constantin, Sócrates e Attila e mais um monte de outros amantes com nomes estranhos e profissões excêntricas, e outro figo era uma campeã olímpica de remo, e acima e além desses figos havia muitos outros que eu não conseguia enxergar direito.

Eu me vi sentada entre as raízes dessa figueira, morrendo de fome, só porque não conseguia decidir qual dos figos escolher. Eu queria todos eles, todos, mas escolher um era perder os outros e, enquanto eu ficava ali parada, incapaz de tomar uma decisão, os figos iam murchando e ficando escuros, e, um a um, começavam a se espatifar aos meus pés.

O restaurante que Constantin escolheu tinha cheiro de ervas, temperos e creme azedo. Em todo o tempo que passei em Nova York, eu nunca tinha estado num restaurante assim. Eu só encontrava aquelas lanchonetes que serviam hambúrgueres gigantes, sopa do dia e quatro tipos de bolo com cobertura num balcão muito limpo que ficava de frente para um espelho comprido e ofuscante.

Para entrar nesse restaurante tivemos que descer sete degraus mal iluminados que levavam a uma espécie de porão.

Havia pôsteres de turismo espalhados pelas paredes escuras feito fumaça, como se fossem muitas janelas com vista privilegiada para lagos da Suíça, montanhas do Japão e savanas da África, e velas grossas e empoeiradas que pareciam ter passado séculos chorando suas ceras coloridas, intercalando vermelho, azul e verde numa espécie de renda tridimensional, projetavam um círculo de luz ao redor de cada mesa, e ali as faces flagrantes flutuavam, flamejantes à sua maneira.

Não sei o que comi, mas me senti muitíssimo melhor depois da primeira garfada. Nesse momento me ocorreu que minha visão da figueira e daqueles figos gordos que murchavam e caíam podia muito bem ter sido causada pelo profundo vácuo de um estômago vazio.

Toda hora o Constantin enchia nossas taças com um vinho grego doce que tinha gosto de casca de pinheiro, e eu me vi contando a ele que eu ia aprender alemão e ir para a Europa para ser correspondente de guerra, como a Maggie Higgins.

Quando chegou a hora do iogurte com geleia de morango, eu já estava me sentindo tão bem que decidi que ia deixar o Constantin me seduzir.

Desde que o Buddy Willard havia me contado sobre aquela garçonete, eu vinha pensando que eu também deveria sair e dormir com alguém. Só que dormir com o Buddy não teria o mesmo efeito, porque ele ia continuar tendo uma pessoa a mais que eu, então tinha que ser com outra pessoa.

O único rapaz com quem eu tinha chegado a pensar em fazer sexo era um sulista recalcado e narigudo de Yale que tinha ido passar só um fim de semana na minha universidade e descoberto que sua namorada fugira com um taxista no dia anterior. Como essa garota morava no meu alojamento e eu era a única pessoa que estava em casa naquela noite, era meu dever animá-lo um pouco.

No café mais próximo dali, debruçados em uma daquelas cabines intimistas com poltronas de espaldar alto, com centenas de nomes de pessoas entalhados na madeira, tomamos xícaras e mais xícaras de café preto e falamos abertamente sobre sexo.

Esse rapaz — o nome dele era Eric — disse que achava nojento que as garotas da minha universidade ficassem dando uns amassos nas varandas iluminadas ou entre as árvores antes do toque de recolher da uma hora, com todo mundo passando e vendo o que elas faziam. Um milhão de anos de evolução, Eric disse com um tom ressentido, e o que somos? Animais.

Depois ele me contou como tinha sido sua primeira experiência com uma mulher.

Ele estudava numa escola preparatória do sul que era conhecida por oferecer uma formação completa para cavalheiros, e quando chegavam ao último ano era um acordo tácito que todos precisavam ter conhecido uma mulher. Conhecido no sentido bíblico, Eric disse.

Então certo sábado Eric e seus colegas pegaram um ônibus até a cidade mais próxima e foram a um famoso bordel. A prostituta do Eric nem chegou a tirar o vestido. Era uma mulher gorda de meia-idade com o cabelo tingido de ruivo, lábios muito grossos para serem de verdade e uma pele acinzentada, e ela não quis apagar a luz, então ele tinha feito sexo com ela debaixo de uma lâmpada de vinte e cinco watts coberta de insetos, e não foi nada do que ele esperava. Foi mais chato do que ir ao banheiro.

Eu disse que se você amasse a mulher talvez não fosse tão chato, mas o Eric disse que pensar que essa mulher também era um animal, como todas as outras, ia estragar tudo, então se amasse alguém ele nunca iria para a cama com essa pessoa. Ele ia procurar uma prostituta se precisasse, mas não ia envolver a mulher que amava nessa sujeira.

Naquela ocasião tinha me passado pela cabeça que talvez fosse uma boa ideia dormir com o Eric, já que ele já havia tido sua primeira experiência e, diferente dos rapazes comuns, não falava disso de maneira vulgar nem frívola. Mas depois ele me escreveu uma carta dizendo que achava que podia de fato chegar a me amar, que eu era muito inteligente e cínica, mas ao mesmo tempo tinha um rosto tão simpático, parecido com o de sua irmã mais velha, e que isso o surpreendia; e aí eu soube que não ia dar certo, que eu era o tipo de mulher com quem ele nunca iria para a cama, e lhe escrevi dizendo que infelizmente ia me casar com meu namoradinho de infância.

QUANTO MAIS EU PENSAVA NISSO, MAIS eu gostava da ideia de me deixar seduzir por um intérprete simultâneo de Nova York. Constantin parecia maduro e atencioso em todos os sentidos. Eu não conhecia ninguém para quem ele pudesse querer se gabar disso, como os universitários se gabavam de ter dormido com as garotas no banco de trás do carro para seus colegas de quarto ou para o time de basquete. E seria irônico, no bom sentido, se eu dormisse com um homem que a sra. Willard tinha me apresentado, como se, indiretamente, a culpa fosse dela.

Quando o Constantin perguntou se eu queria subir no apartamento dele para ouvir uns discos de balalaica, eu disfarcei o sorriso. Minha mãe sempre dizia que eu nunca, em circunstância alguma, deveria entrar na casa de um homem depois de um encontro, porque isso só podia significar uma coisa.

— Eu adoro música russa — respondi.

O quarto do Constantin tinha uma sacada, e da sacada se via o rio, e dava para ouvir o barulho dos rebocadores lá embaixo, na escuridão. Eu me senti comovida, sensível e perfeitamente decidida a respeito do que eu ia fazer.

Eu sabia que corria o risco de engravidar, mas essa ideia pairava num lugar muito distante, quase invisível, e não me incomodava em nada. Não havia nenhum método contraceptivo cem por cento eficaz, segundo um artigo que minha mãe tinha recortado da *Reader's Digest* e me mandado na universidade. Esse artigo tinha sido escrito por uma advogada casada que tinha filhos e o título era "Em defesa da castidade".

O texto enumerava todos os motivos pelos quais uma garota só devia ir para a cama com seu marido, e só depois de se casarem.

O principal argumento do artigo era que o universo masculino é diferente do feminino, e que as emoções dos homens são diferentes das emoções das mulheres, e só o casamento é capaz de unir esses dois universos e esses dois conjuntos de emoções tão diferentes. Minha mãe dizia que muitas vezes uma garota só descobria isso quando era tarde demais, então ela tinha que seguir o conselho das pessoas que já eram especialistas no assunto, como uma mulher casada.

Essa advogada dizia que os homens que valiam a pena queriam se manter virgens para suas esposas e, mesmo que não fossem mais virgens, queriam que coubesse a eles ensinar as esposas a fazer sexo. Eles tentavam convencer uma garota a fazer sexo e diziam que iam se casar com ela depois, isso era verdade, mas na hora em que ela cedia, eles perdiam todo o respeito por ela e começavam a pensar que, se tinha feito com eles, ela também faria o mesmo com outros homens, e acabavam fazendo da vida dela um inferno.

A mulher terminava o artigo dizendo que era melhor prevenir do que remediar, e que era impossível garantir que você não ia acabar engravidando, e aí sim você estaria em apuros.

Mas tive a impressão de que a única coisa que esse artigo não levava em conta era o que as mulheres pensavam.

Devia ser ótimo ser virgem e se casar com um homem virgem, mas e se de repente esse homem contasse que não era virgem depois do casamento, como o Buddy Willard tinha feito? Eu não suportava essa ideia de que as mulheres tinham que levar uma única vida pura e os homens podiam levar uma vida dupla, uma pura e a outra não.

Por fim, eu decidi que, se era tão difícil encontrar um homem inteligente e másculo que ainda fosse virgem quando chegasse aos vinte e um anos, era melhor eu desistir de uma vez de me casar virgem e ficar com alguém que também não fosse mais virgem. Aí, quando ele começasse a transformar minha vida num inferno, eu poderia fazer o mesmo com a dele.

Quando eu tinha dezenove anos, a virgindade era a grande questão.

Em vez de um mundo dividido entre católicos e protestantes, republicanos e democratas, brancos e negros ou até homens e mulheres, eu via o mundo dividido entre pessoas que tinham ido para a cama com alguém e pessoas que não tinham, e essa parecia ser a única diferença significativa entre os dois grupos.

Eu achava que ia passar por uma mudança absurda no dia em que cruzasse essa fronteira.

Eu achava que seria muito parecido ao que eu sentiria se um dia fosse à Europa. Eu ia voltar para casa e, se me olhasse no espelho bem de perto, ia conseguir ver um pequenino alpe branco no fundo da minha pupila. Nesse momento achei que se me olhasse no espelho no dia seguinte eu veria um Constantin em miniatura dentro do meu olho, sorrindo para mim.

Passamos coisa de uma hora na sacada do Constantin, sentados em duas cadeiras de metal desmontáveis, ouvindo a vitrola com os discos de música russa empilhados entre nós. Uma luz fraca e leitosa vinha dos postes da rua, ou da meia-lua, ou dos carros, ou das estrelas, eu não sabia de onde, mas, apesar de estar segurando minha mão, Constantin não parecia ter nenhuma vontade de me seduzir.

Perguntei se ele estava noivo ou tinha alguma namorada especial, pensando que talvez esse fosse o problema, mas ele disse que não, que fazia questão de não entrar em relações assim.

Por fim, senti uma poderosa sonolência fluindo pelas minhas veias, consequência de todo aquele vinho de casca de pinheiro que tinha bebido.

— Acho que eu vou entrar e deitar um pouco — eu disse.

Fui andando até o quarto, descontraída, e agachei para tirar os sapatos. A cama, muito limpa, balançou à minha frente como um bote salva-vidas. Deitei toda esticada e fechei os olhos. Então ouvi o Constantin suspirar e andar na direção do quarto. Seus sapatos caíram no chão com um baque, um depois do outro, e ele se deitou ao meu lado.

Eu o olhei sem que ele soubesse, por entre uma mecha de cabelo.

Ele estava deitado de barriga para cima, apoiando a cabeça nas mãos, fitando o teto. As mangas brancas engomadas de sua camisa, dobradas até os cotovelos, ganhavam um brilho estranho no lusco-fusco, e sua pele bronzeada parecia quase negra. Pensei que ele devia ser o homem mais lindo que eu já tinha visto.

Pensei que se eu tivesse uma mandíbula mais marcada ou falasse de política com mais segurança ou fosse uma escritora famosa, talvez o Constantin me achasse interessante o suficiente e quisesse ir para a cama comigo.

Então me perguntei se no instante em que passasse a gostar de mim ele perderia qualquer relevância, e se no instante em que passasse a me amar eu começaria a ver um milhão de defeitos nele, como tinha acontecido com o Buddy Willard e os rapazes que vieram antes dele.

Toda vez acontecia a mesma coisa:

Eu via de longe um homem que não tinha nenhum defeito, mas quando ele chegava mais perto eu percebia que ele era muito inferior ao que eu imaginara.

Esse era um dos motivos pelos quais eu não queria me casar. A última coisa que eu queria era ter segurança infinita e ser o ponto de partida de uma flecha. Eu queria novidade, eu queria emoção, eu queria me lançar eu mesma em todas as direções, como as flechas coloridas dos fogos de artifício de 4 de Julho.

Acordei com o barulho da chuva.

Estava completamente escuro. Depois de um tempo consegui decifrar os contornos meio tremidos de uma janela desconhecida. De vez em quando um feixe de luz aparecia do nada, cruzava a parede como um dedo intrometido e fantasmagórico e voltava a deslizar até sumir.

Depois ouvi alguém respirando.

De início pensei que era só eu mesma, e que eu estava deitada no escuro no meu quarto de hotel depois da intoxicação alimentar. Prendi o fôlego, mas a respiração continuou.

Um olho verde brilhou diante de mim na cama. Estava dividido em quartos, como uma bússola. Estiquei o braço devagar e o peguei na mão. Depois o levantei. Com ele veio um braço, pesado como o braço de um morto, mas aquecido pelo sono.

O relógio do Constantin dizia que eram três em ponto.

Ele estava deitado de camisa, calça e meias, exatamente como eu o tinha deixado quando peguei no sono, e, à medida que meus olhos iam se acostumando com o escuro, consegui ver suas pálpebras brancas, seu nariz reto e sua boca compreensiva e bem-feita, mas nada disso parecia ter substância, como se fossem desenhos feitos na neblina. Eu me debrucei e o observei por alguns minutos. Eu nunca tinha dormido ao lado de um homem.

Tentei imaginar como seria se o Constantin fosse meu marido.

Eu teria de me levantar às sete para preparar ovos, bacon, torrada e café para ele, e ficaria de camisola e bobes no cabelo depois que ele saísse para trabalhar, para lavar a louça e arrumar a cama, e depois, quando voltasse para casa depois de um dia agitado e fascinante, ele ia querer um jantar especial, e eu ia passar a noite lavando mais louça ainda até cair na cama, completamente exausta.

Essa parecia uma vida bastante monótona, e um desperdício para uma garota que tinha tirado só dez por quinze anos, mas eu sabia que casamentos eram assim, porque cozinhar, lavar e passar eram as únicas coisas que a mãe do Buddy Willard fazia da hora de acordar até a hora de dormir, isso porque ela era casada com um professor universitário e tinha sido ela mesma professora de escolas particulares.

Uma vez, quando visitei o Buddy, encontrei a sra. Willard fazendo um tapete com restos de lã tirados dos paletós velhos do sr. Willard. Ela tinha passado semanas fazendo aquele tapete, e eu tinha gostado muito dos tons de marrom, verde e azul que ela tinha combinado, mas depois que o terminou, em vez de pendurar o tapete na parede, como eu teria feito, ela o colocou no lugar do tapetinho da cozinha, e em poucos dias sua obra tinha ficado tão suja que não era difícil confundi-la com qualquer tapete que vendiam por menos de um dólar num bazar.

E eu sabia que, apesar de todas as rosas e beijos e jantares em restaurante com que um homem impressionava uma mulher antes do casamento, assim que a cerimônia acabava, o que ele queria, lá no fundo, era que ela ficasse bem quietinha para ele pisar nela, como o tapete de cozinha da sra. Willard.

E minha própria mãe não tinha me contado que, no instante em que ela e meu pai saíram de Reno para a lua de mel — meu pai já tinha sido casado, então precisou se divorciar —, ele lhe dissera: "Ufa, que alívio, agora a gente pode parar de fingir e ser quem a gente é", e que desse dia em diante minha mãe nunca mais teve um minuto de paz?

Também me lembro do Buddy Willard dizendo de um jeito macabro e sugestivo que depois de ter filhos eu ia me sentir diferente e não ia mais querer escrever poesia. Então comecei a pensar que talvez fosse verdade que, quando você se casava e tinha filhos, era como se te fizessem uma lavagem cerebral, e depois você seguia a vida sem sentir nada, como uma escrava numa espécie de estado totalitário particular.

Enquanto eu olhava o Constantin de cima, do jeito que você olha uma pedra preciosa que encontrou no fundo de um poço e não consegue alcançar, suas pálpebras se abriram e ele olhou para algum lugar além de mim, e seus olhos estavam cheios de amor. Observei, sem poder fazer nada, o momento em que uma cortininha de consciência se fechou por sobre aquela névoa de ternura e as pupilas dilatadas ficaram brilhosas e achatadas como couro envernizado.

Constantin se sentou na cama, bocejando.

— Que horas são?

— Três — respondi, sem emoção na voz. — É melhor eu ir pra casa. Tenho que ir para o trabalho de manhã bem cedo.

— Eu te levo de carro.

Quando nos sentamos de costas um para o outro, cada um em seu lado da cama, tentando calçar os sapatos sob a luz branca do abajur, que parecia alegre e horrível, senti que o Constantin tinha se virado.

— Seu cabelo é sempre assim?

— Assim como?

Ele não respondeu, só esticou o braço e colocou a mão na raiz do meu cabelo, depois passou os dedos devagar até as pontas, como um pente. Um pequeno choque elétrico me atravessou, e eu não me mexi. Desde que era pequena eu sempre adorei que penteassem meu cabelo. Eu ficava toda molinha e tranquila.

— Ah, eu sei o que é — Constantin disse. — Você lavou faz pouco tempo. — E se inclinou para amarrar os cadarços do tênis.

Uma hora depois eu estava na minha cama no hotel escutando a chuva. Aquilo nem parecia chuva, parecia uma torneira aberta. A dor que havia no meio da minha canela esquerda ressuscitou, e eu perdi qualquer esperança de dormir antes das sete, quando meu rádio-relógio ia me despertar com suas versões emocionadas de Sousa.

Sempre que chovia minha antiga fratura na perna parecia se lembrar da própria existência, e o que ela se lembrava era de uma dor forte.

Aí eu pensei: "O Buddy Willard me fez quebrar essa perna".

Aí eu pensei: "Não, eu quebrei sozinha. Quebrei de propósito para me castigar por ser uma pessoa tão horrível".

Capítulo oito

O SR. WILLARD ME LEVOU DE CARRO até os Adirondacks. Era 26 de dezembro e um céu cinza se projetava sobre nós, como um barrigão cheio de neve. Eu estava me sentindo empanzinada, alheada e decepcionada, como sempre fico logo depois do Natal, como se as promessas dos ramos, das velas, dos presentes com laços de fita prateados e dourados, das lareiras com lenha de bétula, do peru de Natal e das canções natalinas tocadas ao piano, fossem elas quais fossem, nunca tivessem chegado a se realizar.

No Natal eu quase tinha vontade de ser católica.

Primeiro o sr. Willard dirigiu, depois eu dirigi. Não sei do que falamos, mas à medida que a zona rural, já toda coberta por camadas antigas de neve, nos deu as costas, e todas as coníferas foram descendo dos morros cinza até a beira da estrada, com seu verde tão escuro que era quase preto, fui ficando cada vez mais melancólica.

Tive vontade de falar para o sr. Willard seguir viagem sozinho, que eu ia pegar carona na estrada e voltar para casa.

Mas bastou olhar uma vez para a cara do sr. Willard — o cabelo grisalho com aquele corte à escovinha de garoto, os olhos claros, as bochechas rosadas, e por cima de tudo, como a cobertura de um bolo de casamento, aquela expressão inocente, cândida — que eu vi que não ia conseguir. Eu ia precisar aguentar até o fim.

Ao meio-dia o cinza ficou um pouco mais claro, e estacionamos na entrada de uma estrada cheia de gelo e compartilhamos os sanduíches de atum, os biscoitos de aveia, as maçãs e a garrafa térmica cheia de café preto que a sra. Willard tinha mandado para o nosso almoço.

O sr. Willard me olhou com uma expressão gentil. Depois pigarreou e espanou com a mão as últimas migalhas que tinha no colo. Percebi que ele ia falar algo sério, porque ele era muito tímido, e eu já o vira pigarrear daquele mesmo jeito antes de dar uma aula importante de economia.

— Eu e a Nelly sempre quisemos uma filha.

Num instante de loucura, pensei que o sr. Willard ia contar que a sra. Willard estava grávida de uma menininha. Depois ele disse:

— Mas acho que nenhuma filha poderia ser melhor do que você.

O sr. Willard deve ter pensado que eu estava chorando de alegria porque ele queria ser um pai para mim.

— Pronto, pronto… — ele disse, dando uma palmadinha no meu ombro, e pigarreou mais uma ou duas vezes. — Acho que a gente se entende.

Depois ele abriu a porta do carro de seu lado e deu a volta tranquilamente até o meu, e seu hálito criava sinais de fumaça sinuosos naquele ar cinza. Mudei para o banco que ele tinha deixado, e ele deu partida no carro e seguimos caminho.

Não sei bem o que eu esperava do sanatório do Buddy.

Acho que eu imaginava uma espécie de chalé de madeira encaixado no alto de uma pequena montanha, cheio de homens e mulheres jovens de bochechas rosadas, todos muito bonitos, mas com olhos brilhantes e inquietos, deitados nas varandas e cobertos com cobertores bem grossos.

"Ter tuberculose é viver com uma bomba dentro do pulmão", Buddy havia escrito numa carta que me enviou na universidade. "Você só fica deitado pelos cantos sem se mexer muito, torcendo pra ela não explodir."

Eu achava difícil imaginar o Buddy deitado. Sua filosofia de vida era estar ativo o tempo todo. Mesmo quando íamos à praia no verão ele nunca se deitava para lagartear no sol como eu fazia. Ele corria de um lado para o outro ou jogava bola ou fazia uma série curta de flexões para aproveitar o tempo.

Eu e o sr. Willard ficamos esperando na recepção até acabar o descanso da tarde, que também era considerado parte do tratamento.

A paleta de cores do hospital inteiro parecia ser inspirada no fígado humano. Marcenaria escura e sisuda, cadeiras de couro marrom-queimado, paredes que um dia talvez tivessem sido brancas, mas haviam sido acometidas pelo mofo ou pela umidade, que agora tomava conta de tudo. Um linóleo marrom todo sarapintado selava o piso.

Numa mesa de centro baixa, com manchas circulares e semicirculares cravadas no verniz escuro, repousavam algumas edições amareladas das revistas *Time* e *Life*. Abri a mais próxima na metade. O rosto de Eisenhower sorriu pra mim, careca e sem vida como um feto dentro de um vidro.

Depois de um tempo tomei consciência de um ruído quase imperceptível de algo vazando. Por um instante pensei que as paredes tinham começado a expelir a umidade que devia estar impregnada ali, mas depois vi que o barulho vinha de um pequeno chafariz que ficava num canto da sala.

De um pedaço de cano exposto, a fonte esguichava alguns centímetros de água pelo ar, jogava as mãos para cima, caía e afogava seu gotejar sofrido numa bacia de pedra de água cada vez mais amarela. A bacia era revestida de azulejos brancos hexagonais típicos de banheiros públicos.

Uma campainha tocou. Portas se abriram e se fecharam ao longe. Então Buddy chegou.

— Oi, pai.

Buddy abraçou seu pai e prontamente, com um bom humor detestável, veio até mim e estendeu a mão. Eu a apertei. Me pareceu úmida e gorda.

O sr. Willard e eu nos sentamos no mesmo sofá de couro. Buddy se empoleirou na ponta de uma poltrona escorregadia. Ele não parava de sorrir, como se fios invisíveis lhe erguessem os cantos da boca.

A última coisa que eu esperava era que o Buddy tivesse engordado. Sempre que o imaginava no sanatório, eu via sombras se desenhando sob suas maçãs do rosto e seus olhos saltando de órbitas quase sem carne.

Mas tudo que Buddy tinha de côncavo de repente havia ficado convexo. A camisa branca e justa de nylon deixava entrever uma barriga inchada, e suas bochechas estavam redondas e rosadas como frutas de marzipã. Até sua risada parecia mais cheia.

Os olhos do Buddy encontraram os meus.

— É a comida — ele disse. — Eles entopem a gente de comida e depois nos fazem ficar deitados. Mas agora eu tenho permissão para sair nas horas de caminhada, então não se preocupe, eu vou emagrecer em algumas semanas. — Ele se levantou num pulo, sorrindo como um anfitrião satisfeito. — Querem ver o meu quarto?

Eu segui o Buddy e o sr. Willard me seguiu, e passamos por duas portas vai e vem com painéis de vidro jateado que nos levaram a um corredor escuro com cor de fígado, que cheirava a piso encerado, desinfetante e algo mais difícil de reconhecer, como gardênias machucadas.

Buddy abriu com força uma porta marrom, e fizemos fila para entrar no cômodo estreito.

Uma cama com um colchão afundado, coberta por um lençol branco fino com listras azuis, ocupava o espaço quase todo. Ao lado dela havia uma mesinha de cabeceira com uma jarra e um copo d'água e o graveto prateado de um termômetro saltando de um vidro cheio de desinfetante cor de rosa. Uma segunda mesa, abarrotada de livros, papéis e vasos de cerâmica meio esquisitos — queimados e pintados, mas não envernizados —, ficava espremida entre o pé da cama e a porta do armário.

— Bom — o sr. Willard disse com um suspiro —, até que é confortável.

Buddy deu risada.

— O que é isso? — Peguei um cinzeiro de cerâmica em forma de vitória-régia, com os veios cuidadosamente desenhados em amarelo sobre um fundo verde-escuro. Buddy não fumava.

— É um cinzeiro — Buddy respondeu. — É pra você.

Devolvi o cinzeiro à mesa.

— Eu não fumo.

— Eu sei — ele disse. — Mas achei que você ia gostar.

— Bem… — O sr. Willard esfregou um lábio seco feito papel no outro. —Acho que eu vou indo. Acho que vou deixar vocês em paz, meus jovens…

— Tá bom, pai. Fica à vontade.

Fiquei surpresa. Eu havia pensado que o sr. Willard passaria a noite no sanatório e me levaria de volta no dia seguinte.

— Eu vou também?

— Não, não. — O sr. Willard tirou algumas notas da carteira e as entregou ao Buddy. — Compre um assento confortável para a Esther no trem. De repente ela fica um, dois dias.

Buddy acompanhou seu pai até a porta.

Senti que o sr. Willard tinha me abandonado. Pensei que ele devia saber desde o começo que iria embora, mas Buddy disse que não, que a questão era que seu pai não suportava ver ninguém doente, ainda mais o próprio filho, porque ele achava que toda doença era falta de força de vontade. O sr. Willard nunca tinha ficado doente na vida.

Sentei na cama do Buddy. Não havia nenhum outro lugar.

Buddy revirou seus papéis com ares de profissional. Depois me entregou uma revista fina e cinza.

— Abre na página onze.

A revista havia sido impressa em algum lugar do Maine e tinha um monte de poemas em stencil e parágrafos descritivos separados uns dos outros por asteriscos. Na página onze encontrei um poema intitulado "Alvorada da Flórida". Fui passando por várias imagens de luzes coloridas, palmeiras verde--tartaruga e conchas cujos sulcos lembravam a arquitetura grega.

— Não é ruim. — Eu tinha achado um horror.

— Quem escreveu esse poema? — Buddy perguntou com um sorriso bobo e estranho.

Meus olhos desceram e encontraram o nome no canto inferior direito da página. B. S. Willard.

— Não sei. — Depois eu disse: — É claro que eu sei, Buddy. Foi você.

Buddy se aproximou de mim.

Eu me afastei. Eu não sabia quase nada sobre a tuberculose, mas me parecia uma doença extremamente perturbadora, porque se alastrava sem que ninguém visse. Pensei que não era impossível que houvesse uma pequena aura mortal de germes de tuberculose rodeando o Buddy.

— Não precisa se preocupar. — Buddy riu. — Eu não estou mais positivo.

— Positivo?

— É impossível você pegar.

Buddy parou para respirar, como alguém faria no meio de uma subida muito íngreme.

— Quero te fazer uma pergunta. — Ele tinha criado um novo e preocupante hábito que consistia em perfurar meus olhos com os dele como se de fato quisesse entrar na minha cabeça, só para ver melhor o que acontecia dentro dela.

— Pensei em perguntar por carta.

Tive uma visão efêmera de um envelope azul-claro com o emblema de Yale no verso.

— Mas depois decidi que ia ser melhor esperar você vir, para poder te perguntar pessoalmente. — Ele fez uma pausa. — Mas então, você não quer saber o que é?

— O quê? — perguntei com uma voz baixa e pouco promissora.

Buddy se sentou ao meu lado. Ele me abraçou na altura da cintura e tirou o cabelo de trás da minha orelha. Eu não me mexi. Então o escutei sussurrar:

— Você gostaria de ser a sra. Buddy Willard?

Tive uma vontade terrível de rir.

Pensei que essa pergunta teria me deixado maravilhada em qualquer momento dos cinco ou seis anos em que eu venerei o Buddy Willard de longe.

Buddy viu que pensei duas vezes.

— Ah, agora eu estou em péssima forma, eu sei — ele logo acrescentou. — Ainda estou em tratamento e pode ser que eu ainda perca uma ou duas costelas, mas até o próximo outono já vou ter voltado pra faculdade de medicina. Contando a partir dessa primavera só falta um ano, no máximo...

— Acho que eu preciso te dizer uma coisa, Buddy.

— Eu sei — Buddy disse, retesado. — Você conheceu alguém.

— Não, não é isso.

— O que é, então?

— Eu nunca vou me casar.

— Você ficou louca! — Buddy disse, parecendo se animar um pouco. — Você vai mudar de ideia.

— Não. Tenho certeza absoluta.

Mas ele só continuou com aquela cara alegre.

— Lembra aquela vez que você voltou comigo de carona pra faculdade depois do show de talentos? — perguntei.

— Lembro.

— Lembra que você me perguntou onde eu mais queria morar, no campo ou na cidade?

— E você disse...

— E eu disse que queria morar no campo *e* na cidade?

Buddy fez que sim.

— E você — continuei, agora com mais ímpeto — deu risada e disse que eu tinha todas as características de uma verdadeira neurótica, e que essa pergunta tinha saído de um questionário da sua aula de psicologia daquela semana?

O sorriso do Buddy perdeu o brilho.

— Pois bem, você tinha razão. Eu sou mesmo neurótica. Eu jamais conseguiria me contentar com o campo *nem* com a cidade.

— Você poderia morar um pouco em cada um — Buddy sugeriu, tentando ajudar. — Aí você poderia passar um tempo na cidade e um tempo no campo.

— Tá, e o que tem de neurótico nisso?

Buddy não respondeu.

— Hein? — eu logo perguntei, pensando "Não podem fazer todas as vontades desses doentes, faz muito mal, vão ficar todos mimados".

— Nada — Buddy respondeu com uma voz fraca, imóvel.

— Neurótica, há! — exclamei, soltando uma risada sarcástica. — Se querer duas coisas opostas ao mesmo tempo é coisa de neurótico, então eu sou uma neurótica de marca maior. Vou ficar voando de uma coisa pra outra pelo resto da minha vida.

Buddy pousou sua mão sobre a minha.

— Deixa eu voar com você.

Fiquei em pé no alto da pista de esqui do monte Pisgah, olhando lá para baixo. Eu não tinha nada que estar ali. Eu nunca tinha esquiado na vida. Mas achei que era melhor aproveitar a oportunidade de ver aquela paisagem de perto.

À mìnha esquerda, o teleférico depositava mais e mais esquiadores na neve, que, de tão pisoteada pelas pessoas que iam e vinham, tinha ficado um pouco derretida sob o sol do meio-dia, mas a essa altura havia endurecido e, graças à consistência e ao brilho, parecia vidro. O ar frio castigava meus pulmões e meu nariz, me levando a um estado de clareza visionária.

Ao meu redor, de todos os lados, esquiadores de agasalhos vermelhos, azuis e brancos despencavam pela ladeira ofuscante como partes que tinham se soltado de uma bandeira dos Estados Unidos. Do sopé da pista de esqui, a cabana que imitava um chalé rústico lançava suas canções populares por sobre a capa de silêncio que nos cobria.

Olhando a descida do Jungfrau
Do nosso chalé para dois...

A melodia repetitiva passava por mim como um flume invisível que costurava seu caminho em meio a um deserto de neve. Bastaria um descuido magnífico para que eu fosse arremessada ladeira abaixo, na direção do pontinho cáqui que havia na lateral, entre os espectadores, e que se tratava do Buddy Willard.

Buddy havia passado a manhã inteira me ensinando a esquiar.

Primeiro ele pegou emprestado esquis e bastões de um amigo dele que morava no vilarejo, botas de esqui da esposa de um dos médicos, que calçava só um número a mais que eu, e uma roupa de esqui vermelha de uma estudante de enfermagem. Era incrível como qualquer sinal de teimosia o deixava mais persistente.

Nessa ocasião eu lembrei que, na faculdade de medicina, Buddy tinha ganhado um prêmio por ter convencido o maior número de parentes de gente morta a deixar que dissecassem seus corpos, mesmo quando não era necessário, em nome da ciência. Esqueci qual tinha sido o prêmio, mas eu conseguia até ver o Buddy com seu jaleco branco e o estetoscópio saltando para fora de um bolso, como se fizesse parte de seu corpo, sorrindo, cumprimentando todo mundo e garantindo aos familiares, tão atordoados quanto ingênuos, que era uma ótima ideia assinar a permissão para a autópsia.

Depois o Buddy pegou emprestado um carro do médico que acompanhava seu caso, que também havia tido tuberculose e era muito compreensivo, e partimos no mesmo momento em que o alarme do horário de caminhada soava estridente pelos corredores escuros do sanatório.

Buddy também nunca tinha esquiado, mas disse que os princípios básicos eram bastante simples, e, como sempre observava os instrutores e seus aprendizes, ele poderia me ensinar tudo o que eu precisava saber.

Passei a primeira meia hora subindo uma pequena ladeira com movimentos obedientes e os esquis em V, depois pegando impulso com os bastões para descer. Buddy pareceu satisfeito com minha evolução.

— Já está bom, Esther — ele comentou quando eu desci a ladeira com dificuldade pela vigésima vez. — Agora vamos ver como você se sai no reboque.

Eu parei de repente, toda vermelha e ofegante.

— Mas, Buddy, eu ainda não sei fazer o ziguezague. Todas aquelas pessoas que estão descendo lá de cima sabem.

— Ah, você só precisa subir até a metade, aí não pega tanto impulso.

Então o Buddy me acompanhou até o teleférico e me mostrou como manusear a corda, depois me disse para segurá-la e subir.

Em momento nenhum cogitei dizer não.

Agarrei a corda, que deslizava violenta como uma cobra por entre meus dedos, e subi.

Mas a corda me arrastou, se agitando tão rápido que foi impossível me soltar no meio do caminho. Havia uma pessoa na minha frente e outra atrás, e eu teria caído e sido soterrada por um monte de esquis e bastões no segundo em que soltasse a corda, e eu não queria causar confusão, então continuei e não fiz nada.

Mas lá no alto comecei a questionar minha decisão.

Buddy conseguiu me ver, titubeando com o agasalho vermelho. Seus braços cortavam o ar como um cata-vento cáqui. Então vi que ele estava fazendo um gesto para que eu descesse por um caminho que se abrira entre a multidão de esquiadores. Mas enquanto eu continuava ali parada, apreensiva, com a garganta seca, o caminho branco e liso que levava meus pés até os dele ficou embaçado.

Um esquiador passou vindo da esquerda, outro, da direita, e os braços do Buddy continuaram balançando debilmente como antenas do outro lado de um campo infestado de minúsculos animais microscópicos que eram como germes, ou pontos de exclamação claros e curvos.

Olhei para o alto daquele anfiteatro para ver o que havia além do burburinho.

O imenso olho cinza do céu retribuiu o olhar, e seu sol coberto de névoa realçou as distâncias iluminadas e silenciosas que se derramavam de todos os pontos da bússola, montanha branca atrás de montanha branca, e paravam aos meus pés.

A voz interna que dizia para eu deixar de ser boba — e salvar minha pele, tirar os esquis do pé e descer andando, camuflada pelos pinheiros que ladeavam a pista — foi embora como um pernilongo frustrado. A ideia de que eu poderia me matar ali se formou na minha mente sem fazer alarde, como uma árvore ou uma flor.

Medi a olho a distância que me separava do Buddy.

A essa altura ele tinha cruzado os braços e parecia fazer conjunto com a cerca de ripa que havia atrás dele — marrom, paralisado, insignificante.

Indo na direção da beira da colina, enfiei os bastões na neve e peguei impulso suficiente para uma descida que eu sabia não poder interromper, fosse por técnica ou por um súbito arrependimento tardio.

Mirei lá embaixo.

Um vento forte que vinha se escondendo até então me acertou em cheio na boca e puxou meu cabelo para trás na horizontal. Eu estava descendo, mas o sol branco já não subia mais: pairava sobre as ondas suspensas das montanhas, um pivô inanimado sem o qual o mundo não existiria.

Algo no meu corpo respondeu voando em sua direção. Senti que meus pulmões se inflaram com o influxo da paisagem — ar, montanhas, árvores, gente. "Ser feliz é assim", eu pensei.

Caí de uma vez, passando pelos esquiadores em seu ziguezague, pelos estudantes e especialistas, por anos e mais anos de duplicidade, sorrisos e concessões, indo na direção do meu passado.

As pessoas e as árvores recuaram dos dois lados, como as paredes escuras de um túnel, à medida que eu avançava a toda velocidade na direção do ponto brilhante e imóvel que havia no final, a pedra preciosa no fundo do poço, o bebê branco e lindo dentro da barriga da mãe.

Cravei os dentes numa coisa pedregosa e minha boca se encheu. Senti água gelada na garganta.

A cara do Buddy pairava sobre mim, próxima e imensa, como um planeta distraído. Outros rostos se revelaram atrás do dele. Depois deles, pontos pretos foram se multiplicando na superfície branca. Pouco a pouco, em partes que pareciam comandadas pela varinha de uma fada preguiçosa, o antigo mundo foi voltando ao lugar.

— Você estava indo bem — uma voz conhecida informou à minha orelha — até aquele homem entrar no seu caminho.

Havia gente desafivelando meus acessórios e recolhendo meus bastões, que tinham ficado virados para o céu, tortos, cada um em um monte de neve. A cerca de ripas estava apoiada nas minhas costas.

Buddy se debruçou para tirar minhas botas e os vários pares de meias de lã brancas que serviam de enchimento. Sua mão gorda agarrou meu pé esquerdo, depois puxou meu tornozelo para cima, apalpando alguma coisa, como se procurasse uma arma escondida.

Um sol branco e insensível cintilava no alto do céu. Eu queria que ele me afiasse até me tornar essencial, fina e santa como uma lâmina.

— Eu vou subir — eu disse. — Eu vou tentar de novo.

— Não vai, não.

Uma expressão estranha e satisfeita invadiu o rosto do Buddy.

— Não vai, não — ele repetiu com um sorriso decisivo. — Você quebrou a perna em dois lugares. Vai ter que passar meses usando gesso.

Capítulo nove

—QUE BOM QUE ELES VÃO MORRER.
Hilda contorceu seus membros felinos num bocejo, colocou a cabeça entre os braços e voltou a dormir na mesa de reuniões. Uma palhinha verde-bílis se soltou e pousou em sua testa como uma ave tropical.

Verde-bílis. Diziam que ia ser a cor do outono, mas Hilda, como sempre, estava meio ano adiantada. Verde-bílis com preto, verde-bílis com branco, verde-bílis com verde-água, seu primo-irmão.

As matérias de moda, prateadas e cheias de nada, soltavam suas bolhas duvidosas no meu cérebro e chegavam à superfície com um estalo oco.

Que bom que eles vão morrer.

Pensei que eu tinha dado azar de chegar no refeitório do hotel na mesma hora que a Hilda. Depois de uma noite longa, não tive forças para inventar a desculpa que me faria voltar ao quarto para buscar a luva, o lenço, o guarda-chuva, o caderno que eu esquecera. Meu castigo foi aquela caminhada longa e chata das portas de vidro cheias de gelo do Amazon até o mármore rosado da entrada da redação na Madison Avenue.

Hilda andou o caminho inteiro com gestos de manequim.

— Que chapéu lindo, você quem fez?

Eu quase esperava que a Hilda fosse virar para mim e dizer "Parece que você tá doente", mas ela só esticou e retraiu seu pescoço de cisne.

— Sim.

Na noite anterior eu tinha visto uma peça em que a heroína era possuída por um dybbuk, o espírito maligno do folclore judaico, e quando o dybbuk falava com sua boca, a voz que saía era tão grave e cavernosa que não dava para saber se era de homem ou de mulher. Pois a voz da Hilda estava igualzinha à voz daquele dybbuk.

Ela olhava seu reflexo nas vitrines brilhosas das lojas como se precisasse comprovar, a todo instante, que continuava existindo. O silêncio entre nós era tão profundo que pensei que parte dele devia ser culpa minha.

Então eu disse:

— Terrível o caso dos Rosenberg, não?

Iam executar os Rosenberg na cadeira elétrica no fim daquela noite.

— Sim! — Hilda respondeu, e eu enfim senti que tinha encontrado uma linha humana na cama de gato que era seu coração. Foi só quando nós duas estávamos esperando as outras na manhã sorumbática da sala de reuniões que Hilda amplificou aquele "Sim" dela.

— Deixar gente assim viva seria um horror.

Nesse momento ela bocejou, e sua boca laranja-clara se abriu, revelando uma grande escuridão. Fascinada, fiquei olhando a caverna negra atrás de seu rosto até que os dois lábios se juntaram e se mexeram, e o dybbuk, sem sair de seu esconderijo, falou:

— Que bom que eles vão morrer.

— Vai, dá um sorriso pra gente.

Eu estava sentada no sofá de veludo cor-de-rosa que ficava na sala da Jay Cee, segurando uma rosa de papel, de frente para o fotógrafo da revista. Fui a última das doze a ser fotografada. Eu tinha tentado me esconder no lavabo, mas não funcionou — a Betsy viu meu pé por debaixo da porta.

Eu não queria que tirassem minha foto porque eu ia chorar. Eu não sabia por que ia chorar, mas sabia que se alguém falasse comigo ou me olhasse por muito tempo as lágrimas iam sair voando dos meus olhos e os soluços iam sair voando da minha garganta e eu ia passar uma semana chorando. Eu sentia as lágrimas entornando e quase transbordando dentro de mim, como água num copo muito cheio que alguém está sacudindo.

Era a última rodada de fotos antes que a revista fosse para a gráfica e todas voltássemos para Tulsa, ou Biloxi, ou Teaneck, ou Coos Bay, ou fosse lá de onde vínhamos, e queriam que cada uma posasse com um objeto para mostrar o que queria ser.

Betsy posou segurando uma espiga de milho para mostrar que queria se casar com um fazendeiro, e a Hilda com uma cabeça careca e sem rosto para mostrar que queria fazer chapéus, e a Doreen com um sári bordado a ouro para mostrar que queria ser assistente social na Índia (mas não era verdade, ela me contou que só queria ganhar o sári).

Quando me perguntaram o que eu queria ser, eu disse que não sabia.

— Ah, claro que você sabe — o fotógrafo disse.

— Ela quer ser tudo — disse Jay Cee, muito sagaz.

Eu disse que queria ser poeta.

Aí eles saíram procurando alguma coisa para eu segurar.

Jay Cee sugeriu um livro de poesia, mas o fotógrafo disse que não, que era muito óbvio. Tinha que ser uma coisa que mostrasse o que inspirava os poemas. Por fim, Jay Cee tirou a única rosa de papel com caule longo que havia em seu mais novo chapéu.

O fotógrafo regulou suas luzes brancas e quentes.

— Mostra pra gente como você fica feliz quando escreve um poema.

Olhei além da borda de folhas de plantas de plástico que cobria a janela da Jay Cee, buscando o céu azul. Algumas poucas nuvens de aparência falsa avançavam da direita para a esquerda. Fixei os olhos na maior de todas, como se, quando ela se perdesse de vista, eu pudesse ter a sorte de me perder com ela.

Senti que era muito importante manter minha boca em linha reta.

— Dá um sorriso.

Até que, obediente, como a boca de um boneco de ventríloquo, minha boca começou a se contorcer e subir.

— Ei — o fotógrafo reclamou, com um pressentimento repentino —, você está com cara de quem vai chorar.

Não consegui parar.

A REDOMA DE VIDRO *113*

Enfiei o rosto no veludo rosa do sofá da Jay Cee, e, trazendo um imenso alívio, as lágrimas salgadas e os barulhos horríveis que tinham passado a manhã inteira dentro de mim explodiram ali mesmo.

Quando ergui a cabeça, o fotógrafo havia desaparecido. Jay Cee também. Eu me senti frágil e traída, como a pele que algum bicho terrível deixa para trás. Era um alívio me ver livre do bicho, mas ele parecia ter levado junto minha alma, e tudo em que conseguira passar as patas.

Abri minha bolsa e procurei o estojo dourado que continha a máscara de cílios, seu pincel, a sombra, os três batons e o espelhinho. O rosto que me olhou de volta parecia me olhar por entre as grades de uma cela de prisão depois de apanhar por muito tempo. Estava machucado, inchado e tinha as cores todas erradas. Era um rosto que precisava de água, sabão e tolerância cristã.

Comecei a pintá-lo sem muita vontade.

Jay Cee voltou andando tranquilamente depois de um bom tempo, trazendo uma pilha de manuscritos.

— Você vai se divertir — ela disse. — Boa leitura.

Todas as manhãs uma avalanche de manuscritos se somava às pilhas cinza na sala da editora de ficção. Em escritórios, sótãos e salas de aula pelos Estados Unidos inteiros, devia ter gente escrevendo sem que ninguém soubesse. Digamos que algumas dessas pessoas terminavam um manuscrito a cada minuto; em cinco minutos seriam cinco manuscritos empilhados na mesa da editora de ficção. Dentro de uma hora haveria sessenta amontoados no chão. E em um ano...

Eu sorri, vendo um manuscrito imaginário e imaculado flutuando no ar, com o nome Esther Greenwood datilografado no canto superior direito. Depois do meu mês na revista eu havia me candidatado para um curso de verão com um escritor famoso, no qual você enviava um conto e ele lia e dizia se você podia ou não participar da turma.

É claro que era uma turma muito pequena, e eu tinha enviado meu conto havia muito tempo e ainda não recebera nenhuma resposta do escritor, mas eu tinha certeza de que encontraria a carta de aceitação me esperando entre as correspondências na mesa quando chegasse em casa.

Decidi que ia fazer uma surpresa para a Jay Cee e ia enviar alguns dos contos que eu escrevesse no curso, usando um pseudônimo. Aí um dia a edito-

114 *Sylvia Plath*

ra de ficção iria pessoalmente até a sala da Jay Cee e jogaria os contos na mesa dela, dizendo: "Isto aqui é excepcional", e a Jay Cee ia concordar, e querer publicá-los, e convidar a autora para almoçar, e a autora seria eu.

— Sério — Doreen disse —, esse vai ser diferente.

— Me conta mais sobre ele — eu disse secamente.

— Ele é peruano.

— Eles são atarracados demais — eu disse. — São feios que nem os astecas.

— Não, não, querida, eu já o conheci pessoalmente.

Estávamos sentadas na minha cama, no meio de um monte de vestidos de algodão sujos, meias-calças estampadas e lingerie cinza, e Doreen estava havia dez minutos tentando me convencer a ir a um baile num country club com um amigo de um conhecido do Lenny, o que, segundo ela, era muito diferente de ser amigo do Lenny, mas, quando subi no trem das oito para voltar para casa na manhã seguinte, senti que devia ao menos começar a fazer minhas malas.

Também tive uma vaga impressão de que, se eu passasse a noite toda andando sozinha pelas ruas de Nova York, talvez um pouco do mistério e da grandiosidade da cidade ficasse impregnado em mim, finalmente.

Mas eu desisti.

Eu estava sentindo cada vez mais dificuldade de decidir qualquer coisa naqueles últimos dias. E quando eu *de fato* decidia fazer alguma coisa, como arrumar minha mala, eu só tirava as minhas roupas caras e sujas da cômoda e do armário e as espalhava pelas cadeiras e pela cama e pelo chão e depois me sentava e ficava olhando tudo aquilo, completamente atordoada. Elas pareciam ter identidade própria, e eram muito teimosas, porque se recusavam a ser lavadas, dobradas e guardadas.

— São essas roupas — eu disse a Doreen. — Não vou poder ver essas roupas quando eu voltar.

— É fácil resolver isso.

E, daquele seu jeito tão bonito e limitado, Doreen começou a agarrar combinações e meias e o complexo sutiã sem alças, com sua estrutura de metal — um brinde da Primrose Corset Company que eu nunca tinha tido coragem de usar — e, por fim, um a um, aquela triste seleção de vestidos de corte estranho que tinham custado quarenta dólares...

— Ei, deixa esse. Esse eu vou usar.

Doreen desenredou uma coisa preta do monte de roupas e a jogou no meu colo. Depois, pegando o resto das roupas e fazendo uma bola compacta e macia, ela escondeu tudo debaixo da cama.

Doreen bateu na porta verde com maçaneta dourada.

Do lado de fora se ouvia um alvoroço e a risada de um homem, interrompida de repente. Então um rapaz alto de camisa e cabelo loiro, cortado a escovinha, abriu a porta só um pouco e olhou para fora.

— Meu bem! — ele gritou.

Doreen sumiu nos braços dele. Pensei que aquele devia ser o conhecido do Lenny.

Fiquei parada em silêncio junto da porta, com meu tubinho preto e minha estola preta que tinha uma franja, mais abatida do que nunca, mas com menos expectativas. "Sou uma mera observadora", eu dizia a mim mesma enquanto via a Doreen sendo levada para dentro pelo rapaz loiro e sendo entregue a outro homem, que também era alto, só que mais moreno, com cabelos um pouco mais longos. Esse homem estava usando um blazer branco impecável, uma camisa azul-clara e uma gravata de cetim amarela com um alfinete brilhante.

Eu não conseguia parar de olhar aquele alfinete.

Ele parecia projetar uma grande luz branca sobre o ambiente. Depois a luz pareceu se retrair, deixando uma gota de orvalho num campo dourado.

Eu andei, tentando me equilibrar.

— É um diamante — alguém disse, e muita gente caiu na gargalhada.

Minha unha bateu numa superfície vítrea.

— O primeiro diamante que ela vê.

— Dá pra ela, Marco.

Marco se debruçou e colocou o alfinete na palma da minha mão.

Ele dançava deslumbrante, todo luz, como um cubo de gelo vindo do céu. Num gesto rápido, eu o enfiei na minha bolsa de pedrarias e olhei ao meu redor. Os rostos estavam vazios como pratos, e parecia que ninguém respirava.

Uma mão seca e dura agarrou meu antebraço.

— Por sorte eu vou acompanhar a moça pelo resto da noite.

Os olhos de Marco perderam o brilho, ficaram pretos.

— De repente eu ofereço um pequeno serviço...

Alguém riu.

— ... Que valha o preço de um diamante.

A mão agarrou mais forte meu braço.

— Ai!

Marco tirou a mão. Eu olhei meu braço. Uma impressão digital surgiu, cada vez mais roxa. Marco ficou me olhando. Depois apontou para a parte interna do mesmo braço.

— Olha aqui.

Eu olhei e vi mais quatro marcas fracas de dedos.

— Viu? Eu não estou brincando.

O sorrisinho tremulante do Marco me lembrou uma cobra com que eu tinha brincado no Zoológico do Bronx. Quando bati com o dedo na gaiola de vidro grosso, a cobra tinha aberto a boca, que parecia um mecanismo de relógio, numa espécie de sorriso. Depois ela avançou várias vezes seguidas contra a placa invisível, até eu me afastar.

Até então, eu nunca tinha conhecido um homem que odiava mulheres.

Eu soube que esse era o caso do Marco porque, embora houvesse muitas modelos e atrizes de TV no recinto naquela noite, ele só prestou atenção em mim. Não por gentileza, muito menos por curiosidade, mas porque eu estava na mão dele por acaso, como uma carta num baralho em que todas as cartas são idênticas.

UM HOMEM DO COUNTRY CLUB FOI até o microfone e começou a sacudir aqueles chocalhos cheios de sementes que costumam anunciar música da América do Sul.

Marco tentou pegar a minha mão, mas eu segurei firme meu quarto daiquiri e não saí do lugar. Eu nunca tinha tomado um daiquiri. Eu só estava tomando um porque o Marco tinha pedido para mim, e fiquei tão agradecida por ele não perguntar que drinque eu queria que não disse nada, só bebi um daiquiri após o outro.

Marco olhou para mim.

— Não — eu disse.

— Como não?

— Eu não sei dançar esse tipo de música.

— Não seja tonta.

— Eu quero ficar aqui sentada e terminar o meu drinque.

Marco se inclinou na minha direção com um sorrisinho forçado, e de repente meu drinque criou asas e aterrissou dentro de um vaso de planta. Depois Marco pegou minha mão com tanta força que tive que escolher entre segui-lo até a pista de dança ou ter meu braço arrancado.

— É um tango. — Marco me manobrou por entre as pessoas que estavam dançando. — Eu adoro tango.

— Eu não sei dançar.

— Você não precisa dançar. Eu cuido dessa parte.

Marco enganchou minha cintura com um braço e me puxou para junto de seu blazer tão branco que chegava a cegar. Então ele disse:

— Finge que você está se afogando.

Fechei os olhos e a música irrompeu sobre mim como uma tempestade. A perna do Marco se projetou para a frente, encontrando a minha, e minha perna foi para trás e pareceu que tinham me prendido nele com rebites, membro com membro, avançando à medida que ele avançava, sem arbítrio ou consciência própria, e depois de um tempo pensei que não eram necessárias duas pessoas para dançar, que só uma bastava, e eu deixei meu corpo se dobrar como uma árvore que o vento sopra.

— O que foi que eu te disse? — O fôlego do Marco queimou minha orelha. — Você é uma dançarina bem razoável.

Comecei a entender por que os homens que odeiam mulheres conseguiam fazer tantas mulheres de bobas. Esses homens pareciam deuses: eram imperturbáveis e extremamente poderosos. Eles apareciam e desapareciam em seguida. Ninguém conseguia segurá-los.

Depois da música sul-americana houve um intervalo.

118 Sylvia Plath

Marco me puxou pela mão e passamos pelas portas francesas que se abriam para o jardim. Luzes e vozes vazavam da janela do salão, mas alguns metros depois a escuridão ergueu sua trincheira e isolou tudo. No infinitésimo brilho das estrelas, as árvores e as flores espalhavam seus odores frescos. Não havia lua.

As cercas vivas se fecharam atrás de nós. Um campo de golfe deserto se alongou na direção de algumas árvores, e eu senti que aquela cena toda era ao mesmo tempo muito triste e muito familiar — o country club, o baile e o gramado com um único grilo.

Eu não sabia onde eu estava, mas era algum lugar nos subúrbios abastados de Nova York.

Marco tirou de algum lugar um charuto fino e um isqueiro prateado em forma de bala de revólver. Ele colocou o charuto na boca e se debruçou na direção da pequena chama. Seu rosto, com as luzes e sombras exageradas, pareceu estrangeiro e aflito, como o de um refugiado.

Eu o observei.

— Por quem você está apaixonado? — perguntei nesse momento.

Marco ficou um tempo sem dizer nada. Ele só abriu a boca e soprou um anel de fumaça azul.

— Perfeito! — ele exclamou, rindo.

O anel se alargou e perdeu a forma, branco e fantasmagórico naquela escuridão. Então ele disse:

— Estou apaixonado pela minha prima.

Eu não me surpreendi.

— Por que você não se casa com ela?

— Impossível.

— Por quê?

Marco deu de ombros.

— Ela é minha prima de primeiro grau. Quer virar freira.

— Ela é bonita?

— Não tem ninguém igual.

— Ela sabe do seu amor por ela?

— Claro que sabe.

Parei de falar. Esse obstáculo me pareceu absurdo.

— Se você ama sua prima — eu disse —, um dia você vai amar outra pessoa. — Marco jogou o charuto e o amassou com o pé.

O chão subiu e me atingiu com um leve choque. A lama se enredou nos meus dedos. Marco esperou até eu estar quase me levantando para segurar meus ombros com as duas mãos e me empurrar de novo. — Meu vestido...

— Seu vestido! — A lama escorreu e se ajustou às minhas omoplatas. — Seu vestido! — O rosto do Marco desceu e se posicionou sobre o meu. Eu não conseguia vê-lo direito. Gotas de cuspe caíram na minha boca. — Seu vestido é preto e a terra também.

Aí ele se jogou em cima de mim de bruços, como se quisesse usar o corpo para me triturar e chegar à lama.

"É agora", eu pensei. "É agora. Se eu ficar deitada aqui sem fazer nada, vai acontecer."

Marco cravou os dentes na alça que havia sobre meu ombro e rasgou meu vestido até a cintura. Vi o brilho da pele nua, como um véu branco que separava dois adversários decididos a arrancar sangue.

— Sua puta!

Essas palavras sibilaram junto à minha orelha.

— Sua puta!

A poeira baixou e eu tive uma visão clara da batalha.

Comecei a me debater e morder.

Marco me prensou contra a terra.

— Sua puta!

Acertei a perna dele com o salto afiado do meu sapato. Ele se virou, tentando encontrar onde doía.

Então eu fechei o punho e dei um soco no nariz dele. Foi como bater na chapa de aço de um navio de guerra. Marco se sentou. Eu comecei a chorar.

Marco tirou um lenço branco do bolso e passou no nariz. Uma coisa preta, como tinta, se espalhou pelo tecido claro.

Chupei meus dedos, que estavam salgados.

— Eu quero a Doreen.

Marco olhou na direção dos campos de golfe.

— Quero a Doreen. Quero voltar pra casa.

— São todas umas putas. — Marco pareceu estar falando sozinho. — Não tem jeito.

Cutuquei o ombro dele.

— Cadê a Doreen?

Marco bufou.

— Vai para o estacionamento. Procura no banco de trás de todos os carros.

Aí ele se virou.

— Meu diamante.

Eu me levantei e peguei minha estola, que estava perdida na escuridão. Comecei a andar para longe. Marco se levantou num salto e se colocou diante de mim, me impedindo de prosseguir. Depois, de propósito, ele passou o dedo sob o próprio nariz e fez duas linhas com o sangue nas minhas bochechas.

— Eu conquistei meu diamante com esse sangue. Me devolve.

— Eu não sei onde ele foi parar.

Mas eu sabia muito bem que o diamante estava na minha bolsa, e que quando o Marco tinha me derrubado ela havia saído voando, como uma ave noturna, na escuridão que nos cercava. Comecei a pensar em despistá-lo e depois voltar sozinha para procurá-la.

Eu não tinha ideia do que um diamante daquele tamanho poderia comprar, mas fosse o que fosse, eu sabia que era muito.

Marco agarrou meus ombros com as duas mãos.

— Me fala — ele disse, dando ênfase igual a cada palavra. — Me fala, ou eu vou quebrar o seu pescoço. — De repente eu deixei de me importar.

— Está na minha bolsa que imita pedrinhas — respondi. — Ela caiu em algum lugar. — Deixei Marco de quatro, procurando naquela escuridão uma outra escuridão menor, que não deixava seus olhos raivosos verem a luz do diamante.

Doreen não estava no salão nem no estacionamento.

Avancei pelos limites das sombras para que ninguém visse a grama grudada no meu vestido e nos meus sapatos, e com a estola preta cobri meus ombros e meus seios expostos.

Por sorte, o baile já estava quase no fim, e grupos estavam saindo do salão e indo até os carros estacionados. Andei de carro em carro pedindo carona, até encontrar um que tinha lugar sobrando e concordou em me deixar no centro de Manhattan.

A REDOMA DE VIDRO *121*

Naquela hora incerta entre a madrugada e o amanhecer, o terraço do Amazon ficava completamente vazio.

Silenciosa como uma ladra, vestindo meu robe de florezinhas, fui escondida até a o parapeito. Ele quase chegava aos meus ombros, então peguei uma cadeira dobrável da pilha que havia encostada na parede, a abri e subi no assento precário.

Uma brisa rígida levantou meus cabelos. Aos meus pés, a cidade extinguiu suas luzes para dormir e os edifícios se escureceram, como se um funeral estivesse prestes a começar.

Era minha última noite.

Eu estava segurando um monte de roupas, e dele puxei um rabo branco. Uma combinação elástica sem alça que havia perdido o elástico depois de um só uso se soltou na minha mão. Eu a sacudi, como uma bandeira branca, uma, duas vezes... O vento a levou, e eu deixei.

Um floco branco saiu flutuando pela noite e começou a descer devagar. Eu me perguntei em que rua ou telhado ele iria repousar.

Puxei mais uma peça.

O vento tentou de novo, mas não conseguiu, e uma sombra em forma de morcego afundou na direção do jardim que ficava na cobertura do edifício em frente.

Peça por peça, dei meu guarda-roupa inteiro para a noite comer, e, flutuando, como as cinzas de alguém que amamos, aqueles restos cinzentos foram sendo levados, e depois iam cair aqui e ali, em lugares que eu nunca saberia ao certo, no coração sombrio da cidade de Nova York.

Capítulo dez

O ROSTO NO ESPELHO PARECIA O DE uma índia doente.

Joguei o estojo de pó compacto dentro da bolsa e olhei pela janela do trem. Como um ferro-velho gigantesco, os pântanos e terrenos baldios de Connecticut passavam voando, e parecia que nenhuma das ruínas tinha conexão com a outra.

O mundo era um verdadeiro furdúncio!

Olhei para baixo e vi a roupa estranha que eu estava usando.

A saia era rodada e verde, cheia de formas pretas, brancas e azuis, e chamava tanta atenção quanto um abajur. No lugar das mangas, a blusa branca de renda tinha babados que balançavam como as asas de um anjo novo.

Eu me esquecera de separar algumas peças daquele monte que tinha deixado voar por Nova York, então Betsy tinha trocado uma blusa e uma saia pelo meu robe de florezinhas.

Meu reflexo pálido, com direito a asas brancas e rabo de cavalo castanho, passava fantasmagórico pela paisagem.

— Pollyanna country — eu disse em voz alta.

Uma mulher que estava no banco à minha frente parou de ler sua revista e me olhou por um instante.

Na última hora, eu tinha decidido não limpar as duas linhas diagonais de sangue seco que cruzavam meu rosto. Elas tinham um ar dramático e eram bastante impressionantes, e eu pensei em andar com elas por aí, como se fossem a recordação de um amante que morreu, até que saíssem sozinhas.

É claro que se eu sorrisse ou mexesse muito o rosto o sangue ia descascar rapidinho, então tratei de ficar imóvel, e quando tinha que falar eu falava entredentes, sem mover os lábios.

Eu não entendia por que as pessoas ficavam me olhando.

Tinha muita gente bem mais estranha que eu.

Minha mala cinza viajava na prateleira que havia no teto, e as únicas coisas que havia dentro dela eram os *Trinta melhores contos do ano*, um estojo de óculos de sol de plástico branco e duas dúzias de abacates, um presente de despedida da Doreen.

Os abacates ainda não estavam maduros, então iam aguentar bem a viagem, e sempre que eu levantava ou baixava a mala, ou simplesmente a levava a algum lugar, eles rolavam de um lado para o outro, fazendo um barulhinho todo especial.

— Rota centivinteoito! — o maquinista berrou.

A selva domesticada de pinheiros, bordos e carvalhos terminou de repente e ficou presa na moldura da janela do trem como uma foto feia. Minha mala foi resmungando e se debatendo à medida que eu avançava com dificuldade pelo longo corredor.

Saí do compartimento com ar-condicionado e, assim que pisei na plataforma da estação, o hálito maternal dos subúrbios me envolveu. Tinha cheiro de grama molhada, caminhonete, raquetes de tênis, cães e bebês.

Uma calma veranil pousava uma mão suave sobre todas as coisas, como a morte.

Minha mãe estava esperando ao lado do Chevrolet cinza-luva.

— Nossa, meu bem, o que é isso no seu rosto?

— Eu me cortei — respondi rápido e me enfiei no banco de trás com minha mala. Não queria que ela ficasse me encarando o caminho todo.

O estofamento estava escorregadio e parecia limpo.

Minha mãe se sentou ao volante e jogou algumas cartas no meu colo, virando as costas.

O carro ronronou e começou a andar.

— Acho melhor eu já te contar — ela disse, e vi que a notícia era ruim pela posição de seu pescoço —, você não foi aprovada no curso de escrita.

Ouvir aquilo foi como um soco no estômago.

Por todo o mês de junho, o curso de escrita se estendera à minha frente como uma ponte luminosa e segura que passava por sobre o abismo de tédio que era aquele verão. Nesse momento eu a vi vacilar e desmoronar, e um corpo de blusa branca e saia verde se atirar no vazio.

Então minha boca se deformou.

Eu já esperava.

Afundei o tronco inteiro, deixando o nariz na altura da borda da janela, e fiquei olhando as casas da periferia de Boston passarem. Quanto mais as casas me pareciam conhecidas, mais eu afundava no banco.

Senti que era muito importante que ninguém me reconhecesse.

O teto revestido do carro se fechou sobre minha cabeça como o teto de uma viatura de polícia, e as casas de ripa branca, brilhantes e idênticas, com seus intervalos verdes bem-cuidados foram surgindo, uma grade depois da outra numa cela espaçosa, mas inescapável.

Eu nunca tinha passado um verão no subúrbio.

O GUINCHO AGUDO DAS RODAS DE um carrinho feriu meus ouvidos. O sol que vazava pelas persianas encheu o quarto de uma luz satânica. Eu não sabia por quanto tempo eu tinha dormido, mas senti uma grande contração de cansaço.

A outra cama de solteiro que havia ao lado da minha estava vazia e desfeita.

Às sete eu tinha ouvido minha mãe se levantar, se vestir e sair do quarto andando na ponta dos pés. Depois ouvi o chiado de seu espremedor de laranja vindo lá de baixo, e o cheiro de café e bacon entrou por debaixo da porta. Depois a água da torneira correu e os pratos titilaram quando minha mãe os secou e os devolveu aos armários.

Depois a porta da casa se abriu e se fechou. Depois a porta do carro se abriu e se fechou, e o motor fez vrum-vrum e, se afastando com um barulho de cascalho, desapareceu.

Minha mãe estava dando aulas de taquigrafia e datilografia para várias universitárias da cidade e só voltaria para casa no meio da tarde.

As rodas passaram mais uma vez. Parecia que tinha alguém andando de um lado para o outro com um carrinho de bebê debaixo da minha janela.

Saí da cama e deitei no tapete, engatinhando em silêncio até a janela para ver quem era.

Morávamos numa casinha de madeira branca que ficava bem no meio de um pequeno gramado na esquina de duas ruas tranquilas, mas, apesar dos pequenos bordos plantados ao redor do nosso terreno, separados por espaços vazios, qualquer pessoa que andasse pela calçada podia olhar para as janelas do segundo andar e ver tudo o que estava acontecendo.

Quem tinha me avisado fora nossa vizinha de porta, uma mulher maldosa chamada sra. Ockenden.

A sra. Ockenden era uma enfermeira aposentada que havia acabado de se casar com seu terceiro marido — os outros dois tinham morrido em circunstâncias misteriosas — e passava tempo demais espiando por detrás das cortinas brancas e engomadas das janelas de sua casa.

Ela tinha chamado minha mãe duas vezes para falar de mim — uma para lhe informar que eu havia passado uma hora sentada sob a luz do poste da frente da casa, beijando alguém dentro de um Plymouth azul, e outra para contar que era melhor eu fechar as persianas do meu quarto, porque certa noite ela tinha me visto seminua, me aprontando para dormir, enquanto passeava com seu terrier escocês.

Com extremo cuidado, me levantei até que meus olhos alcançassem o peitoril da janela.

Uma mulher que não chegava a ter um metro e meio de altura, com uma barrigona grotesca, estava empurrando um velho carrinho de bebê preto pela rua. Duas ou três crianças pequenas de vários tamanhos, todas pálidas, com caras e pernas sujas, andavam cambaleando junto à barra de sua saia.

Um sorriso sereno, quase religioso, iluminava o rosto da mulher. Sua cabeça pendia para trás com ar de felicidade, como um ovo de pardal equilibrado sobre um ovo de pato, e ela sorria de frente para o sol.

Eu conhecia muito bem aquela mulher.

Era a Dodo Conway.

Dodo Conway era uma católica que tinha estudado na Barnard e depois se casado com um arquiteto que tinha estudado na Columbia e também era católico. Eles tinham uma casa cheia de cômodos na nossa rua. Embora ficasse atrás de uma fachada sombria de pinheiros, ela vivia rodeada de patinetes, triciclos, carrinhos de boneca, caminhões de bombeiro de brinquedo, redes de badminton, casinhas de críquete, gaiolas de hamsters e filhotes de cocker spaniel — tudo a que uma infância suburbana tinha direito.

Por mais que eu tentasse evitar, a Dodo chamava minha atenção.

Sua casa era diferente de todas as outras casas da nossa vizinhança tanto no tamanho (era muito maior) quanto na cor (o segundo andar era feito de madeira marrom-escura e o primeiro de estuque cinza, enfeitado com pedras cinzas e roxas em forma de bolas de golfe), e os pinheiros a escondiam completamente, algo que era considerado antipático na nossa comunidade de gramados contíguos e cercas-vivas que só chegavam até a cintura.

Dodo criava seus seis filhos — e sem dúvida criaria o sétimo — à base de barrinhas de arroz, sanduíches de manteiga de amendoim e marshmallow, sorvete de baunilha e galões e mais galões de leite Hoods. Ela ganhava um desconto especial do vendedor de leite da região.

Todo mundo adorava a Dodo, mas sua família não parava de crescer e esse era o assunto preferido da vizinhança. As pessoas mais velhas, como minha mãe, tinham dois filhos, e as mais jovens e mais prósperas tinham quatro, mas só a Dodo estava prestes a ter o sétimo. Ter seis já era considerado um exagero, mas entre os católicos a situação era diferente, como todos comentavam.

Observei a Dodo levar seu mais jovem herdeiro de um lado para o outro. Ela parecia estar fazendo aquilo para mim.

Eu nunca gostei de crianças.

Uma tábua do assoalho rangeu, e eu me agachei de novo no exato momento em que o rosto da Dodo Conway, por instinto ou por algum dom de audição sobrenatural, girou sobre o pequeno eixo de seu pescoço.

Senti seu olhar perfurando as tábuas brancas e as rosas cor-de-rosa do papel de parede e me flagrando ali, agachada atrás das estacas prateadas do radiador.

Voltei para a cama e me cobri até a cabeça, mas nem isso impediu que a luz entrasse, então enfiei a cabeça embaixo da escuridão do travesseiro e fingi que era noite. Eu não via sentido em me levantar.

Eu não tinha nenhum motivo para continuar viva.

Depois de um tempo ouvi o telefone tocando no corredor do primeiro andar. Cobri as orelhas com o travesseiro e me dei cinco minutos. Depois tirei a cabeça do esconderijo. O telefone tinha parado de tocar.

Quase de repente, ele começou a tocar de novo.

Xingando quem quer que fosse o amigo, parente ou desconhecido que descobrira que eu estava de volta, desci a escada descalça. O aparelho preto sobre a mesa do corredor trinava sua nota histérica sem parar, como um pássaro impaciente.

Atendi o telefone.

— Alô — eu disse, numa voz baixa, disfarçada.

— Oi, Esther, o que foi, está com a garganta inflamada?

Era minha velha amiga Jody, telefonando de Cambridge.

Naquele verão, Jody estava trabalhando na cooperativa e fazendo um curso de sociologia no horário de almoço. Ela e duas outras garotas da minha universidade tinham alugado um apartamento bem grande de quatro alunas de direito da Harvard, e eu vinha planejando morar com elas quando meu curso de escrita começasse.

Ela queria saber a data em que eu chegaria.

— Eu não vou mais — eu disse. — Não entrei no curso.

Houve uma pequena pausa.

— Ele é um boçal — Jody disse então. — Não sabe reconhecer alguém que tem talento.

— É exatamente o que eu penso. — Minha voz me pareceu estranha e oca.

— Vem mesmo assim. Faz algum outro curso.

Nesse momento me passou pela cabeça estudar alemão ou psicologia anormal. Afinal de contas, eu havia guardado quase todo meu salário de Nova York, então poderia pagar quase tudo.

Mas a voz oca disse:

— É melhor você não contar comigo.

130 Sylvia Plath

— Bom... — Jody começou a falar — Tem uma outra menina que queria vir morar com a gente, se alguém desistisse...

— Ótimo. Podem chamar ela.

No mesmo instante em que desliguei o telefone eu soube que deveria ter dito que ia. Passar mais uma manhã ouvindo o carrinho de bebê da Dodo Conway ia me deixar louca. E eu tinha decidido nunca mais morar na mesma casa que a minha mãe por mais de uma semana.

Estiquei o braço para pegar o telefone.

Minha mão avançou alguns centímetros, depois recuou e caiu ao lado do corpo. Eu me esforcei para levá-la ao telefone de novo, mas de novo ela parou no meio, como se tivesse batido numa vidraça.

Fui andando até a sala de jantar.

Sobre a mesa encontrei uma carta longa e burocrática enviada pelo curso de verão e uma carta azul e fina escrita em um papel timbrado de Yale, endereçada a mim na caligrafia austera do Buddy Willard.

Abri a carta do curso de verão com uma faca.

Já que eu não tinha sido aceita no curso de escrita, a carta dizia que eu poderia escolher algum outro curso, mas deveria ligar para o departamento de matrículas ainda naquela manhã, senão não daria tempo de me inscrever, porque as turmas estavam quase completas.

Disquei o número do departamento de matrículas e ouvi a voz zumbi deixar uma mensagem dizendo que a srta. Esther Greenwood não ia mais participar de nenhum dos cursos de verão.

Depois abri a carta do Buddy Willard.

Buddy escreveu que sentia que estava se apaixonando por uma enfermeira que também tinha tuberculose, mas que a mãe dele havia alugado um chalé nos Adirondacks pelo mês de julho, e que, se eu fosse com ela, talvez ele descobrisse que o que sentia pela moça era só uma paixonite.

Peguei um lápis e risquei a carta do Buddy. Depois virei a folha e do outro lado escrevi que estava noiva de um intérprete e nunca mais queria ver o Buddy, porque eu não queria que meus filhos tivessem um pai tão falso.

Devolvi a carta ao envelope, fechei com fita adesiva e mudei o endereço do destinatário para devolvê-la para o Buddy sem colocar outro selo. Pensei que a mensagem valia no máximo três centavos.

A REDOMA DE VIDRO *131*

Depois decidi que ia passar o verão escrevendo um romance.

Isso ia fazer muita gente mudar de comportamento.

Andei até a cozinha a passos largos, joguei um ovo cru dentro de uma xícara de carne moída crua, misturei tudo e comi. Depois montei a mesa de carteado no pátio telado que ficava entre a casa e a garagem.

Um imenso arbusto de falso-jasmim tapava a vista da rua da frente, as paredes da casa e da garagem cobriam os dois lados e as bétulas e a cerca-viva me protegiam da sra. Ockenden nos fundos.

Contei trezentas e cinquenta folhas de papel para datilografia no estoque que minha mãe mantinha no armário do corredor, escondido debaixo de alguns chapéus de feltro velhos, escovas de roupa e cachecóis de lã.

De volta ao pátio, coloquei a primeira folha virgem na minha antiga máquina e girei o cilindro.

De uma outra mente mais distante, me vi sentada no pátio, rodeada pelas duas paredes de tábua brancas, por um arbusto de falso-jasmim, por bétulas e uma cerca-viva, pequenina como uma boneca numa casa de bonecas.

Uma ternura me encheu o coração. Minha heroína seria eu mesma, mas disfarçada. Ela se chamaria Elaine. Elaine. Contei as letras nos dedos. Esther também tinha seis letras. Parecia ser um bom sinal.

Elaine sentou-se no pátio com uma velha camisola amarela que pertencia a sua mãe, esperando que algo acontecesse. Era uma manhã sufocante de julho, e gotas de suor rolavam por suas costas, uma por uma, como insetos vagarosos.

Eu me recostei na cadeira e li o que tinha escrito.

O texto me pareceu mais ou menos envolvente, e senti algum orgulho da parte das gotas de suor que pareciam insetos, mas tive a leve impressão de ter lido aquilo em algum lugar havia muito tempo.

Fiquei sentada na mesma posição por cerca de uma hora, tentando pensar no que viria depois, e, na minha cabeça, a boneca descalça que usava a camisola amarela da mãe também ficava sentada olhando para o nada.

— Nossa, querida, não quer trocar de roupa?

Minha mãe tinha o cuidado de nunca me mandar fazer nada. Ela só tentava me convencer em tom carinhoso, como uma pessoa inteligente e madura conversando com outra.

— São quase três da tarde.

— Estou escrevendo um romance — respondi. — Não tenho tempo pra ficar trocando de roupa.

Eu me deitei no sofá do pátio e fechei os olhos. Ouvi minha mãe tirando a máquina de escrever e os papéis da mesa de carteado e pondo a mesa para o jantar, mas não me mexi.

A apatia escorria pelo corpo de Elaine feito melaço. Ter malária deve ser assim, ela pensou.

Nesse ritmo, se eu conseguisse escrever uma página por dia seria muito.

Aí eu entendi qual era o problema.

Eu precisava de experiência de vida.

Como eu poderia escrever sobre a vida se eu nunca tinha tido um caso com alguém, nem tido um bebê, nem visto alguém morrer? Uma garota que eu conhecia havia acabado de ganhar um prêmio com um conto sobre as aventuras que viveu entre os pigmeus na África. Como eu ia competir com uma coisa assim?

Quando o jantar acabou, minha mãe tinha me convencido a estudar taquigrafia à noite. Aí eu ia matar dois coelhos com uma cajadada só, escrevendo um romance e também aprendendo algo útil. Eu também ia economizar muito dinheiro.

Naquela mesma noite, minha mãe desenterrou uma antiga lousa do porão e a montou no pátio. Depois ela se colocou diante da lousa e escreveu pequenos arabescos com giz branco enquanto eu ficava sentada numa cadeira, olhando.

No começo fiquei animada.

Pensei que eu poderia aprender taquigrafia rapidinho, e quando a mulher sardenta do departamento de bolsas de estudos me perguntasse por que eu não tinha trabalhado para ganhar dinheiro em julho e agosto, como esperavam que as bolsistas fizessem, eu poderia dizer que tinha feito um curso de taquigrafia para me sustentar quando terminasse a faculdade.

O único problema era que, quando eu tentava me imaginar em algum emprego, taquigrafando linhas e mais linhas em alta velocidade, me dava um branco. Não havia nenhum trabalho que eu tivesse vontade de fazer em que se usasse taquigrafia. E, à medida que eu ficava ali observando, os arabescos em giz branco foram perdendo a forma e o sentido.

Eu disse à minha mãe que estava com uma dor de cabeça terrível e fui me deitar.

Uma hora depois a porta se entreabriu e ela entrou no quarto sem fazer barulho. Ouvi o farfalhar dos tecidos quando ela trocou de roupa. Ela se deitou na cama. Depois de um tempo começou a respirar mais lento.

Sob a luz amena que vinha do poste de luz e se infiltrava pelas persianas fechadas, vi os grampos que prendiam seus cachos brilhando como uma fileira de pequenas baionetas.

Decidi que eu ia deixar o romance de lado até ir para a Europa e arranjar um amante, e que eu jamais aprenderia nem sequer uma palavra de taquigrafia. Se eu nunca aprendesse taquigrafia, eu nunca ia precisar taquigrafar.

Pensei em passar o verão lendo *Finnegans Wake* e escrevendo meu trabalho.

Assim eu estaria bastante adiantada quando as aulas da universidade voltassem, no final de setembro, e poderia aproveitar meu último ano, em vez de virar noites estudando, sem maquiagem e com o cabelo oleoso, tomando só café e benzedrina, como fazia a maioria dos alunos que estavam no último ano e queriam se graduar com láureas.

Aí eu pensei que poderia trancar a faculdade por um ano e virar aprendiz de algum ceramista.

Ou ir para a Alemanha e pagar as contas trabalhando de garçonete até conseguir aprender a língua.

Então planos e mais planos começaram a pular na minha cabeça como uma família de coelhos agitados.

Vi os anos da minha vida espalhados por uma estrada como postes de telefone conectados por cabos. Contei um, dos, três… dezenove postes, e depois os cabos ficavam pendurados no vazio, e, por mais que tentasse, eu não conseguia ver mais nenhum poste depois do décimo nono.

O quarto se revelou, azulado, e eu me perguntei aonde a noite tinha ido. Minha mãe deixou de ser um tronco de árvore coberto pela névoa e se tornou uma mulher de meia-idade adormecida, com a boca entreaberta e um ronco subindo pela garganta. Aquele barulho de porco me incomodou, e por um momento me pareceu que a única maneira de fazê-lo parar seria pegar a coluna de pele e tendões da qual ele saía e torcê-la até o silêncio chegar.

Fingi estar dormindo até minha mãe sair para o trabalho, mas nem minhas pálpebras conseguiam impedir a luz de entrar. Elas estendiam a tela vermelha de seus vasinhos minúsculos diante de mim como uma ferida aberta. Eu me enfiei entre o colchão e o estrado revestido e deixei o colchão me cobrir como um túmulo. Ali embaixo era escuro e seguro, mas o colchão ainda era leve demais.

Eu precisava de mais uma tonelada, mais ou menos, para conseguir dormir.

correorrio, após Adão e Eva, da contornada costa à encurvada enseada, nos leva por um commodius vicus recirculante de volta para Howth Castle e Entornos.[*]

O livro grosso deixou uma marca feia na minha barriga.

correorrio, após Adão e Eva...

Pensei que a letra minúscula no começo talvez quisesse dizer que nada nunca começava de fato, com letra maiúscula, mas que tudo fluía do que tinha vindo antes. Adão e Eva eram Adão e Eva, é claro, mas isso também devia ter outro significado.

Talvez fosse um pub em Dublin.

Meus olhos foram afundando numa sopa de letrinhas até chegar à palavra comprida que ficava no meio da página.

---

[*] Joyce, James. *Finnegans Wake (por um fio)*. Tradução de Dirce Waltrick do Amarante. São Paulo: Editora Iluminuras, 2018. p. 39.

*bababadalgharaghtakamminarronnkonnbronntonnerronnruon
nthunntrovarrhounawnskawntoohoohoordenenthurnukl**

Contei as letras. Eram exatamente cem. Achei que isso devia ser importante.

Por que tinham que ser cem letras?

Tentei falar a palavra em voz alta, meio sem vontade.

Ela parecia um objeto de madeira muito pesado caindo pela escada, bum, bum, bum, degrau por degrau. Erguendo o livro, deixei que as páginas abanassem meus olhos lentamente. Palavras, vagamente familiares, mas completamente distorcidas, como rostos em uma casa de espelhos, passaram voando sem deixar nenhuma marca na superfície vítrea do meu cérebro.

Franzi o cenho, tentando enxergar a página.

As letras criaram espinhos e chifres de carneiro. Eu as vi se separando umas das outras e balançando de um jeito bobo. Depois elas se juntaram, criando formas fantásticas e intraduzíveis, como palavras em árabe ou chinês.

Decidi jogar minha pesquisa fora.

Decidi jogar fora o programa de honras inteiro e virar uma estudante de inglês normal. Fui procurar os requisitos da pós-graduação em inglês na minha universidade.

Eram muitos requisitos, e eu não cumpria nem metade. Um deles era cursar uma disciplina sobre o século dezoito. Eu odiava qualquer coisa relacionada ao século dezoito, inclusive aqueles homens arrogantes que escreviam dísticos perfeitinhos e valorizavam a razão acima de tudo. Por isso eu tinha pulado essa disciplina. No programa de honras eles te deixavam fazer isso, você tinha muito mais liberdade. Eu tinha ficado tão livre que passei quase o tempo todo estudando Dylan Thomas.

Uma amiga minha, que também cursava o programa de honras, tinha conseguido a proeza de nunca ler sequer uma palavra de Shakespeare, mas sabia tudo sobre os *Quatro quartetos*.

---

* *Idem*, p. 20.

Percebi que seria impossível, além de constrangedor, tentar sair do meu programa livre e mudar para o mais rígido. Então olhei os requisitos da pós--graduação em inglês da faculdade comunitária em que minha mãe dava aula.

Eram ainda piores.

Você tinha que saber inglês antigo e conhecer a história da língua inglesa, além de uma seleção representativa de tudo o que havia sido escrito desde Beowulf até os dias atuais.

Fiquei surpresa. Eu sempre tinha subestimado a universidade da minha mãe por misturar homens e mulheres e estar cheia de estudantes que não conseguiam bolsas nas grandes universidades do leste.

Nesse momento percebi que a pessoa mais burra da universidade da minha mãe sabia mais do que eu. Percebi que não iam nem me deixar entrar pela porta, que dirá me oferecer uma bolsa de estudos generosa como a que eu tinha na minha universidade.

Pensei que era melhor eu passar um ano trabalhando e repensar minha situação. Talvez eu pudesse estudar o século dezoito em segredo.

Mas eu não sabia taquigrafia, então o que eu podia fazer?

Eu podia ser garçonete ou datilógrafa.

Mas qualquer uma das duas coisas me parecia insuportável.

— Você quer mais remédios para dormir, é isso?

— Isso.

— Mas os que eu te dei semana passada são muito fortes.

— Esses não estão mais funcionando.

Os olhos grandes e escuros de Teresa me sondaram. Eu ouvia as vozes de seus três filhos no jardim que ficava sob a janela do consultório. Minha tia Libby se casara com um italiano, e Teresa era a cunhada da minha tia e nossa médica da família.

Eu gostava da Teresa. Ela era intuitiva e delicada.

Eu achava que isso tinha a ver com sua ascendência italiana.

Houve uma pequena pausa.

— O que você tem sentido? — Teresa perguntou então.

— Não consigo dormir. Não consigo ler. — Tentei falar de um jeito calmo e contido, mas a zumbi subiu pela minha garganta e me sufocou. Fiz um gesto com as palmas das mãos viradas para cima.

— Eu acho — Teresa arrancou uma página branca de seu receituário e anotou um nome e um endereço — que é melhor você ir a um outro médico que eu conheço. Ele vai conseguir te ajudar mais do que eu.

Eu olhei o papel, mas não consegui ler o que estava escrito.

— Dr. Gordon — Teresa disse. — Ele é psiquiatra.

Capítulo onze

A SALA DE ESPERA DO DR. GORDON era bege e silenciosa.

As paredes eram bege, o carpete era bege, as cadeiras estofadas e sofás eram bege. Não havia espelhos nem quadros, só certificados de várias faculdades de medicina, com o nome do dr. Gordon em latim, pendurados nas paredes. Samambaias desgrenhadas verde-claro e folhas espinhentas de um tom de verde mais escuro enchiam os vasos de cerâmica que havia sobre as mesas de canto e de centro.

No início eu me perguntei por que aquela sala dava uma sensação tão grande de segurança. Depois percebi que era porque não havia janelas.

O ar-condicionado me fez estremecer.

Eu continuava usando a blusa branca e a saia rodada da Betsy. A essa altura já estavam mais largas, porque eu não as pusera para lavar nas três semanas desde que voltara para casa. O algodão suado desprendia um cheiro azedo, mas familiar.

Eu também não tinha lavado o cabelo nas últimas três semanas.

Eu não dormia havia sete noites.

Minha mãe me disse que eu devia ter dormido, que era impossível não dormir esse tempo todo, mas se eu dormi tinha sido de olhos abertos, porque havia seguido o trajeto verde e luminoso dos círculos e semicírculos do segundo ponteiro e do ponteiro dos minutos e do ponteiro das horas do relógio de cabeceira a noite inteira por sete noites, sem perder nem um segundo, minuto ou hora.

Eu não tinha lavado minha roupa nem meu cabelo porque fazer isso parecia uma grande bobagem.

Eu via os dias do ano se estendendo à minha frente como uma série de caixas branquíssimas, e separando uma caixa da outra estava o sono, como uma sombra negra. Só que, para mim, a longa perspectiva de sombras que serviam de divisórias entre as caixas tinha se deslocado de repente, e eu conseguia ver os dias, um após o outro, reluzindo à minha frente como uma avenida branca, larga e completamente deserta.

Parecia uma bobagem tomar banho num dia sabendo que eu teria que tomar banho de novo no outro.

Só de pensar nisso eu já ficava cansada.

Eu queria fazer tudo uma vez só e nunca mais precisar fazer nada.

O DR. GORDON GIRAVA UM LÁPIS prateado entre os dedos.

— Sua mãe me contou que você anda chateada.

Eu me encolhi na cavernosa poltrona de couro e encarei o dr. Gordon. Quilômetros de mesa encerada nos separavam.

O dr. Gordon esperou. Ele bateu o lápis — tá, tá, tá — no campo verde e limpo de seu mata-borrão.

Seus cílios eram tão longos e grossos que pareciam falsos. Palhas pretas de plástico contornando dois lagos glaciais verdes.

O dr. Gordon tinha traços tão perfeitos que era belo de um jeito quase feminino.

Eu o detestei desde o momento em que pisei em seu consultório.

Tinha imaginado um homem feio e gentil olhando para cima e dizendo "Ah!" com um tom alentador, como se visse algo que eu não podia ver, e assim eu ia conseguir encontrar as palavras para lhe dizer que estava com muito medo, que era como se estivessem me empurrando cada vez mais fundo num saco escuro e sem ar do qual eu não podia sair.

Aí ele ia se recostar na cadeira e juntar as pontas dos dedos, formando um pequeno campanário, e me dizer por que eu não conseguia dormir, por que eu não conseguia ler, por que eu não conseguia comer e por que tudo que as pessoas faziam parecia tão bobo, porque no final todo mundo morria.

E pensei que depois ele ia me mostrar, passo a passo, como voltar a ser quem eu era.

Mas o dr. Gordon não era assim. Ele era jovem e bonito, e logo percebi que era muito convencido.

Sobre a mesa do dr. Gordon havia uma fotografia com moldura prateada que ficava meio virada para ele, meio virada para a minha cadeira de couro. Era uma foto de família, e mostrava uma mulher bonita de cabelos escuros, que poderia ser a irmã do dr. Gordon, sorrindo entre as cabeças de duas crianças loiras.

Acho que uma das crianças era um menino e a outra, menina, mas talvez as duas fossem meninos ou meninas, é difícil saber quando são crianças tão pequenas. Acho que também havia um cachorro na foto, mais para o fundo — um airedale terrier ou um golden retriever —, mas podia ser só a estampa da saia da mulher.

Não sei por quê, mas a fotografia me deixou com muita raiva.

Eu não entendia por que ela tinha que estar meio virada na minha direção, a não ser que o dr. Gordon estivesse tentando me mostrar logo de cara que era casado com uma mulher muito elegante e era melhor eu não pensar nenhuma asneira.

Depois eu pensei: como esse tal de dr. Gordon ia me ajudar, rodeado por uma esposa linda, filhos lindos e um cachorro lindo, como anjos em um cartão de Natal?

— E se você tentar me falar o que você acha que está acontecendo?

Analisei essas palavras com ar desconfiado, como se fossem pedrinhas redondas que o mar traz e de repente criam garras, transformando-se em outra coisa.

O que eu *achava* que estava acontecendo?

Isso dava a entender que nada estava acontecendo *de fato*, que eu só *achava* que tinha alguma coisa acontecendo.

Com uma voz seca e dura — para mostrar que eu não estava impressionada com sua beleza ou com a foto de sua família —, contei ao dr. Gordon que eu não estava conseguindo dormir, nem comer, nem ler. Não contei sobre minha letra, que era o que mais me incomodava.

Naquela manhã eu tinha tentado escrever uma carta para a Doreen, que estava em West Virginia, perguntando se eu podia ir morar com ela na universidade onde ela estudava, e talvez arranjar um emprego como garçonete ou algo assim.

Mas, quando peguei minha caneta, minha mão fez letras grandes e tremidas como a caligrafia de uma criança, e as linhas caíam pela página da esquerda para a direita, quase na diagonal, como se fossem pedaços de barbante deixados sobre a folha e alguém tivesse os assoprado para tirá-los do lugar.

Eu sabia que não podia mandar uma carta assim, então a rasguei em pedacinhos e os coloquei na minha bolsa, perto do meu pó compacto, para o caso de o psiquiatra querer vê-los.

Mas é claro que o dr. Gordon não pediu para vê-los, porque eu não tinha falado deles, e comecei a me orgulhar da minha esperteza. Pensei que, enquanto ele ficava ali se achando muito inteligente, eu podia lhe contar só o que eu quisesse, e podia controlar a imagem que ele tinha de mim escondendo algumas coisas e revelando outras.

Enquanto eu falava, o dr. Gordon passou o tempo todo com a cabeça baixa, como se estivesse rezando, e o único barulho além da voz seca e dura era o tá, tá, tá do lápis do dr. Gordon batendo no mesmo lugar do mata-borrão verde, como uma bengala presa num buraco.

Quando terminei, o dr. Gordon levantou a cabeça.

— Em que universidade você disse que estuda mesmo?

Eu respondi, chocada. Eu não entendia o que a universidade tinha a ver com tudo aquilo.

— Ah! — O dr. Gordon se recostou em sua cadeira, olhando por cima do meu ombro com um sorriso saudoso.

Pensei que ele fosse me dizer qual era meu diagnóstico, e que talvez eu o tivesse julgado muito rápido e de forma muito cruel. Mas ele só disse o seguinte:

— Eu me lembro bem da sua universidade. Passei por lá durante a guerra. Eles tinham uma unidade feminina do exército, não tinham? Ou era da Reserva Naval?

Eu disse que não sabia.

— Sim, era do exército, agora estou me lembrando. Eu era o médico do grupo, antes de me mandarem para o estrangeiro. Nossa, como aquelas moças eram lindas…

O dr. Gordon riu.

Depois, em um só movimento fluído, ele se levantou e andou na minha direção com ar tranquilo, dando a volta em sua mesa. Não entendi direito o que ele queria fazer, então me levantei também.

O dr. Gordon pegou a mão que estava caída junto ao meu corpo e a sacudiu.

— Então a gente se vê na semana que vem.

Os olmos cheios criavam um túnel de sombra por sobre as fachadas de tijolos amarelos e vermelhos da Commonwealth Avenue, e um bonde avançava rumo a Boston em seu trilho estreito e prateado. Esperei o bonde passar e atravessei, me aproximando do Chevrolet cinza que estava parado junto ao meio-fio do outro lado da rua.

Vi o rosto da minha mãe, apreensivo e amarelado como uma rodela de limão, me encarando através do para-brisa.

— E aí, o que ele disse?

Puxei a porta do carro. Não fechou. Eu a abri e fechei de novo, com um baque seco.

— Ele disse que a gente se vê na semana que vem.

Minha mãe suspirou.

O dr. Gordon custava vinte e cinco dólares por hora.

— Oi, qual é seu nome?

— Elly Higginbottom.

O marinheiro apertou o passo para me alcançar, e eu sorri.

Pensei que devia haver tantos marinheiros quanto havia pombos no Common. Eles pareciam sair de uma casa de recrutamento cinza-escura que ficava do outro lado do parque e que tinha pôsteres azuis e brancos com os dizeres "Junte-se à Marinha" colados em outdoors por todos os lados e pelas paredes internas.

— De onde você é, Elly?

— De Chicago.

Eu nunca tinha ido para Chicago, mas conhecia um ou dois rapazes que tinham estudado na Universidade de Chicago, e lá parecia ser o tipo de lugar de onde saíam as pessoas pouco convencionais e meio problemáticas.

— Você está bem longe de casa.

O marinheiro me pegou pela cintura e ficamos um bom tempo andando assim pelo Common, ele passando a mão no meu quadril através da saia franzida, e eu sorrindo misteriosa e tentando não dizer nada que revelasse que eu era de Boston e a qualquer momento podia cruzar com a sra. Willard, ou uma das outras amigas da minha mãe, cortando caminho pelo Common depois de um chá em Beacon Hill ou das compras no Filene's Basement.

Pensei que, se algum dia eu chegasse a morar em Chicago, talvez mudasse meu nome para Elly Higginbottom de vez. Assim ninguém ia saber que eu tinha desistido de uma bolsa em uma grande universidade feminina da Costa Leste, jogado um mês em Nova York pela janela e recusado um casamento com um estudante de medicina bastante promissor que um dia seria membro da Associação Médica Americana e ganharia rios de dinheiro.

Em Chicago, as pessoas iam ver quem eu era de verdade.

Eu seria só Elly Higginbottom, a órfã. Todo mundo ia adorar meu jeito meigo e quieto. Ninguém ia me obrigar a ler livros nem escrever longos ensaios sobre os duplos na obra de James Joyce. E um dia eu poderia acabar me casando com um mecânico másculo mas amoroso, e tendo uma família grande e pacata, como a da Dodo Conway.

Se eu tivesse vontade.

— O que você quer fazer quando sair da Marinha? — perguntei de repente ao marinheiro.

Essa tinha sido a frase mais longa que eu dissera, e ele pareceu bastante surpreso. Ele puxou seu quepe branco, que parecia um bolinho, para um lado e coçou a cabeça.

— Não sei, viu, Elly — ele respondeu. — Talvez eu faça uma faculdade pelo programa de auxílio aos veteranos.

Fiz uma pausa. Depois perguntei com um tom sugestivo:

— Você já pensou em abrir uma oficina mecânica?

— Nunca pensei, não — respondeu o marinheiro.

Eu o olhei de soslaio. Ele não parecia ter mais de dezesseis anos.

— Sabe quantos anos eu tenho? — perguntei, em tom acusatório.

O marinheiro sorriu para mim.

— Não, e não me importa.

De repente me ocorreu que esse marinheiro de fato tinha uma beleza acima da média. Ele era meio nórdico, meio virginal. Agora que eu tinha virado uma pessoa simplória, parecia que eu atraía gente bonita e asseada.

— Pois bem, eu tenho trinta — eu disse, e esperei sua reação.

— Puxa, Elly, não parece! — O marinheiro apertou meu quadril.

Então ele olhou rapidamente da esquerda para a direita.

— Escuta, Elly, se a gente der a volta por aquela escada ali, debaixo do monumento, eu posso te beijar.

Nesse momento vi uma figura marrom de sapatos marrons simples e sem salto andando a passos largos pelo Common e vindo na minha direção. À distância não consegui reconhecer os traços daquele rosto pequeno como uma moedinha, mas tive certeza de que era a sra. Willard.

— Será que você pode me dizer para que lado fica o metrô? — perguntei ao marinheiro com uma voz alta.

— Quê?

— O metrô que vai até a prisão de Deer Island?

Quando a sra. Willard se aproximasse, eu precisaria fingir que estava só pedindo uma informação para o marinheiro, e que não o conhecia.

— Me solta! — eu disse, quase sem abrir a boca.

— Nossa, o que foi, Elly?

A mulher se aproximou e passou por nós sem nenhum olhar ou cumprimento, e não era a sra. Willard, naturalmente. A sra. Willard estava em seu chalé nos Adirondacks.

Fiquei encarando as costas da mulher, que se afastavam cada vez mais, com um olhar vingativo.

— O que foi, Elly?

— Pensei que era uma conhecida minha — eu disse. — Uma velha desgraçada de um orfanato lá de Chicago.

O marinheiro voltou a me abraçar.

— Quer dizer que você não tem pai nem mãe, Elly?

— Não. — Deixei cair uma lágrima que parecia pronta. Ficou um pequeno rastro morno no meu rosto.

— Mas não chora, Elly. Essa senhora te tratava mal?

— Ela era... era *horrível*.

As lágrimas saíram todas de uma vez, e, enquanto o marinheiro me abraçava e as enxugava com um lenço de linho grande, branco e limpo sob a sombra de um olmo, eu pensei que aquela mulher de paletó marrom era horrível, e que era ela, quer ela soubesse, quer não, a culpada por eu ter seguido o mau caminho aqui e escolhido a direção errada ali e por tudo de ruim que veio depois.

— ENTÃO, ESTHER, COMO VOCÊ ESTÁ se sentindo esta semana?

O dr. Gordon segurava seu lápis como se fosse um pequeno projétil prateado.

— Igual.

— Igual? — Ele arqueou uma sobrancelha, como se não acreditasse nisso.

Então eu disse de novo, na mesma voz seca e dura, só que dessa vez com mais raiva, porque ele parecia ter dificuldade de entender que eu não dormia havia duas semanas e que eu não conseguia ler, escrever nem comer direito.

O dr. Gordon não pareceu muito impressionado.

Abri minha bolsa e procurei os pedaços da minha carta para a Doreen. Juntei os papéis e deixei que fossem flutuando até o imaculado mata-borrão verde do dr. Gordon. Eles ficaram ali prostrados, como pétalas de margarida num prado de verão.

— O que você acha disso? — eu perguntei.

Achei que o dr. Gordon ia perceber prontamente que a letra estava péssima, mas ele só disse o seguinte:

— Acho que eu gostaria de falar com a sua mãe. Você se importa?

— Não. — Mas pensar no dr. Gordon falando com a minha mãe não me agradava nem um pouco. Pensei que ele poderia dizer para ela me internar. Recolhi todos os pedaços da minha carta para a Doreen, para que o dr. Gordon não pudesse colá-los e descobrir que eu estava planejando fugir de casa, e saí da sala sem dizer palavra.

Vi minha mãe ficar cada vez menor até desaparecer pela porta do edifício comercial do dr. Gordon. Depois a vi crescer cada vez mais no caminho de volta para o carro.

— E então? — Percebi que ela tinha chorado.

Minha mãe não me olhou. Ela deu partida no carro.

Depois, à medida que o carro deslizava sob a sombra fresca dos elmos, que lembrava o fundo do mar, ela disse:

— O dr. Gordon acha que você não está melhorando. Ele acha que você precisa fazer um tratamento de choque na clínica particular dele, em Walton.

Senti uma fisgada de curiosidade, como se tivesse acabado de ler uma manchete chocante sobre outra pessoa no jornal.

— Ele está falando de eu *morar* lá?

— Não — minha mãe disse, e seu queixo estremeceu.

Achei que ela estava mentindo.

— Me fala a verdade — eu rebati —, senão eu nunca mais falo com você.

— E eu não te falo a verdade *sempre*? — minha mãe disse, e começou a chorar.

SUICÍDIO EVITADO EM PARAPEITO DO SÉTIMO ANDAR!

> Depois de duas horas no espaço estreito do parapeito do séti-
> mo andar, em frente a um estacionamento de piso de concreto
> no qual uma multidão tinha se juntado, o sr. George Pollucci
> aceitou a ajuda do sargento Will Kilmartin, da delegacia de
> polícia da Charles Street, que o acompanhou em segurança até
> a janela mais próxima.

Quebrei um amendoim do saco de dez centavos que eu tinha compra-
do para dar para os pombos e o comi. Tinha gosto de coisa morta, como um pedaço do tronco de uma árvore velha.

Aproximei o jornal dos olhos para ver melhor a cara do George Pollucci, iluminada como uma lua crescente contra os tijolos e o céu negro que compunham o pano de fundo embaçado. Senti que ele tinha algo importante a me dizer, e que, fosse qual fosse, a mensagem talvez estivesse escrita em seu rosto.

Mas os relevos borrados que havia nos traços de George Pollucci se desfizeram diante dos meus olhos e se assentaram num padrão comum de pontinhos escuros, claros e acinzentados.

O texto do jornal, negro de tinta, não dizia por que o sr. Pollucci estava naquele lugar, nem o que o sargento Kilmartin fez com ele quando finalmente o convenceu a entrar pela janela.

O problema de pular era que, se não escolhesse o número certo de andares, a pessoa podia ainda estar viva quando chegasse ao chão. Mas sete andares me pareciam uma boa quantidade.

Dobrei o papel e o enfiei entre as tábuas do banco do parque. Aquilo era o que minha mãe chamava de jornalismo sensacionalista, que sempre trazia os assassinatos, suicídios, espancamentos e roubos da região, e em quase todas as páginas havia uma moça seminua com os peitos transbordando do decote e as pernas posicionadas de forma a revelar a barra de suas meias.

Eu não sabia por que eu nunca tinha comprado um desses jornais. Eram a única coisa que eu conseguia ler ultimamente. Os parágrafos curtos que havia entre uma foto e outra terminavam antes que as letras tivessem qualquer chance de inventar moda e começar a se mexer. Em casa eu só via o *Christian Science Monitor*, que aparecia na nossa porta às cinco em ponto todos os dias, exceto aos domingos, e fingia que suicídios, crimes sexuais e quedas de aviões não existiam.

Um grande cisne branco cheio de filhotinhos se aproximou do meu banco, depois deu a volta ao redor de uma ilha de arbustos repleta de patos e voltou nadando sob o arco escuro da ponte. Tudo que eu olhava parecia claro e extremamente minúsculo.

Vi, como se pela fechadura de uma porta que eu não podia abrir, a mim mesma e a meu irmão caçula, pequeninos, segurando balões com orelhas de coelho, subindo num pedalinho de cisne e brigando para ver quem ficava com um banco na ponta, sobre a água coberta de cascas de amendoim.

Na minha boca, um gosto de limpeza e hortelã. Se fôssemos bonzinhos no dentista, minha mãe sempre nos levava para andar nos pedalinhos de cisne.

Dei uma volta pelo Jardim Público — passando pela ponte e por baixo dos monumentos verdes e azuis, pelo canteiro com a bandeira dos Estados Unidos e pela entrada, onde você podia tirar um retrato numa cabine com fundo listrado laranja e branco por vinte e cinto centavos — lendo o nome das árvores.

Minha árvore preferida era a acácia-do-japão. Eu achava que os japoneses deviam entender das questões do espírito.

Eles arrancavam as próprias tripas quando as coisas davam errado.

Tentei imaginar como eles faziam. Deviam usar uma faca extremamente afiada. Não, deviam ser duas facas afiadas. Aí eles deviam sentar, de pernas cruzadas, com uma em cada mão. Aí eles cruzavam os braços e apontavam uma faca para cada lado da própria barriga. Eles tinham que estar nus, senão a faca ficaria presa nas roupas.

Então, num só movimento rápido, antes de ter tempo de pensar duas vezes, eles cravavam as facas e davam a volta, uma na meia-lua de cima e a outra na de baixo, completando o círculo. Aí a pele da barriga se soltava, como uma couraça, e as vísceras caíam e eles morriam.

Era preciso muita coragem para morrer assim.

Meu problema era que eu não suportava ver sangue.

Pensei que eu podia passar a noite no parque.

Na manhã seguinte a Dodo Conway ia nos levar até Walton, eu e minha mãe, e, se eu quisesse fugir antes de ser tarde demais, a hora era essa. Olhei dentro da minha bolsa e contei uma nota de um dólar e setenta e nove centavos em moedas de dez, cinco e um centavo.

Eu não fazia ideia de quanto custava a passagem para Chicago, e sequer cogitei ir ao banco sacar todo o meu dinheiro, porque pensei que o dr. Gordon pudesse ter avisado os funcionários do banco para que me pegassem se eu fizesse alguma coisa muito óbvia.

Pegar carona me passou pela cabeça, mas eu não fazia ideia de qual das muitas estradas que saíam de Boston levava a Chicago. Não é muito difícil se situar num mapa, mas eu já tinha pouquíssimo senso de direção mesmo quando estava bem no meio de um lugar. Parecia que toda vez que eu queria descobrir qual era o leste e qual era o oeste era meio-dia, ou o dia estava nublado, e isso não ajudava em nada, ou era noite, e, tirando a Ursa Maior e a Cassiopeia, eu não entendia nada de estrelas, um defeito que sempre incomodou o Buddy Willard.

Decidi ir andando até o terminal de ônibus e perguntar sobre as tarifas dos que iam para Chicago. Talvez depois eu fosse até o banco e sacasse esse valor exato, o que não levantaria grandes suspeitas.

Eu tinha acabado de entrar pelas portas de vidro do terminal, andando tranquila, e estava olhando a prateleira de folhetos e cronogramas de viagem coloridos quando me dei conta de que o banco da minha cidade já estaria fechado, e que eu não conseguiria tirar dinheiro nenhum até o dia seguinte.

Minha consulta em Walton era às dez da manhã.

Nesse momento, o alto-falante começou a anunciar as paradas de um ônibus que estava prestes a sair do estacionamento. A voz no alto-falante começou o maior blá, blá, blá, como essas vozes sempre fazem, para você não entender nada, e então, em meio ao chiado, ouvi um nome conhecido, tão claro quanto um lá no piano enquanto a orquestra afina os outros instrumentos.

Era uma parada de ônibus que ficava a duas quadras da minha casa.

Saí correndo naquela tarde quente e poeirenta de fim de julho, suando, com a boca seca, como se estivesse atrasada para uma entrevista de emprego, e subi no ônibus vermelho, cujo motor já estava ligado.

Entreguei o dinheiro da passagem para o motorista e, sem fazer barulho, graças às dobradiças lubrificadas, a porta se fechou atrás de mim.

Capítulo doze

A CLÍNICA PARTICULAR DO DR. GORDON FICAVA no alto de um morro, coroando o final de uma estrada longa e isolada que tinha sido coberta com conchas brancas quebradas. As paredes de madeira amarela da enorme casa, que tinha uma varanda que ia de fora a fora, brilhavam sob o sol, mas não havia ninguém passeando pela cúpula verde do gramado.

À medida que eu e minha mãe nos aproximamos, o calor do verão nos atingiu em cheio, e uma cigarra começou a cantar, como um cortador de grama voador, dentro de uma árvore que ficava nos fundos da casa. O som da cigarra só serviu para realçar o imenso silêncio.

Uma enfermeira nos recebeu.

— Podem aguardar na sala de espera. O dr. Gordon já vai atender vocês.

O que me incomodou foi que tudo na casa parecia normal, embora eu soubesse que devia estar lotada de gente louca. Não havia grades nas janelas, não que eu visse, nem barulhos violentos ou perturbadores. A luz do sol se distribuía em retângulos iguais sobre os carpetes vermelhos, que estavam velhos mas continuavam macios, e a grama recém-cortada enchia o ar de um perfume doce.

Parei na porta da sala de estar.

Por um instante pensei se tratar da réplica da sala de uma pousada que certa vez eu visitara numa ilha da costa do Maine. As portas francesas deixavam a luz branca e ofuscante entrar, um piano de cauda ocupava o extremo oposto da sala e havia pessoas em trajes de verão sentadas ao redor das mesas de carteado e nas poltronas de vime meio deformadas que não podem faltar nos hotéis precários do litoral.

Então eu percebi que ninguém estava se mexendo.

Olhei mais de perto, tentando encontrar alguma pista naquelas posturas tão rígidas. Consegui distinguir homens e mulheres, e garotos e garotas que deviam ser tão jovens quanto eu, mas havia uma espécie de unidade nos rostos, como se todos tivessem passado muito tempo numa prateleira, sob o sol a pino, sendo atingidos por camadas e mais camadas de uma poeira branca e fina.

Em seguida vi que algumas das pessoas na verdade estavam se mexendo, mas com gestos de passarinho, tão mínimos que demorei para reconhecê-los.

Um homem de rosto acinzentado estava contando as cartas de um baralho, um, dois, três, quatro... Pensei que ele devia estar vendo se faltava alguma, mas quando terminou de contar ele começou de novo. Ao lado dele, uma senhora gorda brincava com um cordão de contas de madeira. Ela puxava todas as contas para um lado do cordão. Depois clique, clique, clique, deixava todas caírem umas sobre as outras.

No piano, uma moça folheava algumas partituras, mas, quando viu que eu a observava, baixou a cabeça com ar zangado e rasgou os papéis.

Minha mãe encostou no meu braço, e eu a segui até a sala.

Nós duas nos sentamos, sem falar nada, num sofá com estofado rasgado que rangia a cada movimento.

Então meu olhar atravessou as pessoas e buscou o fulgor verde que havia além das cortinas diáfanas, e tive a sensação de estar exposta na vitrine de uma imensa loja de departamentos. As figuras ao meu redor não eram pessoas, e sim manequins pintados para parecer pessoas, em poses que tentavam imitar a vida.

Subi, seguindo o paletó escuro do dr. Gordon.

Lá embaixo, no saguão, eu tinha tentado perguntar a ele como o tratamento de choque seria, mas quando abri a boca nenhuma palavra saiu, meus olhos só se arregalaram e continuaram encarando o rosto sorridente e conhecido que flutuava à minha frente como um prato cheio de promessas.

No patamar da escada, o carpete vermelho-rubi chegava ao fim. Um linóleo marrom e comum o substituía e se estendia por um corredor ladeado por portas brancas, todas fechadas. Enquanto eu seguia o dr. Gordon, uma delas se abriu em algum lugar, e ouvi uma mulher gritando.

De repente, uma enfermeira apareceu na curva do corredor à nossa frente, guiando uma mulher de roupão azul e cabelos desgrenhados que chegavam à cintura. O dr. Gordon deu um passo para trás, e me encostei na parede.

Enquanto a enfermeira a puxava, a mulher, sacudindo os braços e tentando se soltar, dizia: "Eu vou pular da janela, eu vou pular da janela, eu vou pular da janela".

Atarracada e forte, a enfermeira de uniforme sujo também era vesga, e usava óculos tão grossos que quatro olhos me encararam por detrás de vidraças redondas e gêmeas. Eu estava tentando entender quais olhos eram os olhos verdadeiros e quais eram os olhos falsos, e qual dos olhos verdadeiros era o olho vesgo e qual era o olho reto quando ela aproximou o rosto do meu com um grande sorriso cúmplice e sibilou, como se fosse me deixar mais tranquila:

— Ela acha que vai pular da janela, mas não vai conseguir, porque todas as janelas têm grade!

E, quando o dr. Gordon me levou para uma sala quase vazia nos fundos da casa, eu vi que as janelas daquela parte de fato tinham grades, e que a porta da sala e a porta do armário e a gaveta da escrivaninha e tudo que abria e fechava tinha uma fechadura e podia ser trancado.

Deitei na cama.

A enfermeira vesga voltou. Ela tirou meu relógio e o guardou no bolso, depois começou a tirar os grampos que eu tinha no cabelo.

O dr. Gordon estava abrindo o armário. Ele tirou dali uma mesa de rodinhas que servia de base para uma máquina e a colocou atrás da cabeceira da cama. A enfermeira começou a passar uma coisa fedorenta nas minhas têmporas.

Quando ela se debruçou para alcançar o lado da minha cabeça que estava mais próximo da parede, seus peitos imensos esmagaram o meu rosto como uma nuvem ou um travesseiro. Um fedor difícil de definir, que lembrava remédio, emanava de sua pele.

— Fica tranquila — disse a enfermeira, me olhando de cima e sorrindo. — Na primeira vez todo mundo fica morrendo de medo.

Eu tentei sorrir, mas minha pele tinha ficado dura como um pergaminho.

O dr. Gordon colocou uma placa de metal de cada lado da minha cabeça, depois as prendeu com uma tira que apertava minha testa e me deu um fio para morder.

Fechei os olhos.

Houve um breve silêncio, como um arquejo.

Então alguma coisa desceu, me agarrou e me sacudiu inteira, como se fosse o fim do mundo. Fazia um iiii-ii-ii-ii-ii estridente naquela atmosfera que crepitava com uma luz azul, e cada lampejo vinha acompanhado de um solavanco violento, até que senti que meus ossos iam se quebrar e a seiva ia sair voando, como se eu fosse uma árvore cortada.

Eu me perguntei o que eu tinha feito de tão terrível.

EU ESTAVA SENTADA NUMA CADEIRA DE vime, segurando um copo pequeno de suco de tomate. O relógio tinha voltado ao meu pulso, mas parecia fora de lugar. Então me dei conta de que tinha sido colocado ao contrário. Senti as posições desconhecidas dos grampos no meu cabelo.

— Como você está se sentindo?

Uma velha luminária de metal me veio à cabeça. Uma das raras relíquias do escritório do meu pai, era coroada por uma cúpula de cobre que segurava a lâmpada, e dela saía um fio listrado carcomido que percorria todo o suporte de metal e chegava à tomada.

Um dia eu tinha decidido tirar essa luminária do lado da cama da minha mãe e levá-la para minha mesa, que ficava do outro lado do cômodo. O fio era comprido, então não a tirei da tomada. Peguei a luminária e o fio com as duas mãos e segurei bem firme.

Aí alguma coisa saiu da luminária num clarão azul e me sacudiu até meus dentes estremecerem, e eu tentei tirar as mãos, mas estavam presas, e eu gritei, ou um grito foi arrancado da minha garganta, porque não o reconheci, mas o ouvi subir e vacilar no ar como um espírito que é arrancado à força do corpo.

Depois minhas mãos se soltaram num tranco, e caí para trás na cama da minha mãe. Vi um buraquinho escurecido, como se feito de grafite de lápis, no meio da palma da minha mão direita.

— Como você está se sentindo?

— Bem.

Mas eu não estava bem. Eu estava péssima.

— Em que universidade você disse que estudava mesmo?

Eu respondi.

—Ah! — Um sorriso lento, quase tropical, iluminou o rosto do dr. Gordon — Eles tinham uma unidade feminina do exército durante a guerra, não tinham?

As FALANGES DA MINHA MÃE ESTAVAM brancas feito osso, como se a pele tivesse caído naquela hora de espera. Seu olhar me atravessou e buscou o dr. Gordon, e ele deve ter acenado, ou sorrido, porque ela pareceu mais relaxada.

— Só mais algumas sessões de eletrochoque, sra. Greenwood — ouvi o dr. Gordon dizer — e acho que vai ver uma grande melhora.

A menina continuava sentada no banquinho do piano, a partitura rasgada caída a seus pés como um pássaro morto. Ela me olhou, e eu olhei de volta. Seus olhos se comprimiram. Ela mostrou a língua.

Minha mãe estava seguindo o dr. Gordon na direção da porta. Eu fiquei para trás, e, quando estavam virados de costas para mim, me virei para a garota e fiz uma careta. Ela guardou a língua e sua expressão ficou dura feito pedra.

Saí. Fazia sol.

Parecendo uma pantera num cantinho sob a sombra de umas árvores, a caminhonete preta da Dodo Conway nos esperava.

A primeira dona dessa caminhonete tinha sido uma mulher da alta sociedade que a encomendara toda preta, sem nenhum detalhe cromado, e com estofados de couro preto, mas, quando o carro chegou, ela odiou o resultado. Achou igualzinha a um carro de funerária e todo mundo concordou, por isso ninguém queria comprá-la, então os Conway pagaram uma pechincha no carro e economizaram algumas centenas de dólares.

Sentada no banco da frente, entre a Dodo e a minha mãe, eu me senti anestesiada e rendida. Toda vez que eu tentava me concentrar, minha mente se afastava, como uma patinadora num grande espaço vazio, e ali dava piruetas distraídas.

— Eu não aguento mais aquele dr. Gordon — eu disse, depois que tínhamos deixado a Dodo e sua caminhonete preta atrás dos pinheiros. — Pode ligar pra ele e falar que não vou voltar na semana que vem.

Minha mãe sorriu.

— Eu sabia que a minha filhinha não era daquele jeito.

Olhei para ela.

— De que jeito?

— Igual àquelas pessoas horríveis. Aquelas pessoas horríveis da clínica, que parecem mortas. — Ela fez uma pausa. — Eu sabia que você ia decidir ficar bem de novo.

VEDETE PASSA SESSENTA E OITO HORAS EM COMA E NÃO RESISTE.

Revirei minha bolsa, tateando os pedaços de papel, o pó compacto, as cascas de amendoim, as moedas de dez e cinco centavos e a caixinha azul que continha dezenove lâminas de gilete, até encontrar a foto instantânea que eu tinha tirado naquela tarde na cabine com fundo listrado laranja e branco.

Coloquei minha foto ao lado da foto borrada da menina morta. A boca, o nariz, era tudo igual. A única diferença eram os olhos. Os olhos na minha foto estavam abertos, e os da foto do jornal estavam fechados. Mas eu sabia que, se alguém abrisse os olhos da menina morta com a mão, eles iam me encarar com a mesma expressão apática, sombria e distante dos olhos da foto instantânea.

Coloquei a foto de volta na bolsa.

"Vou ficar aqui sentada neste banco, no sol, por mais cinco minutos, de acordo com o relógio daquele prédio ali", eu disse a mim mesma, "e depois vou a algum lugar e vou acabar com isso".

Convoquei as vozes que me acompanhavam.

Seu trabalho não te interessa, Esther?

Sabe, Esther, tudo indica que você é uma verdadeira neurótica.

Assim você nunca vai chegar a lugar nenhum, assim você nunca vai chegar a lugar nenhum, assim você nunca vai chegar a lugar nenhum.

Certa vez, numa noite quente de verão, eu tinha passado uma hora beijando um estudante de direito de Yale que era muito peludo e parecia um macaco só porque fiquei com pena dele por ser tão feio. Quando terminei, ele disse:

— Eu já saquei tudo, linda. Você vai ser a maior carola quando chegar aos quarenta.

— Factício! — meu professor de escrita criativa da faculdade escreveu num conto que escrevi, chamado "O grande fim de semana".

Eu não sabia o que "factício" significava, então procurei a palavra no dicionário.

Factício, artificial, falso.

Assim você nunca vai chegar a lugar nenhum.

Fazia vinte e uma noites que eu não dormia.

Eu achava que a coisa mais linda do mundo devia ser a sombra, as milhões de formas que se moviam e os becos sem saída da sombra. Havia sombra nas gavetas das escrivaninhas e nos armários e nas malas, e havia sombra embaixo das casas e árvores e pedras, e havia sombra no fundo dos olhos e nos sorrisos das pessoas, e havia sombra, quilômetros e quilômetros e quilômetros de sombra, no lado noturno da terra.

Olhei para os dois curativos cor da pele que formavam uma cruz na minha panturrilha direita.

Naquela manhã eu tinha começado.

Eu tinha me trancado no banheiro, enchido a banheira de água quente e pegado uma lâmina.

Quando perguntaram a algum velho filósofo romano como ele queria morrer, ele disse que ia cortar os pulsos numa banheira cheia de água quente. Pensei que seria fácil, ficar deitada na banheira e ver o vermelho brotar dos meus braços, se espalhando pela água transparente até eu afundar e dormir numa superfície colorida e cafona como papoulas.

Mas, quando chegou a hora da verdade, a pele do meu pulso me pareceu tão branca e frágil que não consegui. Era como se o que eu queria matar não estivesse naquela pele ou naquela veia fina e azulada que pulsava sob o meu polegar, mas em algum outro lugar mais profundo, mais secreto e muito mais difícil de alcançar.

Seriam necessários dois movimentos. Um pulso, depois o outro. Três movimentos, se você contasse o de passar a lâmina de uma mão para outra. Depois eu entraria na banheira e me deitaria.

Fiquei de frente para o armário do banheiro. Se eu fizesse tudo me olhando no espelho, seria como ver outra pessoa num livro ou numa peça de teatro.

Mas a pessoa no espelho estava paralisada e parecia incapaz de agir.

Aí eu pensei que talvez fosse melhor derramar um pouco de sangue para treinar, então me sentei na borda da banheira com o tornozelo direito cruzado sobre meu joelho esquerdo. Então ergui a mão direita, que segurava a lâmina, e a deixei cair com o próprio peso, como uma guilhotina, na minha panturrilha.

Não senti nada. Depois senti uma certa emoção, lá no fundo, e uma linha vermelha brilhante surgiu no canto do corte. O sangue se acumulou e escureceu, feito fruta, e escorreu pelo meu tornozelo, caindo dentro do meu sapato preto de verniz.

Pensei em entrar na banheira nesse momento, mas me dei conta de que eu tinha perdido a manhã quase toda naquela lenga-lenga, e que era provável que minha mãe voltasse para casa e me encontrasse antes de eu terminar.

Então eu fiz um curativo, guardei as lâminas e peguei o ônibus das onze e meia para Boston.

— Desculpe, querida, não tem metrô para a prisão de Deer Island, só no continente.

— Não, não é uma ilha, antes era numa ilha, mas ela foi aterrada e agora é conectada ao continente.

— Não tem metrô.

— Eu preciso ir pra lá.

— Ei — o homem gordo da bilheteria me olhou através das grades —, não chora. Quem você tem lá, meu bem, algum parente?

As pessoas passavam por mim se empurrando frente às luzes artificiais que iluminavam a escuridão, correndo para pegar os trens que entravam e saíam ribombando dos túneis intestinais sob a Scollay Square. Eu já sentia as lágrimas começando a jorrar das mangueiras furadas que eram os meus olhos.

— Meu *pai*.

O homem gordo consultou um gráfico que havia na parede da bilheteria.

— Olha, faz assim — ele disse —, pegue o trem na plataforma, ali, e desça em Orient Heights, depois pegue um ônibus em que está escrito "The Point". — Ele abriu um sorriso. — Ele vai te deixar no portão da prisão.

— Ei, você! — O rapaz de uniforme azul que estava na guarita acenou para mim.

Eu acenei de volta e continuei andando.

— Ei, você!

Parei e andei devagar até a guarita, que parecia uma sala de estar redonda no alto de um monte de areia.

— Você não pode continuar andando. É proibido entrar na penitenciária.

— Eu pensei que qualquer pessoa pudesse andar pela praia — eu disse. — Desde que ficasse na faixa de areia.

O rapaz pensou por um instante.

Então ele disse:

— Nessa praia, não.

Ele tinha um rosto simpático e jovial.

— Que lugar legal esse seu — eu disse. — Parece uma casinha.

Ele se virou para olhar o cômodo, o tapete de crochê e as cortinas de chita. Depois sorriu.

— A gente tem até cafeteira.

— Eu morava aqui perto.

— É mesmo? Eu também nasci e cresci aqui na cidade.

Olhei para a direção do estacionamento e do portão com grades e vi a ruazinha que levava à ilha de antigamente, emoldurada pelo mar dos dois lados.

Os prédios de tijolos vermelhos da prisão pareciam agradáveis, como os prédios de uma universidade à beira-mar. Numa parte mais alta do gramado verde, à esquerda, vi pontinhos brancos e pontos rosados um pouco maiores se mexendo de um lado para o outro. Perguntei ao guarda o que eram, e ele disse:

— É tudo porco e galinha.

Eu estava pensando que, se tivesse tido o bom senso de continuar naquela velha cidade, eu talvez tivesse conhecido aquele guarda na escola e me casado com ele, e a essa altura já teria uma porção de filhos. Ia ser bom morar perto do mar com um monte de crianças pequenas, porcos e galinhas, usando o que minha avó chamava de "vestido de bater", sentada em uma cozinha com linóleo brilhante e braços gorduchos, tomando litros de café.

— Como faz pra entrar nessa prisão?

— Tem que conseguir uma autorização.

— Não, como faz pra você ser *preso*?

— Ah... — O guarda riu. — Você tem que roubar um carro, assaltar uma loja.

— Tem algum assassino aí dentro?

— Não. Os assassinos vão para uma penitenciária estadual bem maior.

— E quem mais fica aí?

— Bom, bem no começo do inverno a gente sempre recebe uns vagabundos de Boston. É só jogar um tijolo pela janela que eles vêm passar o inverno quentinhos, com TV e comida à vontade, e ainda jogam basquete nos fins de semana.

— Que ótimo.

— É ótimo pra quem gosta — disse o guarda.

Eu me despedi e comecei a me afastar, olhando para trás por cima do ombro só uma vez. O guarda continuava em pé junto à porta de sua cabine, e quando me virei ele levantou o braço num aceno.

O TRONCO EM QUE ME SENTEI era pesado como chumbo e tinha cheiro de alcatrão. Sob o robusto cilindro cinza da caixa d'água, que ficava no alto de sua própria montanha, o banco de areia fazia uma curva e ia na direção do mar. Quando a maré subia o banco ficava completamente submerso.

Eu me lembrava bem daquele banco de areia. Sua curva interna abrigava um tipo de concha que não se encontrava em nenhum outro lugar da praia.

Essa concha era grossa, lisa e grande, do tamanho de um polegar, e em geral era branca, embora às vezes também pudesse ser rosa ou cor de pêssego. Lembrava uma concha de molusco.

— Mamãe, aquela menina *ainda* não saiu dali.

Ergui a cabeça por reflexo e vi uma criancinha suja de areia sendo puxada para fora do mar por uma mulher. Ela era magra, tinha olhos pequenos de pássaro e estava usando um short vermelho e uma regata com bolinhas vermelhas e brancas.

Eu não esperava que a praia fosse estar lotada de veranistas. Nos dez anos em que eu não havia estado ali, uma série de cabanas azuis, cor-de-rosa e verde-claro tinha aparecido nas areias planas da praia como cogumelos de mau gosto, e os aviões prateados e os dirigíveis em forma de charuto tinham dado lugar a jatos que quase encostavam nos telhados em suas ruidosas decolagens do aeroporto do outro lado da baía.

Eu era a única garota de saia e salto alto na praia, e me ocorreu que eu devia estar chamando a atenção das pessoas. Eu tinha tirado os sapatos de verniz depois de um tempo, porque eles afundavam muito na areia. Me pareceu bom que eles ficassem pendurados no tronco prateado, apontando na direção do mar, como uma espécie de bússola da alma, depois que eu morresse.

Passei a mão na caixa de lâminas que eu tinha na bolsa.

Então pensei que eu era uma idiota. Eu tinha a lâmina, mas não a banheira com água quente.

Pensei em alugar um quarto. Devia ter alguma pousada entre todas aquelas casas de veraneio. Mas eu não tinha levado mala. Isso ia levantar suspeitas. Além do mais, numa pousada sempre tem outras pessoas querendo usar o banheiro. Eu mal teria tempo para fazer tudo e entrar na banheira que alguém já estaria esmurrando a porta para entrar.

Na ponta do banco de areia, as gaivotas com pernas de pau miavam como gatos. Depois elas voavam, uma por uma, com seus paletós cor de cinzas, rodeando minha cabeça e gritando.

— OLHA, MOÇA, É MELHOR VOCÊ não ficar aqui, a maré já vai subir.

O menininho se agachou a alguns metros de mim. Ele pegou uma pedrinha roxa e a arremessou na água. O mar a engoliu com um gorgolejo alto. Depois ele revolveu a areia, e ouvi as pedras secas batendo umas nas outras como moedas.

Ele lançou uma pedra achatada por sobre a superfície verde e calma, e ela saltou sete vezes antes de eu a perder de vista.

— Por que você não vai embora? — perguntei.

O menino arremessou uma pedra mais pesada. Ela saltou duas vezes e afundou.

— Não quero.

— Sua mãe está te procurando.

— Não tá. — Ele pareceu preocupado.

— Se você for pra casa, eu te dou um doce.

O menino se aproximou de repente.

— Que doce?

Mas mesmo sem olhar a bolsa eu sabia que só tinha cascas de amendoim.

— Eu te dou dinheiro pra comprar um doce.

— Ar-*thur*!

De fato havia uma mulher vindo na direção do banco de areia, quase escorregando e sem dúvida xingando baixinho, porque entre seus chamados autoritários sua boca continuava se mexendo.

— Ar-*thur*!

Ela usou uma mão para cobrir os olhos, como se isso a ajudasse a nos ver em meio à paisagem cada vez mais escura.

Percebi que, quanto mais o apelo da mãe se impunha, menos o menino se interessava por mim. Ele começou a fingir que não me conhecia. Depois chutou algumas pedrinhas, como se procurasse alguma coisa, e se afastou.

Um arrepio me atravessou.

As pedras eram grosseiras e frias em contato com meus pés descalços. Senti falta dos sapatos pretos que tinham ficado na praia. Uma onda recuou, como uma mão, depois avançou e tocou meu pé.

A umidade parecia se desprender do próprio fundo do mar, onde peixes brancos e cegos atravessavam o frio polar se guiando pela própria luz. Vi dentes de tubarões e ossos de baleia espalhados lá embaixo como sepulturas.

Esperei, como se o mar pudesse tomar uma decisão no meu lugar.

Uma segunda onda arrebentou aos meus pés, cingida por uma espuma branca, e o frio se infiltrou nos meus tornozelos, trazendo uma dor mortal.

Meu corpo se encolheu de medo de uma morte assim.

Peguei minha bolsa e comecei a fazer o trajeto de volta pelas pedras frias, até onde meus sapatos faziam vigília sob a luz violeta.

Capítulo treze

— É CLARO QUE A MÃE MATOU ELE.

Olhei a boca do rapaz que Jody queria que eu conhecesse. Os lábios dele eram carnudos e rosados, um rosto de criança sob uma camada sedosa de cabelo loiro quase branco. Ele se chamava Cal, e isso me pareceu um apelido, mas o único nome em que consegui pensar foi Califórnia.

— Como você tem tanta certeza? — perguntei.

Em teoria o Cal era muito inteligente, e a Jody havia dito por telefone que ele era bonito e que eu ia gostar dele. Eu me perguntei se teria gostado dele se eu ainda fosse a mesma pessoa que era antes.

Era impossível saber.

— Bom, no começo ela fala "não, não, não", depois ela fala "sim".

— Mas depois ela fala "não" de novo.

Eu e o Cal estávamos deitados lado a lado sobre uma toalha listrada laranja e verde numa praia suja do outro lado dos pântanos de Lynn. Jody e Mark, o rapaz com quem ela estava namorando firme, estavam nadando. Cal tinha preferido ficar conversando, e estávamos comentando sobre uma peça de teatro na qual um jovem descobre que tem uma doença no cérebro — uma consequência do comportamento de seu pai, que tinha se engraçado com mulheres vulgares —, e no final seu cérebro, que já vinha atrofiando, simplesmente para de funcionar, e sua mãe precisa decidir se vai matá-lo ou não.

Eu desconfiava que minha mãe tinha telefonado para a Jody e implorado para ela me chamar para sair, para que eu não passasse o dia inteiro sentada no meu quarto com as cortinas fechadas. A princípio eu não queria ir, porque pensei que a Jody ia ver que eu tinha mudado, e que qualquer idiota seria capaz de perceber que eu não tinha mais nada na cabeça.

Mas, no caminho de carro rumo ao norte, e depois rumo ao leste, a Jody tinha feito piadas, dado risada e puxado assunto, e não pareceu achar ruim que eu só respondesse "Nossa", ou "Puxa", ou "Não me diga...".

Fizemos cachorros-quentes nas churrasqueiras públicas na praia, e, prestando muita atenção na Jody, no Mark e no Cal, consegui acertar o tempo de cozimento do meu, sem queimá-lo ou derrubá-lo no fogo, como tive medo de acabar fazendo. Depois, quando não tinha ninguém olhando, eu o enterrei na areia.

Depois de comer, Jody e Mark correram para a água de mãos dadas, e eu me deitei de barriga para cima, olhando para o céu, enquanto o Cal continuava falando sem parar sobre a tal da peça.

Eu só me lembrava da peça porque tinha um personagem louco, e qualquer coisa que eu lia sobre gente louca não me saía da cabeça, ao passo que todo o resto se perdia.

— Mas é o "sim" que importa — Cal disse. — É para o "sim" que ela volta no final.

Ergui a cabeça e olhei, franzindo o cenho, para o prato azul-claro que era o mar — um prato azul-claro com a borda suja. Havia uma imensa pedra cinza, como a metade superior de um ovo, que saltava para fora da água a quase dois quilômetros do promontório.

— Como ela ia matar o filho? Eu esqueci.

Eu não tinha esquecido. Eu lembrava muito bem, mas queria ouvir o que o Cal ia dizer.

— Com morfina em pó.

— Você acha que tem morfina em pó pra vender nos Estados Unidos? Cal pensou por um instante. Depois, disse:

— Acho que não. Parece uma coisa muito antiga.

Virei de bruços e olhei para o outro lado, na direção de Lynn. Franzi o cenho. Uma bruma perolada subia do fogo das churrasqueiras e do calor da estrada, e, através da bruma, como se através de uma cortina de água límpida, consegui ver um horizonte manchado de tanques de gasolina, chaminés de fábrica, guindastes e pontes.

Aquilo tudo me pareceu um caos.

Voltei a ficar de barriga para cima e forcei uma voz descontraída:

— Se você fosse se matar, como você faria?

Cal pareceu gostar da pergunta.

— Já pensei nisso muitas vezes. Eu daria um tiro na cabeça.

Fiquei decepcionada. Querer se matar com um tiro era coisa de homem. Eu não tinha a menor chance de ter acesso a uma arma e, mesmo que tivesse, não saberia nem em que parte do meu corpo atirar.

Já tinha lido histórias de pessoas que tinham tentado se matar com um tiro, mas que acabaram atingindo um nervo importante e ficando paralíticas, ou que destruíram o próprio rosto e, em vez de morrer na hora, acabaram sendo salvas e virando um milagre da medicina.

Tentar se matar com um tiro parecia muito arriscado.

— Com que arma?

— Com a espingarda do meu pai. Ele deixa carregada. Eu só teria que entrar no escritório dele um dia e — Cal apontou um dedo para a própria têmpora e fez uma careta cômica — bum! — Ele arregalou os olhos acinzentados e me encarou.

— Por acaso seu pai mora perto de Boston? — perguntei, sem pensar muito.

— Não. Ele mora em Clacton-on-Sea. Ele é inglês.

Jody e Mark vieram correndo de mãos dadas, se sacudindo e pingando água como dois cachorrinhos fofos. Pensei que era muita gente ali, então me levantei e fingi um bocejo.

— Acho que vou entrar um pouco na água.

Ficar ali com a Jody, o Mark e o Cal estava começando a pesar no meu emocional, como se colocassem um bloco de madeira sobre as cordas de um piano. Eu tinha a sensação de que a qualquer momento eu podia perder o controle e começar a falar que eu não conseguia mais ler nem escrever, e que eu devia ser a única pessoa no mundo que tinha passado um mês acordada sem morrer de exaustão.

Era como se meus nervos soltassem uma fumaça parecida com a fumaça das churrasqueiras e da estrada castigada pelo sol. A paisagem inteira — praia, promontório, mar, pedra — tremulava diante dos meus olhos como o fundo de um cenário de teatro.

Eu me perguntei em que ponto no espaço aquele azul falso do céu ficava preto.

— Vai nadar também, Cal.

Jody deu um empurrãozinho bem-humorado no Cal.

— Ahhh. — Cal escondeu o rosto na toalha. — Está muito frio.

Comecei a andar na direção da água.

De alguma maneira, sob a luz ampla e sem sombra do meio-dia, a água parecia amigável e convidativa.

Eu achava que se afogar devia ser o melhor jeito de morrer, e o pior devia ser morrer queimada. Alguns daqueles bebês que o Buddy Willard me mostrara tinham guelras, segundo ele. Eles passavam por um processo que os deixava quase iguais aos peixes.

Uma ondinha suja, cheia de papéis de bala, cascas de laranja e algas, se desenrolou sobre meu pé.

Ouvi um ruído na areia atrás de mim, e o Cal me alcançou.

— Vamos nadar até aquela pedra lá. — Apontei para a pedra.

— Ficou louca? Isso deve dar mais de um quilômetro.

— Quer dizer que você é um covarde? — eu disse.

Cal me agarrou pelo cotovelo e me jogou na água. Quando estávamos com água até a cintura, ele me empurrou para baixo. Eu voltei para a superfície, me sacudindo, os olhos queimados de sol. Lá embaixo a água era verde e opaca como um quartzo.

Comecei a nadar, um cachorrinho diferente, sempre com o rosto virado para a pedra. Cal nadou um crawl lento. Depois de um tempo ele botou a cabeça para fora e ficou parado.

— Não consigo. — Ele mal conseguia respirar.

— Tá. Então volta.

Pensei em nadar até ficar cansada demais para voltar. À medida que eu avançava, meu coração batia como um motor abafado nos meus ouvidos.

Eu sou eu sou eu sou.

NAQUELA MANHÃ EU TINHA TENTADO ME enforcar.

Eu tinha pegado o cordão de seda do roupão amarelo da minha mãe assim que ela saíra para o trabalho, e, na sombra âmbar do quarto, o transformara num nó corrediço. Demorei muito, porque eu não entendia nada de nós.

Depois saí procurando um lugar onde amarrar a corda.

O problema era que o teto da nossa casa não colaborava. O teto era baixo, branco e liso, e não havia lustres nem vigas de madeira. Pensei com saudade na casa que minha avó um dia tivera, mas que havia vendido para ir morar com a gente, e depois com minha tia Libby.

A casa da minha avó tinha sido construída ao melhor estilo do século dezenove, com cômodos espaçosos e suportes resistentes para os lustres, armários altos com trilhos robustos e um sótão onde ninguém nunca entrava, repleto de baús, gaiolas de passarinho, manequins e vigas tão grossas quanto a estrutura de um navio.

Mas a casa era velha, e ela a vendera, e eu não conhecia mais ninguém que tivesse uma casa assim.

Depois de perder um bom tempo andando de um lado para o outro com o cordão de seda pendurado no pescoço como um rabo de gato amarelo e não encontrando um lugar onde amarrá-lo, eu me sentei na borda da cama da minha mãe e tentei puxá-lo com força.

Mas toda vez que eu conseguia apertar o cordão o bastante para sentir uma pressão nas orelhas e o sangue subindo para o meu rosto, minhas mãos fraquejavam e se soltavam, e eu voltava a me sentir bem.

Foi aí que entendi que meu corpo tinha vários pequenos truques, como fazer minhas mãos perderem a força no instante decisivo, e sempre conseguia se salvar, enquanto eu, se tivesse a palavra final, escolheria morrer sem pensar duas vezes.

Eu ia precisar usar a pouca sanidade que me restava para armar uma emboscada para o meu corpo, ou ele ia me deixar trancada por cinquenta anos, sem sanidade alguma, naquela prisão terrível. E quando as outras pessoas descobrissem que eu tinha perdido a razão, o que ia acontecer mais cedo ou mais tarde, embora minha mãe fizesse de tudo para guardar segredo, iam convencê-la a me internar num manicômio para que pudessem me curar.

Só que o meu caso não tinha cura.

Eu havia comprado alguns livros de psicologia anormal na farmácia e comparado meus sintomas com os sintomas que descreviam, e, sem dúvida, os meus eram compatíveis com os casos mais graves.

A única coisa que eu conseguia ler, além dos jornais sensacionalistas, eram esses livros de psicologia anormal. Era como se restasse uma mínima abertura, e eu ainda pudesse aprender o que precisava sobre o meu caso para dar um final digno a ele.

Depois da minha tentativa frustrada de enforcamento, eu me perguntei se não deveria só desistir e me entregar para os médicos, mas então me lembrei do dr. Gordon e de sua máquina de eletrochoque particular. Quando me internassem, iam querer usar aquilo em mim o tempo todo.

E pensei em como minha mãe e meu irmão e meus amigos iriam me visitar, dia após dia, torcendo para que eu melhorasse. Depois as visitas ficariam cada vez mais esparsas e eles acabariam perdendo as esperanças. Eles iam ficar velhos. Eles iam me esquecer.

E eles também iam ficar sem dinheiro.

De início iam querer que eu tivesse acesso aos melhores tratamentos, então iam gastar todo o dinheiro que tinham numa clínica particular como a do dr. Gordon. Depois, quando o dinheiro acabasse, eu seria transferida para um hospital público, com centenas de pessoas como eu, numa jaula bem grande no porão.

Quanto mais você piorava, mais eles te escondiam.

CAL TINHA SE VIRADO E ESTAVA nadando na direção da praia.

Eu o vi saindo devagar da parte mais funda. Contra a areia bege e as primeiras ondinhas verdes, seu corpo ficou dividido ao meio por um instante, como um verme branco. Depois ele saiu completamente do verde e foi para o bege e se perdeu entre as dezenas e mais dezenas de outros vermes que se remexiam ou ficavam de bobeira entre o mar e o céu.

Fui avançando, usando as mãos e os pés. A pedra em forma de ovo não parecia estar mais próxima do que estivera quando eu e Cal a olhamos da areia.

Então me dei conta de que seria inútil nadar até chegar à pedra, porque meu corpo ia usar isso como desculpa para sair e se deitar ao sol, acumulando energia para voltar nadando.

A única opção era me afogar ali mesmo.

Então eu parei.

Levei as mãos ao peito, baixei a cabeça e mergulhei, usando as mãos para atravessar a água, que fazia pressão sobre meus tímpanos e meu coração. Fui indo para o fundo, mas, antes que pudesse me situar, a água já tinha me cuspido de volta na direção do sol e o mundo brilhava ao meu redor como pedras semipreciosas azuis, verdes e amarelas.

Tirei a água dos olhos.

Estava ofegante, como se tivesse me esforçado muito, mas boiava sem dificuldade.

Mergulhei, e mergulhei de novo, e todas as vezes eu voltava para a superfície como uma rolha.

A pedra cinza zombava de mim, balouçando na água como uma boia salva-vidas.

Reconheci minha derrota.

Comecei a voltar para a praia.

As flores acenavam como crianças muito espertas enquanto eu as levava pelo corredor.

Eu me sentia uma boba usando o uniforme verde-sálvia de voluntária, e desnecessária, diferente dos médicos e enfermeiras de uniforme branco, e até das faxineiras de uniforme marrom que passavam sem me dirigir a palavra com seus rodos e baldes cheios de água suja.

Se estivessem me pagando, por menos que fosse, eu pelo menos poderia dizer que aquele era um emprego de verdade, mas a única coisa que

eu ganhava depois de uma manhã inteira carregando revistas, doces e flores era um almoço.

Minha mãe dizia que a melhor cura para quem pensava demais nos próprios problemas era ajudar alguém que estivesse pior, então a Teresa tinha me ajudado a me inscrever para ser voluntária no hospital da nossa região. Era difícil se voluntariar nesse hospital, porque todas as mulheres da Junior League queriam a mesma coisa, mas, por sorte, muitas delas estavam viajando.

Eu queria que me mandassem para uma ala com casos horripilantes de verdade, pacientes que vissem que, apesar da cara inexpressiva, eu tinha boas intenções, e se sentissem gratos pela minha presença. Mas a chefe do voluntariado, uma senhora muito influente na nossa igreja, bateu os olhos em mim e disse: "Você vai pra maternidade".

Então subi de elevador até o terceiro andar e fui até a maternidade, onde procurei a enfermeira-chefe. Ela me entregou o carrinho de flores. Minha tarefa era colocar os vasos certos nas camas certas nos quartos certos.

Mas, antes de chegar à porta do primeiro quarto, percebi que muitas das flores estavam murchas e escurecidas. Pensei que devia ser muito triste para uma mulher que acabara de ter um bebê ver alguém trazendo um buquê de flores mortas, então levei o carrinho até uma pia que ficava num canto do corredor e comecei a separar todas as flores que já estavam mortas.

Depois separei todas as que estavam quase morrendo.

Não havia nenhuma lixeira por perto, então dobrei as flores e as deixei na pia branca, que era bastante profunda. A pia estava fria como uma sepultura. Sorri sem querer. Devia ser assim que deixavam os corpos no necrotério do hospital. Meu gesto, por menor que fosse, ecoava o gesto maior de médicos e enfermeiros.

Abri a porta do primeiro quarto e entrei, levando meu carrinho. As enfermeiras levaram um susto, e vi de relance uma porção de prateleiras e armários de medicamentos.

— O que você quer? — uma das enfermeiras perguntou, austera. Eu não conseguia diferenciar uma da outra, porque eram todas idênticas.

— Estou entregando as flores.

A enfermeira que havia falado colocou uma mão no meu ombro e me colocou para fora da sala, manobrando o carrinho com sua mão livre e experiente. Ela abriu com um só movimento as portas vaivém do quarto ao lado e fez um gesto para que eu entrasse. Depois ela sumiu.

Consegui ouvir as risadinhas ao longe até que uma porta se fechou e as abafou.

Havia seis camas no quarto, e em cada uma havia uma mulher. Todas estavam sentadas, tricotando, folheando revistas, fazendo bobes no cabelo ou tagarelando feito papagaios numa gaiola.

Eu tinha pensado que elas estariam dormindo, ou deitadas, quietas e pálidas, e que eu ia poder entrar discretamente nos quartos e encontrar as camas que correspondiam aos números escritos numa fita adesiva em cada vaso, mas, antes mesmo que eu pudesse me situar, uma loira toda bem-vestida de rosto anguloso me chamou com um gesto.

Andei na direção dela, deixando o carrinho, mas então ela fez um gesto irritado, e eu vi que ela queria que eu levasse o carrinho comigo.

Empurrei o carrinho até a lateral de sua cama com um sorriso prestativo.

— Ei, cadê meus delfinos? — Do outro lado do quarto, uma senhora gorda e flácida me esquadrinhou com seus olhos de águia.

A loira de rosto anguloso se debruçou sobre o carrinho.

— Minhas rosas amarelas estão aqui — ela disse —, mas estão todas misturadas com essas íris feias.

Outras vozes se juntaram às vozes das primeiras duas mulheres. Eram impacientes, agressivas, queixosas.

Eu estava abrindo a boca para explicar que eu tinha jogado um monte de delfinos mortos na pia, e que alguns dos vasos que eu limpara tinham ficado meio mirrados, porque haviam sobrado poucas flores, então eu tinha misturado alguns dos buquês para deixá-los mais cheios, quando a porta vaivém se abriu de repente e uma enfermeira entrou pisando duro para ver qual era o motivo de tanta comoção.

— Olha, enfermeira, eu tinha um buquê grande de delfinos que o Larry me trouxe ontem à noite.

— Ela estragou as minhas rosas amarelas.

Desabotoei o uniforme verde enquanto corria e o joguei, sem parar de correr, na pia em que tinha deixado as flores mortas. Depois desci pela saída lateral que ninguém usava, saltando dois degraus por vez, e não vi mais vivalma.

— PARA QUE LADO FICA O cemitério?

O italiano de jaqueta de couro preta parou e apontou na direção de um beco que ficava atrás da igreja metodista, toda branca. Eu me lembrava da igreja metodista. Eu tinha sido metodista até meus nove anos de idade, antes de meu pai morrer e mudarmos para a igreja unitarista.

Minha mãe tinha sido católica antes de ser metodista. Minha avó e meu avô e minha tia Libby ainda eram católicos. Minha tia Libby tinha saído da igreja na mesma época que a minha mãe, mas depois tinha se apaixonado por um italiano católico e tinha voltado.

Nos últimos tempos eu mesma vinha pensando em entrar para a igreja católica. Sabia que os católicos achavam que se matar era um pecado terrível. Mas talvez, se isso fosse verdade, eles conseguissem me convencer a desistir.

É claro que eu não acreditava em vida após a morte, nem na imaculada conceição, nem na inquisição, nem confiava na capacidade daquele papa feioso, nem nada disso, mas era só não deixar o padre perceber e me concentrar no que importava, e ele ia me ajudar a me arrepender do meu pecado.

O problema era que a igreja, mesmo a católica, não ocupava sua vida inteira. Não importava o quanto se ajoelhasse e rezasse, você ainda tinha que comer três refeições por dia, trabalhar e viver no mundo.

Pensei que eu devia procurar saber por quanto tempo uma mulher precisava ser católica para poder virar freira, então fiz essa pergunta à minha mãe, pensando que ela conheceria a melhor solução.

Minha mãe riu de mim.

— Você acha que eles iam aceitar alguém como você assim, logo de cara? Claro que não... Você precisa conhecer um monte de catecismos e credos e acreditar piamente neles. Uma menina com a sua inteligência!

Mesmo assim eu me imaginei indo me confessar com algum padre em Boston — teria de ser Boston, porque eu não queria que nenhum padre da minha cidade soubesse que eu tinha pensado em me matar. Padres são muito fofoqueiros.

Eu iria toda de preto, com o rosto extremamente pálido, e me jogaria aos pés do padre, dizendo "Ó padre, me ajude".

Mas isso foi antes de as pessoas começarem a me olhar de um jeito estranho, como aquelas enfermeiras do hospital.

Eu tinha quase certeza de que os católicos não aceitavam freiras loucas. Certa vez o marido da minha tia Libby tinha contado uma piada sobre uma freira que um convento mandara para uma consulta com a Teresa. A freira escutava uma harpa e uma voz que repetia "Aleluia!". Mas, quando a questionaram, ela admitiu que não sabia se era "Aleluia" ou "Arizona". Essa freira tinha nascido no Arizona. Acho que ela acabou sendo internada.

Cobri o rosto inteiro com meu véu preto e, andando a passos largos, entrei pelo portão de ferro forjado. Eu achava estranho que, em todo o tempo desde que meu pai estivera enterrado nesse cemitério, nenhum de nós o tivesse visitado. Minha mãe não nos deixara ir ao funeral porque éramos muito pequenos na época, e ele tinha morrido no hospital, então o cemitério e até sua morte sempre tinham me parecido irreais.

Eu vinha sentindo muita vontade de começar a cuidar do túmulo do meu pai, depois de tantos anos de negligência. Eu sempre tinha sido a favorita dele, e parecia adequado que eu assumisse o luto que minha mãe nunca tinha se dado ao trabalho de sentir.

Eu achava que, se não tivesse morrido, meu pai teria me ensinado tudo sobre os insetos, que eram sua especialidade na universidade. Ele também teria me ensinado alemão, grego e latim, que ele sabia, e talvez eu fosse luterana. Meu pai tinha sido luterano em Wisconsin, mas a religião tinha saído de moda na Nova Inglaterra, então ele tinha virado ex-luterano e, depois, segundo minha mãe, um ateu amargurado.

O cemitério me decepcionou. Ficava na periferia da cidade, num terreno baixo que parecia um depósito de lixo, e, à medida que subia e descia os caminhos de cascalho, eu sentia o cheiro de ar parado dos pântanos salgados que havia não muito longe dali.

A parte antiga do cemitério não era de todo mal, com aquelas lápides corroídas pelo tempo e monumentos cobertos de líquen, mas logo vi que meu pai devia estar enterrado na parte moderna, com outros túmulos dos anos quarenta.

As lápidas da parte moderna eram baratas e malfeitas, e havia um ou outro túmulo com bordas de mármore, como uma banheira retangular cheia de terra, e recipientes de metal enferrujados cravados mais ou menos onde o umbigo da pessoa ficaria, recheados de flores falsas.

Uma garoa começou a cair do céu cinza, e eu fui ficando muito deprimida.

Eu não conseguia achar meu pai em lugar nenhum.

Nuvens baixas e grossas avançavam pela parte do horizonte na qual o mar ficava, atrás dos pântanos e das barracas de praia, e gotas de chuva começaram a escurecer a capa preta que eu tinha comprado naquela manhã. Uma umidade grudenta penetrou na minha pele.

"É repelente à água?", eu havia perguntado à vendedora.

E ela tinha respondido: "Nenhuma capa de chuva é *repelente* à água. Elas são impermeáveis".

E quando perguntei o que significava impermeável, ela me disse que era melhor comprar um guarda-chuva.

Mas eu não tinha dinheiro para comprar um guarda-chuva. Entre passagens de ônibus para ir e voltar de Boston, amendoins, jornais, livros de psicologia anormal e viagens para minha velha cidade litorânea, minhas economias de Nova York tinham quase chegado ao fim.

Eu tinha decidido que, quando o dinheiro da minha conta acabasse, eu ia parar de protelar, e naquela manhã eu tinha gastado o que restava na capa de chuva preta.

Então eu vi o túmulo do meu pai.

Havia outro túmulo bem ao lado, quase grudado, como as pessoas ficam coladas umas nas outras numa ala de caridade quando falta espaço. A lápide era feita de um mármore rosa todo manchado que lembrava salmão em lata, e as únicas coisas que havia nela eram o nome do meu pai e, embaixo dele, duas datas separadas por um tracinho.

Na base da lápide, coloquei as azaleias molhadas de chuva que eu tinha pegado num arbusto perto do portão do cemitério. Então meus joelhos ficaram fracos e eu sentei na grama encharcada. Eu não conseguia entender por que estava chorando tanto.

Nesse momento eu me lembrei que nunca tinha chorado pela morte do meu pai.

Minha mãe também não tinha chorado. Ela só sorria e dizia que era melhor que ele tivesse morrido, porque se sobrevivesse ele ficaria aleijado para o resto da vida, e que ele não teria suportado essa situação, que ia preferir morrer a viver assim.

Encostei o rosto na superfície lisa do mármore e, gritando sob a chuva fria e salgada, botei toda a tristeza para fora.

Eu sabia exatamente o que fazer.

No instante em que ouvi os pneus passando pelo cascalho e o barulho do motor ficando mais distante, eu pulei da cama e vesti correndo minha blusa branca, a saia verde franzida e a capa de chuva preta. A capa ainda estava úmida, por causa do dia anterior, mas logo isso deixaria de ter importância.

Desci a escada, peguei um envelope azul-claro na mesa de jantar e escrevi no verso, com uma letra grande e caprichada: "Estou saindo para uma longa caminhada".

Coloquei a mensagem num lugar em que minha mãe a veria assim que chegasse.

Depois eu dei risada.

Eu tinha esquecido a coisa mais importante.

Subi a escada correndo e levei uma cadeira para o closet da minha mãe. Depois subi nela e peguei o pequeno cofre verde que ficava na prateleira mais alta. A fechadura era tão frágil que eu poderia ter aberto o metal com as mãos, mas eu queria fazer as coisas de um jeito calmo e organizado.

Tirei a gaveta do canto superior direito da escrivaninha da minha mãe e encontrei o porta-joias azul que ficava escondido embaixo dos lenços irlandeses de linho perfumado. Tirei a pequena chave do veludo escuro. Depois abri o cofre e peguei o frasco cheio de pílulas. Havia mais do que eu imaginava.

Havia ao menos cinquenta.

Se eu tivesse esperado que minha mãe me desse as pílulas, noite após noite, teria levado cinquenta dias para guardar a quantidade de que precisava. E em cinquenta dias as aulas já teriam recomeçado e meu irmão teria voltado da Alemanha, e seria tarde demais.

Devolvi a chave ao porta-joias, em meio ao emaranhado de correntes e anéis baratos, devolvi o porta-joias à gaveta, sob os lenços, devolvi o cofre à prateleira do closet e coloquei a cadeira sobre o tapete no lugar exato de onde eu a havia tirado.

Depois desci a escada e fui até a cozinha. Abri a torneira e me servi de um copo grande de água. Depois peguei o copo d'água e as pílulas e desci até o porão.

Uma luz opaca e submarina entrava pelas frestas das janelas do porão. Atrás da caldeira havia uma abertura escura que começava na altura dos meus ombros, mais ou menos, e desaparecia detrás do pátio. O pátio tinha sido adicionado à casa depois que abriram o porão, e foi construído sobre essa fenda secreta de chão batido.

Pedaços de lenha velhos e apodrecidos estavam bloqueando a entrada do buraco. Eu os empurrei um pouco para abrir passagem. Depois coloquei o copo d'água e o frasco lado a lado sobre a superfície plana de uma das lenhas e tentei subir.

Levei um bom tempo para subir no vão, mas depois de muitas tentativas consegui, me agachando na boca da escuridão como um duende.

Sob meus pés descalços, a terra pareceu convidativa, mas fria. Eu me perguntei quanto tempo aquele exato quadrado de terra tinha passado sem ver o sol.

Então, um por um, comecei a puxar os pedaços de lenha pesados e empoeirados na direção da abertura. A escuridão era grossa como veludo. Estiquei o braço para pegar o copo e as pílulas, e com cuidado, de joelhos e de cabeça baixa, engatinhei até o outro extremo da parede.

Teias de aranha tocavam meu rosto com a delicadeza de uma mariposa. Me cobrindo com a capa preta, como se ela fosse minha sombra, só que ainda mais suave, abri o frasco e comecei a tomar as pílulas rapidamente, uma a uma, entre grandes goles de água.

No começo nada aconteceu, mas, à medida que fui chegando ao fundo do frasco, luzes vermelhas e azuis começaram a piscar diante dos meus olhos. O frasco escorregou da minha mão e eu me deitei.

O silêncio recuou, expondo as pedras, as conchas e todas as sobras da minha vida. Então, no limite da visão, ele se acumulou de novo e, avançando de uma vez como a maré, me botou para dormir.

Capítulo catorze

ESTAVA TUDO ESCURO.

Eu sentia a escuridão, e nada além dela, e minha cabeça se ergueu, conectada a essa sensação como uma cabeça de verme. Tinha alguém choramingando. Então um grande peso atingiu meu rosto como uma parede de pedra, e o ruído cessou.

O silêncio voltou de repente, refazendo a própria superfície como a água parada se acalma depois que uma pedra a perfura.

Um vento frio passou por mim. Eu estava sendo transportada a toda velocidade por um túnel que descia na direção da terra. Depois o vento cessou. Houve um rumor, como se muitas vozes estivessem reclamando e discutindo em algum lugar distante. Depois as vozes cessaram.

Um cinzel atingiu meu olho com um estalo, e uma fresta de luz se abriu, como uma boca ou uma ferida, até que a escuridão voltou a se fechar sobre ela. Tentei me afastar da direção da luz, mas mãos agarraram meus membros como as faixas que envolvem uma múmia, e não consegui me mexer.

Comecei a pensar que eu devia estar numa câmara subterrânea, sob luzes ofuscantes, e que na câmara havia muitas pessoas que por algum motivo não queriam que eu me mexesse.

Então o cinzel arremeteu mais uma vez, e de súbito a luz entrou na minha cabeça, e em meio à escuridão grossa, densa e morna, uma voz gritou:

— Mãe!

O AR SOPRAVA, BRINCANDO SOBRE O meu rosto.

Senti a forma de um quarto ao meu redor, um quarto amplo com janelas abertas. Um travesseiro se moldava sob minha cabeça, e meu corpo flutuava, sem pressão, entre lençóis finos.

Depois senti algo morno, como uma mão no meu rosto. Eu devia estar deitada no sol. Se abrisse os olhos, eu veria as cores e formas se curvando sobre mim como enfermeiras.

Abri os olhos.

Estava tudo escuro.

Havia alguém respirando ao meu lado.

— Não consigo enxergar — eu disse.

Uma voz alegre saiu da escuridão e falou comigo.

— Tem muita gente cega nesse mundo. Um dia você vai se casar com um cego de bom coração.

O HOMEM DO CINZEL TINHA VOLTADO.

— Por que você insiste? — perguntei. — Não adianta.

— Você não devia falar assim. — Seus dedos sondaram a grande e dolorosa saliência que havia sobre meu olho esquerdo. Depois ele soltou alguma coisa, e uma fresta irregular de luz apareceu, como um buraco na parede. A cabeça de um homem espreitava no canto da fresta.

— Consegue me ver?

— Consigo.

— Consegue ver mais alguma coisa?

Então eu me lembrei.

— Eu não consigo ver nada. — A fresta diminuiu e ficou escura. — Estou cega.

— Que bobagem! Quem te disse isso?

— A enfermeira.

O homem bufou. Ele terminou de refazer o curativo sobre meu olho.

— Você é uma moça muito sortuda. Sua visão está intacta.

— Vieram te ver.

A enfermeira sorriu e desapareceu.

Minha mãe se aproximou sorrindo, contornando o pé da cama. Ela estava usando um vestido com estampa de rodinhas roxas e estava horrível.

Um rapaz alto e grande vinha atrás dela. De início não consegui reconhecê-lo, porque meu olho quase não abria, mas depois vi que era meu irmão.

— Falaram que você queria me ver.

Minha mãe se sentou na beira da cama e colocou uma mão na minha perna. Sua expressão transmitia carinho e decepção, e eu quis que ela fosse embora.

— Eu não lembro de ter dito nada.

— Eles falaram que você estava me chamando. — Ela parecia estar prestes a chorar. Seu rosto se enrugou todo e estremeceu como uma geleia branca.

— Como você está? — meu irmão perguntou.

Eu olhei minha mãe nos olhos.

— Igual — respondi.

— Tem visita para você.

— Não quero visitas.

A enfermeira se afastou depressa e falou baixinho com alguém no corredor. Então ela voltou.

— Ele gostaria muito de te ver.

Abaixei a cabeça e olhei as pernas amarelas que saíam do pijama de seda branco que não era meu e tinham colocado em mim. A pele flácida balançava quando eu me mexia, como se debaixo dela não houvesse mais músculo, e pelos pretos e grossos cobriam tudo.

— Quem é?

— Uma pessoa que você conhece.

— Como é o nome dele?

— George Bakewell.

— Não conheço nenhum George Bakewell.

— Ele disse que te conhece.

Então a enfermeira saiu do quarto e um rapaz que parecia muito familiar entrou e disse:

— Posso sentar na beira da sua cama?

Ele estava usando um jaleco branco, e consegui ver a ponta de um estetoscópio saltando para fora do bolso. Pensei que devia ser alguém que eu conhecia fantasiado de médico.

Eu tinha pensado em cobrir as pernas se alguém entrasse no quarto, mas nesse momento percebi que era tarde demais e as deixei expostas como estavam, horríveis e asquerosas.

"Essa sou eu", eu pensei. "É isso que eu sou."

— Você se lembra de mim, né, Esther?

Olhei o rapaz pela abertura do meu olho bom. O outro olho ainda não tinha aberto, mas o oftalmologista disse que dali a alguns dias já estaria melhor.

O rapaz me olhava como se eu fosse a nova atração do zoológico e ele estivesse segurando o riso.

— Você se lembra de mim, né, Esther? — Ele falava devagar, como as pessoas falam com uma criança que tem algum atraso. — Eu sou o George Bakewell. Somos da mesma igreja. Uma vez você saiu com o meu companheiro de quarto em Amherst.

Nesse momento pensei reconhecer o rosto do rapaz. A imagem dele pairava, quase apagada, nos limites da memória — o tipo de rosto a que eu nunca me daria o trabalho de atribuir um nome.

— O que você está fazendo aqui?

— Sou residente aqui no hospital.

Como era possível que George Bakewell tivesse virado médico tão de repente?, eu me perguntei. E ele não me conhecia de verdade. Ele só queria ver de perto uma garota que era louca o suficiente para se matar.

Virei o rosto para a parede.

— Sai daqui — eu disse. — Sai daqui e não volta nunca mais.

— Eu quero um espelho.

A enfermeira cantarolava com ar apressado, abrindo uma gaveta atrás da outra e colocando na bolsa de verniz preto as novas roupas íntimas, blusas, saias e pijamas que minha mãe tinha me comprado.

— Por que não posso me ver num espelho?

Tinham me trocado, e escolheram um vestido listrado de branco e cinza, como uma capa de colchão, e um cinto vermelho, largo e brilhante. Depois tinham me colocado sentada numa poltrona.

— Por que não?

— Porque é melhor não. — A enfermeira fechou a tampa da bolsa com um pequeno clique.

— Por quê?

— Porque você não está muito bonita.

— Ah, deixa eu ver, vai.

A enfermeira soltou um suspiro e abriu a primeira gaveta da escrivaninha. Ela pegou um espelho grande com uma moldura feita da mesma madeira da mesa e me entregou.

De início não entendi qual era o problema. Aquilo não era um espelho, era uma fotografia.

Era impossível saber se a pessoa na fotografia era homem ou mulher, porque seu cabelo estava raspado e havia tufos eriçados que pareciam uma penugem na cabeça toda. Um lado do rosto estava roxo, quase verde nas extremidades, e em alguns pontos amarelo, e, de tanto inchaço, tinha ficado deformado. A boca da pessoa era marrom e tinha uma ferida cor de rosa em cada canto.

A coisa mais impressionante naquele rosto era a concentração sobrenatural de cores vivas.

Eu sorri.

A boca no espelho se quebrou, abrindo um sorriso.

Um segundo depois do estrondo outra enfermeira chegou correndo. Ela olhou para o espelho quebrado e depois para mim, parada diante dos cacos brancos e cegos, e expulsou a enfermeira mais jovem do quarto.

— Eu não te *avisei*? — consegui ouvi-la dizendo.

— Mas eu só…

— Eu não te *avisei*?

Escutei com certo desinteresse. Qualquer pessoa podia derrubar um espelho. Não entendi por que estavam tão alteradas.

A outra enfermeira, mais velha, voltou para o quarto. Ela ficou ali, de braços cruzados, me olhando fixamente.

— Sete anos de azar.

— Como?

— Eu disse — a enfermeira levantou a voz, como se falasse com uma pessoa surda — "sete anos de azar".

A enfermeira jovem voltou com uma vassoura e uma pá de lixo e começou a varrer os cacos brilhantes.

— Isso é só superstição — eu disse, então.

— Ah… — A segunda enfermeira se dirigiu à enfermeira que estava de quatro como se eu não estivesse ali. — Sabe lá onde vão cuidar *dessa aí*!

Da janela traseira da ambulância vi várias ruas que me pareciam familiares se afunilando e se transformando numa paisagem verde de verão. Minha mãe e meu irmão estavam comigo, um de cada lado.

Eu estava fingindo que não sabia que iam me transferir do hospital da minha cidade para um hospital da capital, só para ver o que iam dizer.

— Eles querem que você fique numa ala especial — minha mãe disse. — Não tem esse tipo de ala no nosso hospital.

— Eu gostava de lá.

A boca da minha mãe se repuxou.

— Então você devia ter se comportado melhor.

— O quê?

— Você não devia ter quebrado aquele espelho. Aí quem sabe te deixariam ficar.

Mas é claro que eu sabia que o espelho não tinha nada a ver com aquilo.

Eu estava sentada na cama com as cobertas até o pescoço.

— Por que não posso levantar? Eu não estou doente.

— Mudança de turno — a enfermeira respondeu. — Você pode levantar depois. — Ela abriu as cortinas da cama com um movimento brusco e revelou a jovem italiana gorda que estava na cama ao lado.

A italiana tinha cachinhos pretos volumosos que começavam em sua testa, se erguiam num topete enorme e caíam por suas costas. Sempre que ela se mexia, o imenso arranjo de cabelo se mexia junto, como se fosse feito de um papel preto muito firme.

A mulher olhou para mim e deu risada.

— Por que você está aqui? — Ela não esperou a resposta. — Eu estou aqui por culpa da minha sogra, que é franco-canadense. — Ela riu de novo. — Meu marido sabe que eu não suporto a minha sogra, mas mesmo assim ele disse que ela podia visitar a gente, e, quando ela foi, minha língua saiu da boca e eu não consegui mais botar pra dentro. Eles me levaram para a emergência e depois me trouxeram pra cá — ela baixou a voz — junto com os doidos. — Então ela perguntou: — O que você tem?

Eu me virei, de forma que ela visse todo o meu rosto, com o olho saltado roxo e verde.

— Eu tentei me matar.

A mulher ficou me olhando. Depois se apressou em pegar uma revista de cinema que estava sobre o criado-mudo e fingiu que estava lendo.

A porta vaivém que ficava na frente da minha cama se abriu de repente, e um bando de homens e mulheres jovens, todos de jaleco branco, entrou, acompanhado de um homem mais velho e grisalho. Todos sorriam de um jeito alegre e artificial. Eles se reuniram aos pés da minha cama.

— E como você está se sentindo nesta manhã, srta. Greenwood?

Tentei adivinhar qual deles tinha falado. Odeio conversar com grupos. Sempre que falo com um grupo, eu preciso escolher uma pessoa e falar com ela, por isso passo a conversa inteira sentindo que os outros estão me olhando demais e que essa vantagem é injusta. Também odeio quando as pessoas perguntam como você está com tom alegre, mesmo sabendo que você não está nada bem, e esperam que você responda "Bem".

— Muito mal.

— Muito mal. Humm — alguém disse, e um rapaz baixou a cabeça com um sorrisinho. Outra pessoa anotou alguma coisa numa prancheta. Depois outra pessoa fez uma cara séria e solene e perguntou:

— E por que muito mal?

Pensei que alguns jovens daquele grupo tão alegre podiam muito bem ser amigos do Buddy Willard. Eles deviam saber que eu o conhecia, e ficaram curiosos para me ver, e depois iam falar mal de mim entre eles. Eu queria estar num lugar onde ninguém que eu conhecesse jamais pudesse ir.

— Não consigo dormir…

Eles me interromperam.

— Mas a enfermeira disse que você dormiu a noite passada.

Olhei ao redor, passando pelo crescente de rostos desconhecidos e joviais.

— Não consigo ler — eu disse, erguendo a voz. — Não consigo comer. — Nesse momento me ocorreu que eu vinha comendo com voracidade desde minha chegada.

Os jovens tinham me dado as costas e estavam cochichando entre eles. Por fim, o homem grisalho interveio.

— Obrigado, srta. Greenwood. Um dos médicos da equipe virá ver a senhorita daqui a pouco.

Então o grupo seguiu para a cama da italiana.

— E como está se sentindo hoje, senhorita… — alguém disse, e o nome pareceu longo e cheio de Ls, como "sra. Tomolillo".

A sra. Tomolillo deu risada.

— Ah, eu estou bem, doutor. Muito bem. — Em seguida ela baixou a voz e sussurrou algo que não consegui ouvir. Uma ou duas pessoas do grupo olharam na minha direção. Aí alguém disse: "Certo, sra. Tomolillo", e outra pessoa avançou e fechou a cortina que nos separava como uma parede branca.

SENTEI NA PONTA DE UM BANCO de madeira que ficava no pequeno quintal que havia entre os quatro muros de tijolos do hospital. Minha mãe, com seu vestido roxo e rodado, se sentou na outra ponta. Ela estava com a cabeça apoiada numa mão, dedo indicador na bochecha e polegar sob o queixo.

A sra. Tomolillo estava sentada com alguns italianos risonhos de cabelos escuros no banco ao lado. Toda vez que minha mãe se mexia, a sra. Tomolillo a imitava. Nesse momento a sra. Tomolillo estava sentada com o dedo indicador na bochecha e o polegar sob o queixo, e sua cabeça pendia para um lado, dando-lhe um ar melancólico.

— Não se mexe — eu disse à minha mãe em voz baixa. — Aquela mulher está te imitando.

Minha mãe se virou para olhar, mas num piscar de olhos a sra. Tomolillo deixou as mãos brancas e gordas caírem no colo e começou a falar, descontraída, com seus amigos.

— Não está, não — minha mãe disse. — Ela nem está prestando atenção na gente.

Mas no instante em que minha mãe voltou a se virar para mim, a sra. Tomolillo juntou as pontas dos dedos como minha mãe tinha acabado de fazer e me lançou um olhar maldoso e debochado.

Eram tantos médicos que o gramado estava branco.

Durante todo o tempo que eu e minha mãe passamos sentadas ali, no cone estreito de sol que batia entre os muros altos de tijolos, médicos iam até mim e se apresentavam. "Sou o dr. tal, sou o dr. tal."

Alguns pareciam tão jovens que eu sabia que não podiam ser médicos de verdade, e um deles tinha um nome estranho que parecia "dr. Sífilis", então fiquei atenta a nomes que parecessem suspeitos ou falsos, e, dito e feito, um homem de cabelos escuros que se parecia muito com o dr. Gordon, mas era negro, enquanto o dr. Gordon era branco, veio e disse "Sou o dr. Pâncreas", apertando minha mão.

Depois de se apresentar, todos os médicos ficaram a uma distância em que podiam nos ouvir, mas eu não podia dizer à minha mãe que eles estavam anotando cada palavra que dizíamos sem que me escutassem, então eu me inclinei e falei isso no ouvido dela.

Minha mãe se afastou na mesma hora.

—Ah, Esther, eu queria que você cooperasse. Eles dizem que você não coopera. Dizem que você não conversa com os médicos, que não faz nada na terapia ocupacional…

— Eu preciso sair daqui — eu disse a ela, convicta. — Aí eu vou ficar bem. Você me colocou aqui — eu disse. — Agora pode me tirar.

Eu pensei que, se conseguisse convencer minha mãe a me tirar do hospital, eu poderia ganhar a confiança dela, como aquele rapaz da doença cerebral da peça de teatro, e fazê-la entender que aquela era a melhor coisa a se fazer.

Para minha surpresa, minha mãe disse:

— Tudo bem, vou tentar tirar você daqui... mesmo que seja para um lugar melhor. Se eu tentar fazer isso — ela pousou uma mão no meu joelho —, você promete que vai se comportar?

Eu me virei e olhei direto para o dr. Sífilis, que estava muito perto de mim, fazendo anotações num caderninho minúsculo, quase invisível.

— Eu prometo — eu disse bem alto, para todo mundo ouvir.

O NEGRO ENTROU NO REFEITÓRIO DOS pacientes empurrando o carrinho de comida. A ala psiquiátrica do hospital era muito pequena — só dois corredores em forma de L, com quartos dos dois lados, e uma parte com camas atrás da sala de terapia ocupacional, onde eu estava, e uma pequena área com uma mesa e algumas cadeiras junto de uma janela na esquina do L, que era nossa sala de estar e refeitório.

Geralmente era um velho branco e caquético que trazia a nossa comida, mas nesse dia era um negro. O negro estava com uma mulher que usava salto-alto azul, e ela lhe dava todas as instruções. O negro ficava rindo feito um bobo.

Então ele levou uma bandeja até a nossa mesa com três vasilhas de metal com tampa e começou a organizar as vasilhas com gestos ruidosos. A mulher foi embora, trancando a porta atrás de si. O negro organizou as vasilhas, e depois os talheres amassados e os pratos brancos de porcelana grossa, e não deixou de encarar a gente em nenhum momento, revirando aqueles olhos grandes.

Percebi que éramos as primeiras loucas que ele via na vida.

Ninguém que estava na mesa fez qualquer menção a tirar a tampa das vasilhas de lata, e a enfermeira ficou esperando para ver se alguém ia tentar antes de fazê-lo. A sra. Tomolillo sempre tirava as tampas e servia todo mundo, como uma mãe faria, mas depois a mandaram para casa e ninguém quis tomar seu lugar.

Eu estava morrendo de fome, então tirei a tampa da primeira vasilha.

— Que gentileza, Esther — a enfermeira disse, simpática. — Quer se servir de um pouco de vagem e passar a vasilha para as outras?

Eu me servi de uma porção de vagem bem verde e me virei para passar a vasilha para a ruiva gorda que estava à minha direita. Essa era a primeira vez que deixavam a mulher ruiva se sentar à mesa. Eu a vira só uma vez, bem no final do corredor em forma de L, parada diante de uma porta aberta. Era uma das portas que tinham janelas quadradas com grades.

Na ocasião ela estava gritando, rindo de um jeito grotesco e batendo o quadril nos médicos que passavam, e o funcionário de uniforme branco que cuidava das pessoas daquele lado da ala estava apoiado no radiador do corredor, rindo sem parar.

A mulher ruiva arrancou a vasilha das minhas mãos e despejou todo o conteúdo em seu prato. As vagens se amontoaram diante dela e se espalharam pelo seu colo, caindo no chão como canudos verdes e duros.

— Ah, sra. Mole! — a enfermeira disse, com uma voz triste. — Acho que é melhor você comer no seu quarto hoje.

E ela devolveu quase toda a vagem para a tigela e a entregou à pessoa que estava ao lado da sra. Mole e levou a sra. Mole para fora. Por todo o caminho pelo corredor até seu quarto, a sra. Mole ficou olhando para a gente, fazendo caretas e imitando um porco.

O negro tinha voltado e estava começando a recolher os pratos vazios de pessoas que ainda não tinham se servido de vagem.

— A gente ainda não terminou — eu disse a ele. — Você tem que esperar.

— Minha nossa! — O negro arregalou os olhos, fingindo surpresa. Depois olhou ao redor. A enfermeira que tinha ido levar a sra. Mole ainda não tinha voltado. O negro fez uma reverência insolente. — Dona metida — ele disse entredentes.

Tirei a tampa da segunda vasilha, revelando um tijolo de macarrão com queijo grudento e completamente frio. A terceira e última vasilha estava cheia de feijão.

Eu sabia muito bem que nunca se devia servir duas leguminosas na mesma refeição. Feijão e cenoura, ou feijão e ervilha até podia ser, mas nunca feijão e vagem. Aquele negro estava querendo testar nossos limites.

A enfermeira voltou, e o negro saiu de perto. Comi o máximo de feijão que consegui, depois me levantei, dando a volta na mesa do lado em que a enfermeira não podia me ver da cintura para baixo, e por trás do negro, que estava esvaziando os pratos usados. Estiquei o pé e dei um belo de um chute na panturrilha dele.

O negro deu um pulo e soltou um gritinho, depois me olhou e revirou os olhos.

— Mocinha, mocinha… — ele resmungou, passando a mão na perna. — Cê não tinha nada que fazer isso, nada, nada…

— *Bem feito* pra você — eu disse, e olhei bem nos olhos dele.

— Não quer levantar hoje?

— Não. — Eu me enleei ainda mais na cama e cobri a cabeça com as cobertas. Depois levantei uma ponta do lençol e espiei pela fresta. A enfermeira estava sacudindo o termômetro que tinha acabado de tirar da minha boca.

— *Viu só?* Está normal. — Eu tinha olhado o termômetro antes que ela viesse pegá-lo, como eu sempre fazia. — *Viu só?* Está normal, por que você continua medindo a minha temperatura?

Tive vontade de dizer a ela que se houvesse algum problema no meu corpo eu ia ficar bem, que eu preferiria ter qualquer problema no corpo do que ter problemas da cabeça, mas isso parecia tão egocêntrico e cansativo que eu não disse nada. Só me enfiei ainda mais nas cobertas.

Então, através do lençol, senti na minha perna uma pressão quase imperceptível, mas incômoda. A enfermeira tinha colocado a bandeja de termômetros na minha cama enquanto se virava para medir a pulsação da pessoa que estava deitada ao meu lado, no lugar da sra. Tomolillo.

Um desejo de fazer maldade subiu formigando, como a dorzinha gostosa e irritante de um dente mole. Eu bocejei e, como se estivesse prestes a me virar, aproximei o pé da base da caixa.

— Ai! — O grito da enfermeira pareceu um pedido de ajuda, e outra enfermeira veio correndo. — Olha o que você fez!

Coloquei a cabeça para fora das cobertas e fiquei olhando para o pé da cama. Ao redor da bandeja de esmalte virada, uma estrela de cacos de termômetros brilhava, e bolas de mercúrio tremulavam como um orvalho celestial.

— Desculpa — eu disse. — Foi sem querer.

A segunda enfermeira me lançou um olhar cruel.

— Você fez de propósito. Eu te *vi*.

Então ela saiu correndo, e quase na mesma hora dois funcionários do hospital vieram e me levaram, com cama e tudo, para o quarto que antes havia sido da sra. Mole, mas antes tive tempo de pegar uma bolinha de mercúrio.

Pouco depois de trancarem a porta, vi a cara do negro, uma lua cor de melaço subindo pelas grades da janela, mas fingi que não tinha percebido.

Abri os dedos só um pouco, como uma criança que guarda um segredo, e sorri olhando o globo prateado que tinha na palma da mão. Se eu o deixasse cair, ele se quebraria em um milhão de pequenas réplicas de si mesmo, e se eu as juntasse elas se fundiriam, sem deixar nenhuma brecha, e voltariam a ser uma só.

Eu sorria, sorria, olhando aquela bolinha prateada.

Eu nem imaginava o que tinham feito com a sra. Mole.

Capítulo quinze

Como um carro cerimonial, o Cadillac preto de Philomena Guinea avançava devagar pelo trânsito difícil das cinco horas. Em pouco tempo ia passar por uma das pontes curtas que se arqueavam sobre o rio Charles, e eu, sem pensar, ia abrir a porta, me jogar no meio dos carros e correr até o guarda-corpo da ponte. Um só pulo, e a água cobriria minha cabeça.

Com ar distraído, eu fazia bolinhas do tamanho de uma pílula com um lencinho de papel e pensava se meu plano ia dar certo. Eu estava sentada no meio do banco traseiro do Cadillac, com minha mãe de um lado e meu irmão do outro, ambos um pouco debruçados para a frente, como barras diagonais, cada uma cobrindo uma porta do carro.

À minha frente eu via o pescoço do chofer, que tinha cor de carne enlatada, entre uma fatia de quepe azul e outra de ombros de um paletó azul, e ao lado dele, como um pássaro exótico muito frágil, os cabelos brancos e o chapéu de plumas esmeralda de Philomena Guinea, a romancista famosa.

Eu não sabia ao certo por que a sra. Guinea estava ali. Só sabia que ela tinha se interessado pelo meu caso e que uma vez, no auge de sua carreira, ela também tinha sido internada num hospital psiquiátrico.

Minha mãe disse que a sra. Guinea havia lhe enviado um telegrama das Bahamas, de onde tinha lido sobre mim num jornal de Boston. No telegrama a sra. Guinea tinha perguntado: "Tem algum rapaz envolvido?".

Se minha situação tinha alguma coisa a ver com um rapaz, a sra. Guinea não podia fazer nada por mim, é claro.

Mas minha mãe tinha respondido com outro telegrama, dizendo o seguinte: "Não, é a escrita. A Esther acha que nunca mais vai conseguir escrever".

Então a sra. Guinea tinha voltado para Boston de avião e me tirado da ala lotada do hospital municipal, e agora estava me levando de carro para um hospital particular que tinha vários prédios, campos de golfe e jardins, como um clube, pelo qual ela pagaria, como se eu tivesse ganhado uma bolsa de estudos, até que os médicos que ela conhecia me curassem.

Minha mãe disse que eu devia estar agradecida, que eu quase tinha acabado com o dinheiro dela, e que se não fosse pela sra. Guinea ela não sabia onde eu ia acabar. Mas eu sabia. Eu acabaria no grande hospital estadual que ficava no campo e era quase vizinho dessa clínica particular.

Eu sabia que devia me sentir grata à sra. Guinea, só que eu não conseguia sentir nada. Se a sra. Guinea tivesse me dado uma passagem para a Europa, ou uma volta ao mundo de cruzeiro, não teria feito diferença nenhuma, porque, onde quer que eu estivesse — no convés de um navio, num café em Paris ou em Bangcoc —, eu sempre estaria dentro da mesma redoma de vidro, marinando no ar parado do meu hálito.

O céu azul abriu sua cúpula sobre o rio, e o rio estava sarapintado de barcos. Eu me preparei para agir, mas na mesma hora minha mãe e meu irmão colocaram as mãos nas maçanetas das portas. Os pneus chiaram quando passamos sobre a estrutura da ponte. Água, barcos, céu azul e gaivotas em pleno voo passaram num átimo, como um cartão-postal improvável, e de repente estávamos do outro lado.

Afundei no banco de veludo cinza e fechei os olhos. O ar da redoma de vidro me cercou feito um enchimento grosso, e eu não consegui mais me mexer.

Eu tinha voltado a ter um quarto só meu.

Ele me lembrava o quarto do hospital do dr. Gordon — uma cama, uma escrivaninha, um armário, uma mesa e uma cadeira. Uma janela com tela, mas sem grades. Meu quarto ficava no primeiro andar, e a janela, a uma curta distância de um chão repleto de agulhas de pinheiro, dava para um pátio com árvores que era cercado por um muro de tijolos vermelhos. Se pulasse, eu não ia machucar nem os joelhos. O lado interno do muro alto parecia liso como vidro.

A travessia da ponte tinha me deixado muito desanimada.

Eu tinha perdido uma oportunidade quase perfeita. A água do rio tinha passado por mim como um drinque que ninguém bebeu. Eu desconfiava que, mesmo se minha mãe e meu irmão não estivessem no carro, eu não teria tentado pular.

Quando dei entrada no prédio principal do hospital, uma moça magra tinha vindo até nós e se apresentado. — Eu sou a dra. Nolan. Serei a médica da Esther.

O fato de ela ser mulher me surpreendeu. Eu não sabia que existiam psiquiatras mulheres. Essa mulher era uma mistura de Myrna Loy com a minha mãe. Estava usando uma blusa branca e uma saia rodada com um cinto de couro largo na cintura, e óculos muito bonitos em forma de lua crescente.

Mas, depois que uma enfermeira me levou pelo gramado até um prédio de tijolos bastante melancólico chamado Caplan, onde eu ia morar, a dra. Nolan não foi me visitar. Ela não foi, mas vários homens estranhos foram.

Fiquei deitada na minha cama, debaixo do cobertor branco e grosso, e eles entraram no meu quarto, um por um, e se apresentaram. Eu não entendia por que tinham que ser tantos, nem por que queriam se apresentar, e comecei a achar que queriam ver minha reação, para ver se eu percebia que eram muitos, e fui ficando desconfiada.

Por fim, um médico grisalho e bonito apareceu e disse que era o diretor do hospital. Depois ele começou a falar dos peregrinos e dos índios e das pessoas que foram donas da terra depois deles, e dos rios que havia ali perto, e de quem tinha construído o primeiro hospital, e que houvera um incêndio, e de quem tinha construído o segundo hospital, até que pensei que ele devia estar esperando para ver quando eu ia interrompê-lo e dizer que todo aquele papo sobre os rios e os peregrinos era uma grande besteira.

Mas depois pensei que era possível que parte daquilo fosse verdade, então tentei diferenciar o que podia ser verdade e o que não era, mas antes que eu pudesse fazer isso ele se despediu.

Esperei até ouvir as vozes dos médicos se dissiparem. Depois afastei o cobertor branco, calcei os sapatos e fui até o corredor. Ninguém me impediu, então dei a volta pela minha parte do corredor e cheguei a outro corredor mais longo e passei por um refeitório que estava aberto.

Uma copeira de uniforme verde estava pondo as mesas para o jantar. Havia toalhas de linho branco, copos e guardanapos de papel. Quando vi que havia copos de vidro de verdade, guardei essa informação num canto da minha mente como um esquilo guarda uma noz. No hospital municipal usávamos copos de papel e não tínhamos faca para cortar a carne. A carne era sempre cozida demais para podermos cortá-la com um garfo.

Por fim, cheguei a uma grande sala de estar com móveis caindo aos pedaços e um tapete puído. Uma garota com cara redonda de bolacha e cabelos pretos curtos estava sentada numa poltrona lendo uma revista. Ela me lembrava uma líder das escoteiras que eu tinha conhecido uma vez. Olhei para os pés dela, e dito e feito: ela usava aqueles mocassins de couro marrom com franjas, que em teoria são bastante despojados, e as pontas dos cadarços eram decoradas com pequenas nozes falsas.

A garota levantou a cabeça e sorriu.

— Meu nome é Valerie. E o seu?

Fingi que não tinha ouvido e saí da sala, indo até o final da ala seguinte. No caminho, passei por uma porta que terminava na altura da cintura, atrás da qual vi algumas enfermeiras.

— Cadê todo mundo?

— Lá fora. — A enfermeira estava escrevendo alguma coisa várias vezes em pedaços pequenos de fita adesiva. Eu me apoiei na borda da porta para ver o que ela estava escrevendo, e era E. Greenwood, E. Greenwood, E. Greenwood, E. Greenwood.

— Lá fora onde?

— Ah, é a terapia ocupacional. Estão no campo de golfe, jogando badminton.

Vi que havia roupas amontoadas numa cadeira ao lado da enfermeira. Eram as mesmas roupas que a enfermeira do primeiro hospital estava colocando na mala de couro envernizado quando eu quebrei o espelho. A enfermeira começou a colocar as etiquetas nas roupas.

Voltei para a sala de estar. Eu não entendia por que aquelas pessoas estavam jogando badminton e golfe. Se faziam isso, não deviam estar doentes de verdade.

Eu me sentei ao lado da Valerie e prestei mais atenção nela. Sim, pensei, ela poderia muito bem estar num acampamento das escoteiras. Ela lia uma *Vogue* velha, toda amassada, com extremo interesse.

"Que raios essa menina está fazendo aqui?", eu me perguntei. "Ela não tem nada."

— VOCÊ SE INCOMODA SE EU fumar? — A dra. Nolan se recostou na poltrona que havia ao lado da minha cama.

Eu disse que não, que eu gostava do cheiro da fumaça. Pensei que, fumando, talvez a dra. Nolan ficasse mais tempo. Essa era a primeira vez que ela tinha ido falar comigo. Quando ela fosse embora, eu ia cair de novo naquele vazio de sempre.

— Me fala um pouco sobre o dr. Gordon — a dra. Nolan disse de repente. — Você gostava dele?

Lancei um olhar desconfiado para a dra. Nolan. Eu achava que todos os médicos estavam mancomunados, e que em algum lugar do hospital, num canto escondido, repousava uma máquina idêntica à do dr. Gordon, já preparada para me dar um choque capaz de me fazer sair do corpo.

— Não — respondi. — Eu não gostava nem um pouco dele.

— Que interessante. Por quê?

— Não gostei do que ele fez comigo.

— Fez com você?

Contei à dra. Nolan sobre a máquina e os lampejos azuis, os solavancos e os ruídos. Ela me ouviu sem se mexer.

— Isso foi um erro — ela disse então. — Não é para ser assim.

Eu a encarei.

— Se fazem do jeito certo — a dra. Nolan disse —, parece que você está dormindo.

— Se alguém fizer aquilo comigo de novo, eu vou me matar.

A dra. Nolan disse num tom firme: — Aqui você não vai receber nenhum tratamento de eletrochoque. E se acontecer — ela corrigiu —, eu vou te avisar com antecedência, e prometo que vai ser completamente diferente da outra vez. Para você ter uma ideia — ela concluiu —, tem gente que até *gosta* desses tratamentos.

Depois que a dra. Nolan tinha saído eu encontrei uma caixa de fósforos no parapeito da janela. Não era uma caixa de tamanho normal, e sim uma caixa extremamente pequena. Eu a abri e dentro dela havia uma fileira de palitinhos com pontas cor-de-rosa. Tentei acender um e ele se amassou todo.

Não consegui entender por que a dra. Nolan tinha me deixado uma coisa tão boba. Talvez ela quisesse ver se eu os devolveria. Com cuidado, guardei os fósforos de brinquedo na barra do meu novo roupão. Se a dra. Nolan perguntasse sobre os fósforos, eu ia dizer que tinha achado que eram doces e os havia comido.

Uma nova paciente tinha se mudado para o quarto ao lado do meu.

Pensei que ela devia ser a única pessoa no hospital todo que tinha chegado depois de mim, então ela não ia saber que minha situação era péssima, como todos os outros sabiam. Pensei em ir até lá fazer amizade.

A mulher estava deitada na cama com um vestido roxo, fechado no pescoço com um broche de camafeu, que ia até a panturrilha. Ela usava seu cabelo ruivo-escuro preso num coque austero de professora, e levava um par de óculos de armação prateada fina preso ao bolso frontal do vestido com um elástico preto.

— Oi, meu nome é Esther, qual é o seu? — eu disse, para tentar puxar assunto, sentando na beira de sua cama.

A mulher sequer se mexeu, só continuou olhando para o teto. Fiquei chateada. Pensei que a Valerie, ou outra pessoa, podia ter dito a ela que eu era uma idiota logo que ela chegou.

Uma enfermeira enfiou a cabeça pela porta.

— Ah, você está aí — ela me disse. — Visitando a srta. Norris. Que bom! — E sumiu de novo.

Não sei quanto tempo passei ali, observando a mulher de roxo e me perguntando se seus lábios contraídos e rosados iriam se abrir, e, se de fato se abrissem, o que iriam dizer.

Por fim, sem falar nem olhar para mim, a srta. Norris ergueu os pés, com suas botas pretas de cano alto e botões, para o outro lado da cama e saiu do quarto. Pensei que ela devia estar tentando se livrar de mim sem ser grosseira. Em silêncio, a certa distância, eu a segui pelo corredor.

A srta. Norris chegou à porta do refeitório e parou. Ela tinha ido até ali com passos convictos, colocando os pés bem no meio dos botões de rosa que se entrelaçavam na estampa do carpete. Ela esperou um pouco e só então levantou os pés, um depois do outro, por sobre a soleira da porta, como se ultrapassasse um degrau invisível.

Ela se sentou diante de uma das mesas redondas com toalha de linho e colocou um guardanapo sobre o colo.

— Ainda falta uma hora para o jantar! — a cozinheira gritou lá da cozinha.

Mas a srta. Norris não respondeu. Ela continuou olhando para a frente, com modos educados.

Eu me sentei na cadeira que ficava de frente para a dela e peguei um guardanapo. Não falamos nada, só ficamos ali, num silêncio próximo de irmãs, até o sinal que anunciava o jantar ressoar pelo corredor.

— PODE DEITAR — A ENFERMEIRA disse. — Vou te dar outra injeção.

Eu me virei de bruços na cama e levantei minha saia. Depois baixei a calça do meu pijama de seda.

— Minha nossa, o que você está usando aí embaixo?

— Meu pijama. Para eu não ter o trabalho de ficar tirando e pondo o tempo todo.

A enfermeira fez um barulhinho de reprovação. Depois perguntou "De que lado?". Essa piada já era velha.

Levantei a cabeça e olhei para minhas nádegas nuas. Estavam cheias de hematomas roxos, verdes e azuis das injeções anteriores. O lado esquerdo estava mais escuro do que o direito.

— O direito.

— É você quem manda. — A enfermeira enfiou a agulha e eu estremeci, saboreando aquela dorzinha. As enfermeiras me davam injeções três vezes por dia, e mais ou menos uma hora depois de cada injeção me davam um copo de suco de fruta açucarado e ficavam do meu lado, me vendo beber tudo.

— Sorte sua — Valerie disse. — Estão te tratando com insulina.

— Não aconteceu nada.

— Mas vai acontecer. Eu já tomei. Me conta quando você tiver uma reação.

Mas parecia que eu nunca tinha nenhuma reação, só ficava cada vez mais gorda. As roupas largas que minha mãe tinha comprado já estavam ficando apertadas, e, quando eu olhava minha barriga inchada e meu quadril largo, eu pensava que era melhor que a sra. Guinea não tivesse me visto assim, porque parecia que eu estava prestes a ter um bebê.

— Já viu as minhas cicatrizes?

Valerie afastou a franja preta e mostrou duas marcas mais claras que a pele dos dois lados da testa, como se em algum momento ela tivesse começado a criar chifres e cortado os dois.

Estávamos andando, só as duas, pelos jardins do hospital com a terapeuta esportiva. Nos últimos tempos me deixavam caminhar com cada vez mais frequência. Nunca deixavam que a srta. Norris fizesse o mesmo.

Valerie disse que a srta. Norris não deveria estar no Caplan, mas num hospital para gente bem pior que se chamava Wymark.

— Sabe o que são essas cicatrizes? — Valerie insistiu.

— Não. O que são?

— Me fizeram uma lobotomia.

Olhei impressionada para a Valerie, admirando pela primeira vez sua calma perpétua, marmórea.

— E como você se sente?

— Bem. Não sinto mais raiva. Antes, eu vivia com raiva. Antes eu estava no Wymark, agora estou aqui no Caplan. Agora eu posso ir para a cidade, ou sair pra fazer compras ou ver um filme, se uma enfermeira for comigo.

— O que você vai fazer quando sair?

— Ah, eu não vou sair. — Valerie riu. — Eu gosto daqui.

— Dia de mudança!

— Por que eu preciso mudar?

A enfermeira continuou abrindo e fechando alegremente as gavetas, esvaziando o armário e colocando meus pertences na bolsa preta.

Pensei que enfim fossem me transferir para o Wymark.

— Ah, você só vai para a frente da clínica — a enfermeira explicou, animada. — Você vai gostar. É muito mais ensolarado.

Quando chegamos ao corredor, vi que a srta. Norris também estava se mudando. Uma enfermeira, tão jovem e animada quanto a minha, estava em pé junto da porta do quarto da srta. Norris, ajudando a srta. Norris a vestir um casaco roxo com uma gola de pele de esquilo muito usada.

Eu vinha passando horas e horas velando a cama da srta. Norris, recusando as distrações da terapia ocupacional, as caminhadas, as partidas de badminton e até as sessões de cinema semanais, de que eu gostava muito, e às quais a srta. Norris nunca comparecia, só para contemplar o diadema branco e mudo de seus lábios.

Eu pensava que seria deveras emocionante se ela abrisse a boca e falasse, e eu saísse correndo pelo corredor anunciando esse fato às enfermeiras. Elas iriam me elogiar por dar apoio à srta. Norris, e eu provavelmente ganharia permissão para fazer compras e ir ao cinema na cidade, e assim minha fuga estaria garantida.

Mas em todas as minhas horas de vigília a srta. Norris não tinha dito uma palavra sequer.

— Para onde você vai? — eu lhe perguntei nesse momento.

A enfermeira encostou no cotovelo da srta. Norris, e ela começou a se mexer de repente, como uma boneca de corda.

— Ela vai para o Wymark — minha enfermeira me disse em voz baixa. — Infelizmente a srta. Norris não está melhorando como você.

Vi a srta. Norris levantar um pé, e depois o outro, por sobre o degrau invisível que bloqueava a soleira da porta principal.

— Tenho uma surpresa para você — a enfermeira disse enquanto me instalava num quarto ensolarado com vista para os campos de golfe verdes na ala da frente. — Uma pessoa que você conhece chegou aqui hoje.

— Uma pessoa que eu conheço?

A enfermeira riu. — Não me olha assim. Não é um policial. — Então, como eu não disse nada, ela acrescentou: — Ela disse que é uma velha amiga sua. Ela está no quarto ao lado. Por que você não faz uma visita?

Pensei que a enfermeira devia estar brincando, e que se eu batesse na porta do quarto ao lado ninguém ia responder, mas eu ia entrar e encontrar a srta. Norris com seu casaco roxo de gola de pele, deitada na cama, a boca saindo do vaso mudo que era seu corpo como um botão de rosa.

Mas mesmo assim fui e bati na porta do quarto vizinho.

— Pode entrar! — respondeu uma voz contente.

Abri uma fresta da porta para olhar o que havia ali dentro. A garota grandalhona que estava sentada ao lado da janela, vestindo roupa de equitação, levantou a cabeça e me lançou um sorriso largo.

— Esther! — Ela pareceu ofegante, como se tivesse corrido por muito tempo e parado havia pouco instantes. — Como é bom te ver! Me falaram que você estava aqui.

— Joan! — eu disse, hesitante, depois repeti "Joan!", confusa, sem acreditar no que via.

Joan sorriu ainda mais, revelando seus dentes grandes, brilhantes, inconfundíveis.

— Sou eu! Pensei mesmo que você fosse ficar surpresa.

Capítulo dezesseis

O QUARTO DA JOAN, COM SEU ARMÁRIO, escrivaninha, mesa, cadeira e lençol branco bordado com o grande C azul, era um reflexo exato do meu. Chegou a me passar pela cabeça que Joan, depois de saber onde eu estava, tinha arranjado um quarto na clínica de propósito, só para me pregar uma peça. Isso explicaria por que ela tinha falado para a enfermeira que éramos amigas. Eu mal a conhecia, e nosso contato sempre fora superficial.

— Como você veio parar aqui? — Eu me encolhi na cama da Joan.

— Eu li sobre você — ela respondeu.

— O quê?

— Eu li sobre você e fugi de casa.

— Mas como? — perguntei, sem demonstrar nenhuma emoção.

— Bem… — Joan se recostou na poltrona do hospital, com sua estampa de flores de chita —, eu tinha conseguido um emprego pelo verão e estava trabalhando para o presidente de uma fraternidade que era tipo a maçonaria, mas não era a maçonaria, e estava me sentindo péssima. Estava com joanetes, mal conseguia andar… Nos últimos dias precisei usar galochas para trabalhar, porque não conseguia usar sapato, e você deve imaginar o estrago que isso fez no meu ânimo…

Pensei que ou Joan estava louca — para ter usado galochas para trabalhar —, ou estava tentando descobrir até que ponto eu estava louca — para acreditar em tudo aquilo. Além do mais, só gente mais velha tinha joanete. Decidi fingir que eu pensava que ela estava louca, e que só não queria discutir com ela.

— Eu sempre me sinto péssima quando estou sem sapato — eu disse, com um sorriso ambíguo. — Seus pés doíam muito?

— Demais. E o meu chefe… Ele tinha acabado de separar da esposa, e não podia simplesmente pedir o divórcio, porque a fraternidade não ia aprovar… Ele me chamava toda hora pela campainha, e, toda vez que me mexia eu quase morria de dor, mas era só sentar de novo na minha mesa que a campainha voltava a tocar e ele me chamava para desabafar mais uma vez…

— Por que você não pediu demissão?

—Ah, eu pedi, ou quase pedi. Tirei uma licença médica e me afastei do trabalho. Eu não saía. Não via ninguém. Coloquei o telefone numa gaveta e nunca atendia… Depois meu médico me mandou para um psiquiatra num hospital bem grande. Minha consulta era ao meio-dia, e eu estava num estado deplorável. Meia hora depois, ao meio-dia e meia, a recepcionista foi e me disse que o médico tinha saído para almoçar. Ela perguntou se eu queria esperar, e eu disse que sim.

— Ele voltou? — A história pareceu detalhada demais para que a Joan a tivesse inventado, mas eu dei corda para ver como ia terminar.

—Ah, voltou. Eu ia me matar, acredite. Eu disse "Se esse médico não resolver a minha situação, chega". Aí a recepcionista me levou por um corredor comprido, e bem na hora em que chegamos à porta ela virou para mim e disse: "Você não vai se incomodar se houver alguns alunos junto do médico, né?". O que eu ia dizer? "Claro que não", eu disse. Entrei na sala e vi nove pares de olhos me encarando. Nove! Dezoito olhos no total. Agora, se a recepcionista tivesse me dito que havia nove pessoas naquela sala, eu teria dado as costas na mesma hora. Mas eu já estava ali, e já era tarde demais para fazer qualquer coisa. Bem, nesse dia calhou de eu estar usando um casaco de pele…

— Em *agosto*?

— É que era um desses dias frios e úmidos, e eu pensei que era minha primeira consulta com um psiquiatra, sabe como é… Enfim, o psiquiatra não parou de olhar o casaco de pele enquanto eu falava com ele, e eu entendi na hora o que ele achava do fato de eu ter pedido para pagar a consulta com o desconto para estudantes, e não o valor normal. Eu vi os cifrões nos olhos dele. Bom, falei um monte de coisas, falei do joanete, do telefone na gaveta, de como eu queria me matar, e aí ele me pediu para esperar do lado de fora enquanto ele discutia meu caso com os outros, e quando me chamou de volta sabe o que ele disse?

— O quê?

— Ele juntou as duas mãos e me olhou e disse assim: "Srta. Gilling, chegamos à conclusão de que fazer terapia em grupo pode te ajudar".

— Terapia *em grupo*? — Pensei que eu devia estar parecendo falsa, repetindo tudo daquele jeito, mas Joan não percebeu nada.

— Foi isso que ele disse. Imagina como foi estar querendo me matar, e mudar de ideia e aceitar falar sobre isso com um monte de desconhecidos, e vários deles sequer estavam melhores que eu...

— Que loucura! — Mesmo sem querer, eu estava me envolvendo com a história. — Isso é até *desumano*.

— Foi exatamente isso que eu disse. Fui direto para casa e escrevi uma carta para esse médico. Escrevi uma bela de uma carta dizendo que um homem assim não tinha nada que querer ajudar pessoas doentes...

— E te responderam?

— Não sei. Isso foi no dia em que li sobre você.

— Mas leu onde?

— Ah — Joan disse —, que os policiais acharam que você tinha morrido e tudo mais. Tenho um monte de recortes de jornal guardados em algum lugar. — Ela se levantou com dificuldade, e eu senti um cheiro de cavalo tão forte que fez meu nariz arder. Joan tinha sido campeã de hipismo na gincana anual da universidade, e me perguntei se ela vinha dormindo num estábulo.

Joan revirou sua mala aberta até encontrar um monte de recortes de jornal.

— Dá uma olhada.

O primeiro recorte mostrava uma foto ampliada de uma garota com sombra escura nos olhos e os lábios negros abertos num sorriso. Eu me perguntei onde tinham tirado uma foto de tamanho mau gosto, até que vi o brilho branco dos brincos e do colar da Bloomingdale's saltando da foto como estrelas falsas.

JOVEM BOLSISTA DESAPARECIDA. MÃE PREOCUPADA. O artigo debaixo da foto contava que essa jovem tinha desaparecido no dia 17 de agosto, usando uma saia verde e uma blusa branca, e deixado um bilhete dizendo que ia fazer uma longa caminhada. "Como a srta. Greenwood não voltou até a meia-noite", o texto dizia, "sua mãe telefonou para a polícia".

O recorte seguinte mostrava uma foto em que minha mãe, meu irmão e eu aparecíamos juntos, sorridentes, no quintal da nossa casa. Eu também não sabia quem tinha tirado a foto, até que vi que eu estava de macacão jeans e tênis branco e lembrei que era isso que eu usava no verão que passei colhendo espinafre, e que Dodo Conway tinha passado e tirado alguns retratos de família de nós três numa tarde quente. "A sra. Greenwood pediu que essa foto fosse publicada, na esperança de convencer sua filha a voltar para casa."

SUSPEITA-SE QUE PÍLULAS PARA DORMIR TENHAM DESAPARECIDO
COM A GAROTA.

Uma foto escura e sombria de mais ou menos dez pessoas de cara redonda num bosque. Pensei que as pessoas na última fileira pareciam estranhas e mais baixas que a média, até que percebi que não eram pessoas, mas cachorros. "Cães farejadores usados na busca pela garota desparecida. 'A situação é preocupante', diz o sargento Bill Hindly."

GAROTA ENCONTRADA COM VIDA!

A última foto mostrava os policiais colocando na traseira de uma ambulância um lençol enrolado comprido e flácido, do qual saía uma cabeça com traços indistinguíveis que parecia um repolho. Depois a reportagem contava que minha mãe tinha descido ao porão para lavar a roupa suja da semana quando ouviu gemidos baixos saindo de um buraco na parede…

Coloquei os recortes sobre o lençol branco.

— Pode ficar com eles — Joan disse. — Você devia colar esses recortes num álbum.

Dobrei os recortes e os coloquei no meu bolso.

— Eu li sobre você — Joan prosseguiu. — Não sobre como te encontraram, mas tudo o que publicavam até esse ponto, e juntei meu dinheiro e peguei o primeiro avião para Nova York.

— Por que Nova York?

— Ah, eu achei que seria mais fácil me matar em Nova York.

— O que você fez?

Joan deu um sorriso tímido e esticou os braços, com as palmas viradas para cima. Como uma cordilheira em miniatura, vergões grandes e avermelhados saltavam da pele branca de seus pulsos.

— Como você fez isso? — Pela primeira vez me ocorreu que talvez eu e Joan tivéssemos algo em comum.

— Quebrei a janela da minha colega de quarto com as mãos.

— Que colega de quarto?

— Minha antiga colega da faculdade. Ela estava trabalhando em Nova York, e eu não consegui pensar em nenhum outro lugar em que pudesse ficar, e, além do mais, eu quase não tinha mais dinheiro, então fui ficar na casa dela. Meus pais me encontraram lá, porque ela tinha escrito para eles dizendo que eu estava estranha, e meu pai pegou um avião na mesma hora e me levou para casa.

— Mas agora você está melhor. — Eu disse isso como uma afirmação.

Joan me encarou com seus olhos acinzentados e brilhantes que pareciam pedras preciosas.

— Acho que sim — ela respondeu. — Você não?

Eu tinha dormido sem querer depois da refeição do início da noite.

Uma voz alta me despertou. "Sra. Bannister, sra. Bannister, sra. Bannister, sra. Bannister." À medida que recobrei a consciência, percebi que era eu que estava batendo as mãos na cabeceira da cama e chamando. A figura torta e angulosa da sra. Bannister, a enfermeira da noite, apareceu correndo.

— Pronto, não queremos que você quebre isso.

Ela desafivelou a pulseira do meu relógio.

— Qual é o problema? O que aconteceu?

O rosto da sra. Bannister se contorceu num sorriso breve.

— Você teve uma reação.

— Uma reação.

— Isso. Como você está se sentindo?

— Estranha. Leve, meio avoada.

A sra. Bannister me ajudou a me sentar.

— Agora você vai melhorar. Vai melhorar rapidinho. Quer um pouco de leite quente?

— Quero.

E quando a sra. Bannister segurou a xícara junto dos meus lábios, deixei o leite esfriar na língua e o bebi com um prazer imenso, como um bebê saboreando sua mãe.

— A SRA. BANNISTER ME CONTOU que você teve uma reação. — A dra. Nolan se sentou na poltrona junto à janela e pegou uma caixinha minúscula de fósforos. A caixa era idêntica àquela que eu tinha escondido na bainha do meu roupão, e por um instante me perguntei se uma enfermeira a encontrara e devolvera à dra. Nolan sem dizer nada.

A dra. Nolan riscou um fósforo na lateral da caixa. Uma chama amarela surgiu num salto, e a vi sugar o fogo para dentro do cigarro.

— A sra. B. disse que você se sentiu melhor.

— Me senti melhor por um tempo. Agora voltei ao normal.

— Tenho uma novidade para você.

Esperei para ouvir. Não sabia quantos dias fazia que eu passava as manhãs, tardes e noites enrolada no meu cobertor branco na poltrona da sala de descanso, fingindo que estava lendo. Tinha uma vaga noção de que a dra. Nolan estava me concedendo um certo prazo até dizer exatamente o que o dr. Gordon dissera: "Desculpe, mas você não parece ter melhorado, acho que é melhor fazer um tratamento de choque…".

— E então, não quer saber o que é?

— O quê? — eu perguntei sem muito interesse e me preparei para o pior.

— Você vai passar um tempo sem poder receber visitas.

Encarei a dra. Nolan com uma expressão surpresa.

— Puxa, que maravilha.

— Pensei que você fosse gostar. — Ela sorriu.

Então eu olhei, e a dra. Nolan olhou, para o cesto de lixo que ficava ao lado da minha escrivaninha. Do cesto se projetavam os botões vermelho-sangue de uma dúzia de rosas de caule longo.

Naquela tarde minha mãe tinha ido me visitar.

Minha mãe havia sido apenas uma de uma longa série de visitas — meu antigo chefe, a senhora da Ciência Cristã, que andava pelo gramado comigo e falava sobre a névoa que saía da terra na Bíblia, e que a névoa representava o erro, e que meu problema era que eu acreditava na névoa, e que, no instante em que eu parasse de acreditar nela, ela ia desaparecer e eu ia ver que sempre estive bem, e meu professor de inglês do colegial, que tinha ido tentar me ensinar a jogar Scrabble, porque achava que o jogo poderia devolver meu velho interesse pelas palavras, e a própria Philomena Guinea, que não estava nem um pouco contente com o trabalho dos médicos e não parou de dizer isso a eles.

Eu detestava aquelas visitas.

Estava lá sentada na sala de descanso ou no meu quarto, e de repente uma enfermeira sorridente aparecia e anunciava esse ou aquele visitante. Uma vez levaram até o pastor da igreja unitarista, de quem eu nunca tinha gostado. Ele passou a visita inteira muito nervoso, e deu para ver que ele achou que eu estava doida de pedra, porque eu lhe disse que acreditava no inferno, e que certas pessoas, como eu, tinham que viver no inferno antes de morrer, para compensar o tempo que não iam passar lá depois de morrer, já que eles não acreditavam em vida após a morte, e que o que cada pessoa acreditava acontecia com ela depois de morrer.

Eu detestava aquelas visitas porque eu sempre sentia que as pessoas estavam comparando meu corpo gordo e meu cabelo escorrido com o que eu era antes e com o que queriam que eu fosse, e sabia que iam embora extremamente desconcertadas.

Eu pensava que se deixassem de me visitar eu talvez pudesse ficar em paz.

Minha mãe era a pior visita de todas. Ela nunca me dava bronca, mas ficava implorando, com uma cara de tristeza, que eu lhe dissesse onde ela tinha errado. Ela dizia que tinha certeza de que os médicos achavam que ela tinha feito algo de errado, porque sempre faziam muitas perguntas sobre o período em que deixei de usar fralda, e que eu tinha aprendido a usar o banheiro muito cedo e nunca tinha lhe dado nenhum trabalho.

Naquela tarde minha mãe tinha me levado as rosas.

— Guarda as rosas para o meu enterro — eu dissera.

O rosto da minha mãe se contraiu, e ela pareceu estar prestes a chorar.

— Mas, Esther, você não lembra que dia é hoje?

— Não.

Pensei em dizer Dia de São Valentim.

— É o seu *aniversário*.

E tinha sido nesse momento que eu jogara as rosas no cesto de lixo.

— Foi uma bobagem, isso que ela fez — eu disse à dra. Nolan.

A dra. Nolan fez que sim. Ela pareceu entender o que eu queria dizer.

— Eu odeio a minha mãe — eu disse, e esperei para ver a reação dela.

Mas a dra. Nolan só sorriu, como se algo a tivesse agradado muito, muito, e disse:

— Eu imagino.

Capítulo dezessete

— HOJE VOCÊ ESTÁ COM SORTE, MOÇA.

A jovem enfermeira recolheu minha bandeja do café da manhã e me deixou enrolada no meu cobertor branco como uma passageira sentindo o vento do mar no convés de um navio.

— Por que sorte?

— Bem, não sei se você já pode saber disso, mas hoje você vai ser transferida para o Belsize. — A enfermeira ficou me olhando, esperando alguma reação.

— Belsize... — eu repeti. — Eu não posso ir para lá.

— Por que não?

— Não estou pronta. Não melhorei tudo o que tinha para melhorar.

— Claro que você melhorou. Não se preocupe, eles não iam te transferir se você não estivesse bem.

Depois que a enfermeira saiu, fiquei tentando decifrar essa nova jogada da dra. Nolan. O que ela estava tentando provar? Eu não tinha mudado. Nada tinha mudado. E o Belsize era o melhor de todos. De lá, as pessoas voltavam para o trabalho, para os estudos, para casa.

Joan estaria no Belsize. Joan, sempre com seus livros de física e raquetes de badminton e sua voz ofegante. Joan, sempre demarcando o abismo que me separava daqueles que quase estavam bem. Desde que a Joan tinha saído do Caplan, eu acompanhava sua evolução pelas fofocas que corriam pelo hospital.

Joan tinha conseguido permissão para caminhar, Joan tinha conseguido permissão para fazer compras, Joan tinha conseguido permissão para ir até a cidade. Fui guardando todas as notícias sobre a Joan num montinho de ressentimento, embora as recebesse com o que à primeira vista parecia ser alegria. Joan era o duplo sorridente da minha antiga e melhor personalidade, e tinha sido especialmente projetada para me seguir e me atormentar.

Talvez a Joan já tivesse ido embora quando eu chegasse ao Belsize.

Pelo menos no Belsize ninguém ia querer me tratar com eletrochoque. No Caplan muitas das mulheres faziam tratamento de choque. Eu sabia quais eram porque elas não recebiam as bandejas de café da manhã, como todas as outras. Elas iam fazer o tratamento enquanto nós tomávamos o café da manhã nos nossos quartos, e depois elas iam para a sala de estar, quietas e apagadas, levadas pela mão pelas enfermeiras como crianças, e ali tomavam café da manhã.

Todas as manhãs, quando eu ouvia a enfermeira bater à porta com minha bandeja, um imenso alívio tomava conta de mim, porque eu sabia que naquele dia eu estava fora de perigo. Eu não entendia como a dra. Nolan podia dizer que tinha gente que dormia durante o tratamento de choque, sendo que ela nunca havia feito o tratamento. Como ela sabia que a pessoa não *parecia* estar dormindo, mas por dentro sentia todo aquele barulho e os raios azuis?

O SOM DE UM PIANO VEIO do fim do corredor.

No jantar eu tinha ficado sentada em silêncio, escutando o palavrório das mulheres do Belsize. Todas se vestiam de forma elegante e caprichavam na maquiagem, e várias delas eram casadas. Algumas tinham ido fazer compras no centro da cidade, outras tinham saído para visitar amigos, e passavam o jantar inteiro fazendo piadas internas.

— Eu telefonaria para o Jack — uma mulher chamada DeeDee disse —, mas acho que ele não ia estar em casa, infelizmente. Mas eu sei exatamente onde posso ligar e encontrar ele, ah, isso eu sei…

A loira baixinha e animada que estava na minha mesa deu risada.

— Hoje eu quase consegui pegar o dr. Loring de jeito. — Ela arregalou os olhos azuis, que quase não se mexiam, como uma bonequinha. — Eu não ia achar ruim trocar o velho Percy por um modelo novo.

Do outro lado da sala, Joan estava devorando todo seu prato de carne enlatada e tomate. Ela parecia estar perfeitamente à vontade entre essas mulheres e me tratou com frieza, com um sorrisinho de deboche, como uma conhecida que ela achava burra e inferior.

Eu tinha ido dormir logo depois do jantar, mas então ouvi o piano e imaginei Joan, DeeDee e Loubelle, a mulher loira, e todas as outras, rindo e falando mal de mim pelas costas na sala de estar. Elas diriam que era terrível que pessoas como eu estivessem no Belsize, e que eu deveria estar no Wymark.

Decidi dar um basta naquelas fofocas maldosas.

Cobrindo os ombros com meu cobertor, como se fosse uma estola, saí andando pelo corredor, na direção da luz e dos sons festivos.

Passei o resto da noite ouvindo a DeeDee tocar algumas músicas de sua própria autoria no piano de cauda, enquanto as outras mulheres estavam sentadas jogando bridge e conversando, exatamente como fariam num dormitório de universidade, exceto pelo fato de que a maioria delas tinha dez anos a mais do que uma universitária.

Uma delas, uma mulher grisalha alta e gorda que tinha uma voz grave estrondosa, chamada sra. Savage, tinha estudado na Universidade de Vassar. Percebi logo de cara que ela era uma mulher da alta sociedade, porque ela só falava de debutantes. Parecia que ela tinha duas ou três filhas, e que naquele ano todas iam debutar, mas que ela tinha estragado a festa das meninas se internando no hospital.

DeeDee tinha uma música chamada "O leiteiro", e todo mundo ficou falando que ela precisava gravá-la, que seria um sucesso. Primeiro ela tocava uma melodia bastante simples no piano, como o trote de um cavalo lento, e depois outra melodia surgia, como o próprio leiteiro assobiando, e depois as duas melodias se uniam.

— Que lindo! — eu disse, num tom descontraído.

Joan estava debruçada sobre um dos cantos do piano, folheando a nova edição de alguma revista de moda, e a DeeDee levantou a cabeça e sorriu para ela, como se as duas tivessem um segredo compartilhado.

— Ah, Esther — Joan disse então, erguendo a revista —, esta não é você? DeeDee parou de tocar.

— Deixa eu ver. — Ela pegou a revista, olhou com atenção a página para a qual Joan apontou e depois voltou a olhar para mim.

— Não é, não — DeeDee disse. — Com certeza não. — Ela olhou de novo para a revista, depois para mim. — Nunca!

— Mas é a Esther, sim! Não é, Esther? — Joan disse.

Loubelle e a sra. Savage se aproximaram, e, fingindo que eu sabia do que se tratava, fui para perto do piano com elas.

A foto da revista mostrava uma moça que usava um vestido sem alça de um tecido branco e aveludado, sorrindo de orelha a orelha, rodeada por um monte de rapazes. A moça estava segurando uma taça cheia de uma bebida transparente e parecia estar olhando por cima do meu ombro, para alguma coisa que estava atrás de mim, um pouco para a esquerda. Uma respiração débil soprava na minha nuca. Eu me virei.

A enfermeira da noite tinha chegado, sem que ninguém percebesse, graças às solas de borracha de seus sapatos.

— Não brinca — ela disse —, é você mesmo?

— Não, não sou eu. A Joan se enganou. É outra pessoa.

— Ah, fala logo que é você! — DeeDee gritou.

Em seguida Loubelle implorou para que a enfermeira jogasse uma partida de bridge com elas três, e eu puxei uma cadeira para assistir, embora não soubesse bulhufas de bridge, porque não tivera tempo de aprender na faculdade, como todas as garotas ricas faziam.

Fiquei olhando as caras inexpressivas dos reis, valetes e rainhas e ouvindo a enfermeira falar de sua vida difícil.

— Vocês não sabem o que é ter dois empregos, meninas — ela disse. — À noite eu venho aqui, cuidar de vocês…

Loubelle riu.

— Mas a gente está ótima. Somos as melhores que tem, e você sabe disso.

— Olha, *vocês* até que estão bem. — A enfermeira nos ofereceu chicletes de hortelã, passando o pacote pelo grupo, depois ela mesma tirou um retângulo cor-de-rosa da embalagem de papel laminado. — *Vocês* até que estão bem, são aquelas tontas do hospital estadual que me deixam preocupada.

— Então você trabalha nos dois lugares? — perguntei, de repente me interessando pela conversa.

— Isso mesmo. — A enfermeira me lançou um olhar sério, e eu percebi que ela achava que eu não tinha nada que estar no Belsize. — Você não ia gostar nem um pouco de lá, Lady Jane.

Achei estranho ela me chamar de Lady Jane, já que sabia meu nome.

— Por quê? — eu insisti.

— Ah, lá é muito diferente daqui. Isso aqui é quase um clube. Lá elas não têm nada. Não têm terapia ocupacional, não têm caminhadas…

— Por que elas não têm caminhadas?

— Falta fun-ci-o-ná-ri-o. — A enfermeira fez uma boa jogada e Loubelle resmungou. — Podem acreditar, meninas, quando eu conseguir juntar a grana para comprar um carro, eu vou é dar o fora.

— Você também vai dar o fora daqui? — Joan quis saber.

— Com certeza. Depois só vou atender pacientes particulares. Isso quando me der vontade…

Mas eu tinha parado de prestar atenção.

Senti que alguém tinha mandado a enfermeira me mostrar quais eram minhas opções. Ou eu melhorava, ou eu ia caindo, caindo, como uma estrela cadente, e depois como uma estrela caída, do Belsize para o Caplan, e depois para o Wymark, e por fim, depois que a dra. Nolan e a sra. Guinea tivessem desistido de mim, para o hospital estadual ali ao lado.

Ajeitei meu cobertor nos ombros e afastei minha cadeira.

— Tá com frio, é? — a enfermeira perguntou, grosseira.

— Estou — respondi, já indo na direção do corredor. — Estou congelando.

ACORDEI AQUECIDA E SERENA NO MEU casulo branco. A luz do sol pálida e invernal se projetava no espelho, nos copos sobre a escrivaninha e nas maçanetas de metal. Do corredor vinha o burburinho matinal das copeiras na cozinha, preparando as bandejas de café da manhã.

Ouvi a enfermeira bater à porta do quarto ao lado, no final do corredor. A voz sonolenta da sra. Savage saiu retumbando, e a enfermeira foi ao seu encontro com a bandeja tilintante. Pensei, com algum prazer, no bule de café fumegante de porcelana azul, na xicrinha de porcelana azul e na grande cremeira de porcelana azul com margaridas brancas.

Eu estava começando a me conformar.

Se eu ia fracassar, era melhor me agarrar aos meus pequenos prazeres, ao menos, até quando pudesse.

A enfermeira bateu na minha porta e, sem esperar uma resposta, entrou no quarto.

Era uma enfermeira nova — elas viviam mudando —, que tinha um rosto magro de cor arenosa e cabelo loiro-escuro, e seu nariz adunco tinha tantas sardas que parecia uma estampa de bolinhas. Por algum motivo fiquei muito incomodada só de olhar essa enfermeira, e foi só quando ela atravessou o quarto para abrir a persiana verde que percebi que parte de sua estranheza vinha do fato de ela estar com as mãos vazias.

Abri a boca para perguntar pela minha bandeja de café da manhã, mas na mesma hora me calei. A enfermeira devia estar me confundindo com outra pessoa. As novas enfermeiras sempre faziam isso. Alguém no hospital, alguém que eu não conhecia, devia estar fazendo tratamento de choque, e a enfermeira tinha me confundido com ela, o que era bastante compreensível.

Esperei até a enfermeira terminar seu pequeno circuito no meu quarto, dando palmadinhas, alisando e organizando as coisas, e levar a próxima bandeja para Loubelle, na porta ao lado da minha.

Depois calcei os chinelos depressa, levando meu cobertor comigo, porque a manhã estava clara, mas muito fria, e andei rápido até a cozinha. A copeira de uniforme cor-de-rosa estava usando uma chaleira grande e muito velha para encher uma fileira de bules de café de porcelana azul.

Olhei com carinho para as bandejas enfileiradas — os guardanapos de papel branco, dobrados em triângulos isósceles perfeitos, cada um ancorado por um garfo de prata, as cúpulas claras dos ovos moles dentro dos porta-ovos azuis, as conchas de vidro das tigelas de geleia de laranja. Eu só precisava esticar o braço e pegar minha bandeja, e o mundo voltaria ao normal.

— Houve algum engano — eu disse à copeira num tom intimista, me debruçando sobre o armário. — A nova enfermeira esqueceu de levar minha bandeja de café da manhã hoje.

Dei um sorriso forçado, para mostrar que estava disposta a perdoar o erro.

— Qual é seu nome?

— Greenwood. Esther Greenwood.

— Greenwood, Greenwood, Greenwood. — Seu dedo indicador gorducho escorregou pela lista de nomes das pacientes do Belsize, que estava colada na parede da cozinha. — Greenwood, sem café da manhã hoje.

Segurei a borda do armário com as duas mãos.

— Deve ser um engano. Tem certeza de que está escrito Greenwood?

— Greenwood — a copeira repetiu com convicção no momento em que a enfermeira entrou na cozinha.

A enfermeira olhou para mim e depois para a copeira com uma expressão confusa.

— A srta. Greenwood queria a bandeja dela — a copeira disse, evitando meus olhos.

— Ah, sim — a enfermeira me olhou e sorriu —, você vai receber sua bandeja mais tarde, srta. Greenwood. A senhorita…

Mas eu não quis ouvir o que a enfermeira ia dizer. Saí correndo pelo corredor, não em direção ao meu quarto, porque era lá que iriam me buscar, mas para sala de descanso, que nem se comparava à sala de descanso do Caplan, mas que já era alguma coisa, num canto silencioso do corredor, aonde Joan, Loubelle, DeeDee e a sra. Savage nunca iam.

Eu me encolhi no canto, cobrindo a cabeça com o cobertor. Mais do que o eletrochoque, o que tinha me chocado era a mentira deslavada da dra. Nolan. Eu gostava da dra. Nolan, eu a adorava, eu lhe dera minha confiança de bandeja e lhe contara tudo, e ela tinha prometido me avisar com antecedência se um dia eu precisasse de mais um tratamento de choque.

Se ela tivesse me avisado na noite anterior, eu teria passado a noite acordada, claro, de tanto medo do que ia acontecer, mas quando a manhã chegasse já estaria mais calma e preparada. Eu teria atravessado o corredor acompanhada de duas enfermeiras, passando pela DeeDee, a Loubelle, a sra. Savage e a Joan, com dignidade, como uma pessoa que vai ser executada e sabe que não tem outra opção.

A enfermeira se debruçou sobre mim e chamou meu nome.

Eu me afastei e fui para mais perto da parede. A enfermeira sumiu. Eu sabia que ela ia voltar logo, com dois funcionários musculosos, e que eles iam me carregar, gritando e me debatendo, diante da plateia sorridente que agora se reunira na sala de estar.

A dra. Nolan me abraçou como uma mãe.

— Você disse que ia me *avisar*! — gritei de dentro do cobertor amassado.

— Mas eu *estou* te avisando — a dra. Nolan respondeu. — Eu vim mais cedo especialmente para te avisar, e eu mesma vou te levar.

Eu a fitei com meus olhos inchados.

— Por que você não me avisou ontem à noite?

— Pensei que você não ia conseguir dormir. Se eu soubesse...

— Você *falou* que ia me avisar.

— Escuta, Esther — a dra. Nolan disse. — Eu mesma vou acompanhar você. Vou estar na sala o tempo todo, para que tudo dê certo, como eu te prometi. Vou estar lá quando você acordar, e vou te trazer de volta para o seu quarto.

Eu olhei para ela. Ela parecia chateada.

Esperei um minuto. Então, disse: — Promete que você vai estar lá.

— Eu prometo.

A dra. Nolan pegou um lenço branco e enxugou meu rosto. Depois enganchou o braço no meu, como uma velha amiga, e me ajudou a levantar, e seguimos assim pelo corredor. Tropecei no cobertor, então o soltei, mas a dra. Nolan não pareceu perceber. Passamos pela Joan, que estava saindo de seu quarto, e eu lhe dei um sorriso significativo e desdenhoso, e ela voltou para trás e esperou até termos saído.

Depois a dra. Nolan abriu uma porta no final do corredor e me acompanhou por uma escada que levava aos misteriosos corredores do subsolo, que por sua vez conectavam, numa complexa rede de túneis, todos os edifícios que compunham o hospital.

Azulejos brancos e brilhantes cobriam as paredes, e havia lâmpadas nuas distribuídas por todo o teto preto. Havia macas e cadeiras de rodas paradas aqui e ali, apoiadas nos vários canos ruidosos que se ramificavam por todas as paredes, como um sistema nervoso. Eu agarrei o braço da dra. Nolan e não soltei, e de vez em quando ela me apertava, como se quisesse me prometer que ia ficar tudo bem.

Por fim, paramos diante de uma porta verde com a palavra ELETROTE-RAPIA gravada em letras pretas. Eu hesitei, e a dra. Nolan esperou. Então eu disse: "Vamos acabar logo com isso", e nós entramos.

As únicas pessoas na sala de espera, além de mim e da dra. Nolan, eram um homem pálido, que usava um roupão marrom muito puído, e a enfermeira que o acompanhava.

— Quer se sentar? — A dra. Nolan apontou para um banco de madeira, mas eu sentia um imenso peso nas pernas, e pensei que se estivesse sentada seria muito difícil me levantar quando a equipe do tratamento de choque chegasse.

— Prefiro ficar em pé.

Depois de um tempo, uma mulher alta e cadavérica que usava um avental branco entrou na sala por uma porta interna. Pensei que ela fosse levar o homem do roupão marrom, já que ele tinha chegado antes, então fiquei surpresa quando ela veio na minha direção.

— Bom dia, dra. Nolan — a mulher disse, pousando as duas mãos nos meus ombros. — Essa aqui é a Esther?

— Sim, srta. Huey. Esther, essa é a srta. Huey, ela vai cuidar bem de você. Eu falei de você para ela.

Pensei que a mulher devia ter dois metros de altura. Ela se inclinou na minha direção com um gesto simpático, e percebi que seu rosto, no qual se destacavam os dentes que saltavam da boca, um dia tinha sido coberto de espinhas. Os buracos pareciam formar um mapa das crateras lunares.

— Acho que já podemos entrar com você, Esther — a srta. Huey disse. — O sr. Anderson pode esperar mais um pouco, não é, sr. Anderson?

O sr. Anderson não disse nada, então, com o braço da srta. Huey apoiado no meu ombro, e a dra. Nolan vindo atrás, entrei na sala seguinte.

Pelas fendas dos meus olhos, que não me atrevi a abrir muito, por medo de que a cena inteira me matasse ali mesmo, vi a cama alta, o lençol branco bem esticado, a máquina atrás da cama, a pessoa mascarada — eu não sabia se era homem ou mulher — atrás da máquina, e outras pessoas mascaradas dos dois lados da cama.

A srta. Huey me ajudou a subir na cama e a me deitar de barriga para cima.

— Conversa comigo — eu pedi.

A srta. Huey começou a falar com uma voz baixa e relaxante, espalhando a pomada nas minhas têmporas e posicionando os botõezinhos elétricos dos dois lados da minha cabeça.

— Você vai ficar bem, você não vai sentir nada, é só morder...

E ela colocou alguma coisa sobre a minha língua e em pânico eu mordi, e uma escuridão me apagou como giz numa lousa.

Capítulo dezoito

— Esther.

Despertei do fundo de um sono úmido, e a primeira coisa que vi foi o rosto da dra. Nolan nadando na minha frente e repetindo "Esther, Esther".

Esfreguei os olhos com uma mão estranha.

Atrás da dra. Nolan consegui ver o corpo de uma mulher que vestia um roupão xadrez preto e branco meio amassado sendo arremessado em uma cama como se o lançassem das alturas. Mas, antes que eu pudesse assimilar outras coisas, a dra. Nolan me levou por uma porta que se abriu para o frescor de um céu azul.

Todo o calor e o medo tinham se purificado. Eu me sentia em paz, e isso era uma grande surpresa. A redoma de vidro pendia suspensa a alguns metros da minha cabeça. O ar que havia ao redor chegava até mim.

— Foi como eu te falei que seria, não foi? — a dra. Nolan perguntou enquanto voltávamos juntas para o Belsize, com o ruído das folhas marrons caídas sobre o chão.

— Foi.

— Pois é, e vai ser sempre assim — ela disse, firme. — Você vai fazer o tratamento de choque três vezes por semana: terças, quintas e sábados.

Eu engoli em seco.

— Por quanto tempo?

— Depende — a dra. Nolan respondeu. — De você e de mim.

PEGUEI A FACA DE PRATA E quebrei a casca do meu ovo. Depois deixei a faca de lado e olhei para ela. Tentei pensar por que eu sempre tinha gostado tanto de facas, mas minha mente escapou da armadilha desse pensamento e rodopiou, como um pássaro, no centro do ar vazio.

Joan e DeeDee estavam sentadas lado a lado na banqueta do piano, e a DeeDee estava ensinando a Joan a tocar a metade inferior do "Bife" enquanto ela tocava a superior.

Pensei que era uma pena que a Joan tivesse um rosto tão equino, dentes tão grandes e aqueles olhos arregalados que pareciam duas pedras cinza. Ela não tinha conseguido segurar nem um rapaz como o Buddy Willard. E era óbvio que o marido da DeeDee estava morando com alguma amante, por isso ela estava cada vez mais amarga, feito uma gata pulguenta.

— EU RECEBI UMA CAR-TA... — Joan cantarolou, enfiando a cabeça descabelada na abertura da minha porta.

— Que bom pra você.

Não tirei os olhos do livro que estava lendo. Desde que meu tratamento de choque tinha acabado, depois de uma curta série de cinco sessões, e eu ganhara permissão para ir até a cidade, a Joan me rodeava como uma mosca imensa e ofegante — como se só de chegar perto conseguisse sugar a doçura da minha recuperação. Tinham levado embora seus livros de física e as pilhas de blocos cheios de anotações de aulas que antes lotavam seu quarto, e ela já não podia mais sair do hospital.

— Não quer saber *quem* mandou?

Joan entrou devagarinho no quarto e se sentou na minha cama. Tive vontade de mandá-la dar o fora dali, porque ela me irritava muito, mas não consegui.

— Tá. — Marquei a página em que parei com um dedo. — Quem mandou?

Joan tirou um envelope azul-claro do bolso de sua saia e o sacudiu, brincando.

— Que coincidência, não? — eu disse.

— Como assim, coincidência?

Fui até a minha escrivaninha, peguei um envelope azul-claro e sacudi na frente da Joan como um lenço de adeus.

— Eu também recebi uma carta. Me pergunto se são iguais.

— Ele melhorou — Joan disse. — Ele saiu do hospital.

Houve um momento de silêncio.

— Você vai se casar com ele?

— Não — eu disse. — Você vai?

Joan deu um sorrisinho evasivo.

— Eu não gostava muito dele, de qualquer forma.

— Ah, é?

— Não, era da família dele que eu gostava.

— O sr. e a sra. Willard, você quer dizer?

— Sim. — A voz da Joan desceu pela minha espinha como uma geada. — Eu adorava os dois. Eles eram tão legais, tão felizes, totalmente diferentes dos meus pais. Eu sempre os visitava — ela fez uma pausa —, até que você chegou.

— Sinto muito. — Depois acrescentei: — Por que você não continuou visitando os dois, se gostava tanto deles?

— Ah, eu não consegui — Joan respondeu. — Não com você namorando o Buddy. Ia parecer… não sei, *esquisito*.

Parei para pensar.

— É, acho que sim.

— Você vai — Joan hesitou um segundo — deixar o Buddy vir?

— Não sei.

De início eu pensei que seria terrível se o Buddy fosse me visitar no hospital — era provável que ele fosse só para contar vantagem e fazer média com os outros médicos. Mas depois me pareceu que seria um passo importante, me lembrar de quem ele era, abrir mão dele, embora eu não tivesse mais ninguém — dizer a ele que não existia intérprete nenhum, ninguém, mas que ele não era a pessoa certa, que eu tinha parado de insistir.

— E você?

— Vou — Joan disse em voz baixa. — Talvez ele traga a mãe dele. Vou pedir para ele trazer a mãe dele...

— A mãe dele?

Joan fez um biquinho.

— Eu gosto da sra. Willard. Ela é uma mulher maravilhosa, maravilhosa. Ela é como uma mãe para mim, de verdade.

Eu tinha uma imagem gravada da sra. Willard com seus blazers de tweed mesclado, seus sapatos simples e suas frases sábias e maternais. O sr. Willard era seu menininho, e a voz dele era aguda e clara, como a de um menininho. Joan e a sra. Willard. Joan... e a sra. Willard...

Naquela manhã eu tinha batido na porta da DeeDee, porque queria pegar algumas partituras emprestadas. Esperei alguns minutos e, como não tive resposta e pensei que a DeeDee tivesse saído, e que eu podia pegar as partituras em sua escrivaninha, abri a porta e entrei no quarto.

No Belsize, até no Belsize, as portas tinham fechaduras, mas as pacientes não tinham as chaves. Fechar a porta era pedir privacidade, e esse pedido era respeitado, como se a porta estivesse trancada. As pessoas batiam, batiam de novo, depois iam embora. Eu me lembrei disso quando me vi, com os olhos quase inutilizados pelo brilho do corredor, naquela escuridão profunda e perfumada.

Quando voltei a enxergar, vi uma silhueta se erguer na cama. Depois alguém deu uma risada baixinha. A silhueta ajeitou seu cabelo, e dois olhos claros como pedrinhas me fitaram naquele breu. DeeDee se recostou nos travesseiros, com as pernas nuas debaixo de sua camisola de lã verde, e me observou com um sorrisinho debochado. Um cigarro brilhava entre os dedos de sua mão direita.

— Eu só queria... — eu disse.

— Eu sei — disse DeeDee. — As partituras.

— Oi, Esther — Joan disse então, e sua voz rouca me deu vontade de vomitar. — Me espera, Esther. Vou tocar a parte de baixo com você.

Nesse momento a Joan disse com aparente certeza:

— Eu nunca gostei de verdade do Buddy Willard. Ele achava que sabia tudo. Ele achava que sabia tudo sobre as mulheres...

Olhei para a Joan. Apesar da minha velha antipatia e da sensação ruim que eu tinha quando estávamos juntas, Joan me fascinava. Era como observar uma marciana, ou um sapo com mais verrugas que a média. Seus pensamentos não eram os meus, e seus sentimentos também não eram os meus, mas éramos parecidas o suficiente para que seus pensamentos e sentimentos fossem como uma imagem distorcida e obscura dos meus.

Às vezes eu me perguntava se eu tinha inventado a Joan. Outras vezes eu me perguntava se ela ia continuar aparecendo em todas as crises da minha vida, para me relembrar de quem eu tinha sido e de tudo o que eu tinha passado, e depois seguir com sua crise diferente mas parecida bem debaixo do meu nariz.

— Eu não entendo o que as mulheres veem em outras mulheres — eu disse à dra. Nolan em minha consulta daquele dia. — O que uma mulher vê numa mulher que ela não pode encontrar num homem?

A dra. Nolan fez uma pausa. Depois ela disse:

— Ternura.

Fiquei sem saber o que dizer.

— Eu gosto de você — Joan ia dizendo. — Gosto mais de você do que do Buddy. — E, enquanto ela se esparramava pela minha cama com um sorriso bobo, eu me lembrei de um pequeno escândalo que houve no nosso dormitório da faculdade. Uma estudante de religião do último ano, uma garota gorda e peituda que só ficava em casa rezando, feito uma vovó, e uma caloura alta e desengonçada que sempre era abandonada de jeitos criativos nos encontros às cegas começaram a passar muito tempo juntas. As duas estavam sempre grudadas, e uma vez alguém as havia flagrado abraçadas, rezava a lenda, no quarto da garota gorda.

"Mas o que elas estavam *fazendo*?", eu perguntara. Sempre que eu pensava em homens que se relacionavam com homens, e mulheres com mulheres, eu nunca conseguia imaginar o que eles de fato deviam fazer juntos.

"Bem, a Milly estava sentada na cadeira e a Theodora estava deitada na cama, e a Milly estava fazendo carinho no cabelo da Theodora", a espiã tinha respondido.

Fiquei decepcionada, porque esperava ouvir detalhes especialmente cruéis. Eu me perguntei se a única coisa que as mulheres faziam com outras mulheres era se abraçar deitadas.

E, claro, a poeta famosa da minha universidade morava com outra mulher — uma velha atarracada de cabelo chanel bem curto que estudava latim e grego. E quando um dia contei à poeta que eu tinha vontade de me casar e ter um monte de filhos, ela me lançou um olhar horrorizado.

"Mas e a sua *carreira*?", ela perguntara.

Minha cabeça doía. Por que eu atraía essas mulheres mais velhas e estranhas? Havia a poeta famosa, e Philomena Guinea, e Jay Cee, e a senhora da Ciência Cristã e Deus sabe lá quem mais, e todas queriam me adotar de uma forma ou de outra, e, em troca de seus cuidados e influência, me deixar igual a elas.

— Eu gosto de você.

— É complicado, Joan — eu disse, pegando meu livro. — Porque eu não gosto de você. Você me dá vontade de vomitar, pra falar a verdade. — E saí do quarto, deixando a Joan deitada na minha cama, inchada feito um cavalo velho.

ESPEREI O MÉDICO, ME PERGUNTANDO SE deveria sair correndo. Eu sabia que o que eu estava fazendo era ilegal — em Massachusetts, pelo menos, porque o estado era lotado de católicos —, mas a dra. Nolan dissera que esse médico, além de ser um homem sábio, era um velho amigo dela.

— Qual é o motivo da consulta? — a recepcionista impaciente de uniforme branco quis saber, riscando meu nome de uma lista num caderno.

— O que você quer dizer com *motivo*? — Eu pensei que ninguém além do médico me faria essa pergunta, e a sala de espera comunitária estava cheia de pacientes que esperavam outros médicos, a maior parte delas grávida ou com bebês, e senti seus olhos na minha barriga reta e virgem.

A recepcionista levantou a cabeça para me olhar, e eu corei.

— Um diafragma, não é? — ela perguntou, gentilmente. — Eu só queria verificar para saber quanto cobrar pela consulta. Você é estudante.

— S-sim.

— Então você só paga metade. Cinco dólares, e não dez. Mando a cobrança para você?

Eu estava prestes a dar o endereço da minha casa, onde eu provavelmente estaria quando a conta chegasse, mas então pensei na minha mãe abrindo a correspondência e vendo o que era. O único outro endereço que eu tinha era o da inofensiva caixa postal que as pessoas usavam quando não queriam que ninguém soubesse que elas moravam num hospital psiquiátrico. Mas pensei que a recepcionista poderia reconhecer a caixa postal, então disse: "É melhor eu pagar agora", e tirei cinco dólares do rolo de dinheiro que tinha na minha bolsa.

Os cinco dólares tinham saído do valor que Philomena Guinea me enviara de presente quando soube que eu estava melhorando. Eu me perguntei o que ela ia pensar se soubesse como seu dinheiro estava sendo empregado.

Quer soubesse, quer não, Philomena Guinea estava comprando minha liberdade.

— O que eu odeio é pensar em ser controlada por um homem — eu dissera à dra. Nolan. — Os homens não têm que se preocupar com nada, enquanto eu tenho um bebê pairando sobre a minha cabeça como um cabresto, para eu não sair da linha.

— Você faria algo diferente se não tivesse que se preocupar com uma gravidez?

— Sim — eu disse —, mas… — E contei à dra. Nolan sobre a advogada casada e seu argumento a favor da castidade.

A dra. Nolan esperou até eu terminar. Depois ela caiu na gargalhada.

— Propaganda ideológica! — ela disse, e eu anotei o nome e o endereço desse médico num receituário.

Folheei uma edição de *Baby Talk* com gestos nervosos. Os rostinhos gordos e vivos dos bebês me olhavam e sorriam, página após página — bebês carecas, bebês cor de chocolate, bebês com a cara do Eisenhower, bebês virando de lado pela primeira vez, bebês chacoalhando um chocalho, bebês comendo a primeira colherada de papinha, bebês fazendo todas as coisas difíceis que precisam fazer para crescer, passo a passo, num mundo ansioso e perturbador.

Senti um cheiro que era uma mistura de fórmula, leite azedo e fralda fedendo a bacalhau, e fiquei triste e sensível. Ter filhos parecia tão fácil para as mulheres ao meu redor! Por que eu era tão diferente, tão pouco maternal? Por que eu não conseguia sonhar em me dedicar a um monte de bebês gordos e birrentos como a Dodo Conway?

Se eu tivesse que passar o dia inteiro fazendo tudo para um bebê, eu ia ficar louca.

Olhei para o bebê que estava no colo da mulher do outro lado da sala. Eu não sabia a idade dele, eu nunca sabia, quando se tratava de bebês — para mim ele podia falar mais do que o homem da cobra e ter vinte dentes dentro daquele beicinho cor-de-rosa. Ele tinha uma cabecinha que balançava sobre os ombros — não parecia ter pescoço — e me observava com uma expressão sábia e platônica.

A mãe do bebê sorria sem parar, segurando o filho como se ele fosse a primeira maravilha do mundo. Olhei a mãe e o bebê procurando algum sinal da satisfação mútua que sentiam, mas, antes que pudesse descobrir qualquer coisa, o médico me chamou.

— Você quer um diafragma — ele disse, num tom alegre, e fiquei aliviada por ele não ser o tipo de médico que fazia perguntas esquisitas. Eu tinha cogitado lhe dizer que ia me casar com um marinheiro assim que seu navio atracasse no cais da Marinha de Charlestown, e que eu só não tinha aliança de noivado porque a gente era muito pobre, mas no último segundo descartei essa história tão interessante e simplesmente respondi: "Sim".

Subi na mesa de exames, pensando "Estou subindo em busca da minha liberdade, para me ver livre do medo, livre de me casar com a pessoa errada, como o Buddy Willard, só por causa do sexo, livre das casas de aborto aonde vão todas as garotas pobres que também deviam ter usado contraceptivo, porque elas iam acabar fazendo o que fizeram de qualquer maneira…"

Quando voltei para o hospital com minha caixa embrulhada num papel pardo comum no meu colo, eu poderia muito bem ser a sra. Fulana de Tal voltando depois de um dia na cidade com um bolo da Schrafft de presente para sua tia solteira, ou um chapéu da Filene's Basement. Aos poucos a sensação de que os católicos tinham olhos de raio X foi diminuindo, e eu fiquei

234 *Sylvia Plath*

mais tranquila. Eu tinha usado bem minha autorização para ir à cidade fazer compras, pensei.

Eu era uma mulher independente.

O próximo passo seria encontrar um homem adequado.

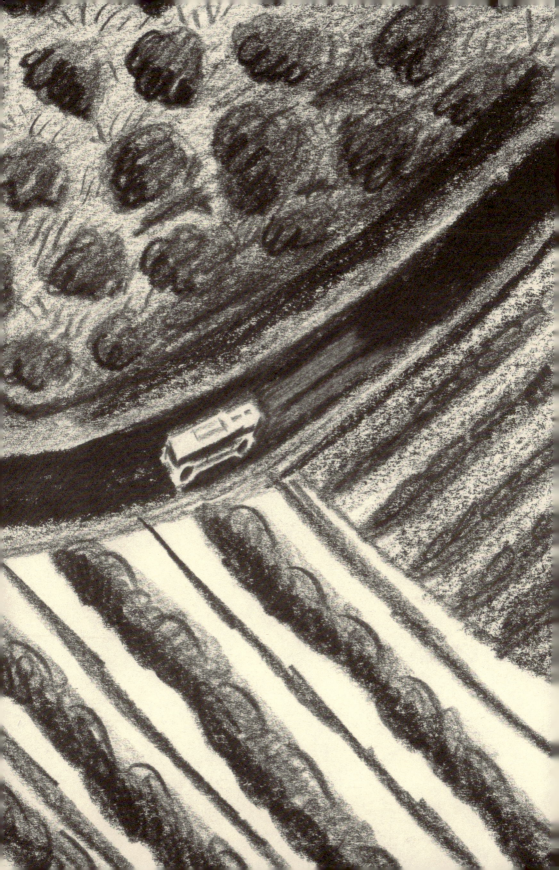

Capítulo dezenove

—**V**ou ser psiquiatra — Joan disse com seu entusiasmo ofegante de sempre. Estávamos tomando cidra na sala de estar do Belsize.

— Ah — eu disse secamente —, que bom.

— Tive uma longa conversa com a dra. Quinn e ela acha que é uma possibilidade real. — A dra. Quinn era a psiquiatra da Joan, uma mulher solteira de inteligência notável, e muitas vezes eu pensei que, se meu caso tivesse sido encaminhado para a dra. Quinn, eu ainda estaria no Caplan ou, melhor ainda, no Wymark. A dra. Quinn tinha uma certa abstração que Joan achava interessante, mas que me dava arrepios.

Joan continuou tagarelando sobre o ego e o id, e minha atenção se voltou a outra coisa, ao pacote de papel pardo, ainda fechado, que estava na última gaveta da minha escrivaninha. Eu nunca falava sobre egos e ids com a dra. Nolan. Eu nem sabia do que eu falava com ela, na verdade.

— … vão me deixar morar fora do hospital.

Voltei a prestar atenção na Joan.

— Onde? — questionei, tentando esconder a inveja.

A dra. Nolan dizia que minha universidade me aceitaria de volta para o segundo semestre, graças à recomendação dela e à bolsa de estudos de Philomena Guinea, mas como os médicos tinham me proibido de morar com minha mãe nesse meio-tempo, eu ia ficar no hospital até o próximo período começar, no inverno.

Mesmo assim, me pareceu injusto que Joan saísse antes de mim.

— Onde? — eu insisti. — Não vão deixar você morar sozinha, vão? — Só fazia uma semana que a Joan tinha voltado a ter permissão para ir à cidade.

— Não, claro que não. Vou morar em Cambridge com a enfermeira Kennedy. A colega de casa dela acabou de se casar, e ela precisa de alguém para dividir o apartamento.

— Saúde. — Ergui meu copo de cidra e fizemos um brinde. Apesar das minhas ressalvas, que não eram poucas, pensei que sempre teria carinho pela Joan. Era como se tivéssemos sido obrigadas a nos unir por uma circunstância opressiva, como uma guerra ou uma praga, e compartilhássemos um mundo que era só nosso. — Quando você vai embora?

— No primeiro dia do mês.

— Que bom.

De repente Joan pareceu melancólica.

— Você vai me visitar, não vai, Esther?

— Claro que vou.

Mas pensei: "Provavelmente não".

— Está doendo — eu disse. — É pra doer assim?

Irwin não respondeu. Depois ele disse:

— Às vezes dói.

Eu tinha conhecido o Irwin na escadaria da Biblioteca Widener. Estava parada no patamar da escada, olhando os edifícios de tijolos vermelhos que cercavam o pátio coberto de neve e me preparando para pegar o bonde para voltar ao hospital, quando um homem jovem e alto que tinha um rosto bastante feio e usava óculos, mas parecia inteligente, se aproximou de mim e perguntou:

— Que horas são, por favor?

Eu olhei meu relógio.

— Quatro e cinco.

Então o homem transferiu de um braço para o outro a pilha de livros que estava levando como se fosse uma bandeja de comida, revelando um pulso magro.

— Ué, mas você está de relógio!

Ele olhou para o relógio com uma cara arrependida. Levantou o braço e sacudiu a mão ao lado da orelha.

— Não funciona. — Ele deu um sorriso convidativo. — Aonde você está indo?

Eu quase disse "Estou voltando para o manicômio", mas o homem parecia interessante, então mudei de ideia.

— Para casa.

— Quer tomar um café antes?

Eu hesitei. Tinha que estar de volta ao hospital para o jantar e não queria me atrasar tão perto de me ver livre de uma vez por todas.

— Um café *bem pequenininho*?

Decidi testar minha nova personalidade normal com aquele homem, que, enquanto eu pensava se ia ou não, me disse que se chamava Irwin, que era professor de matemática e ganhava muito bem, então aceitei o convite e, apertando o passo para andar ao lado dele, desci depressa a escada coberta de gelo.

Foi só depois de ver o escritório do Irwin que decidi seduzi-lo.

Ele morava num apartamento escuro e confortável no subsolo de um edifício em uma das ruas malcuidadas dos arredores de Cambridge e me levou até lá de carro — para tomar uma cerveja, segundo ele — depois de três xícaras de café amargo numa cafeteria frequentada por universitários. Sentamos no escritório, em cadeiras de couro marrom estofadas, rodeados de pilhas de livros empoeirados e indecifráveis que tinham fórmulas imensas impressas com requintes artísticos, como poemas.

Enquanto eu bebia meu primeiro copo de cerveja — nunca gostei de tomar cerveja gelada em pleno inverno, mas aceitei porque queria ter algo para segurar —, a campainha tocou.

Irwin pareceu constrangido.

— Acho que pode ser uma moça.

Irwin tinha o costume estranho e bastante antiquado de chamar as mulheres de moças.

— Não tem problema — eu disse, fazendo um gesto amplo. — Pode chamar ela pra entrar.

Irwin fez que não.

— Ela ia ficar chateada se te visse.

Eu sorri, levando à boca o cilindro âmbar de cerveja gelada.

A campainha tocou de novo, dessa vez com mais urgência. Irwin suspirou e se levantou para atender a porta. No segundo em que ele se afastou, entrei correndo no banheiro e, escondida detrás da veneziana suja de cor de alumínio, vi a cara de baiacu do Irwin aparecer na fresta da porta.

Uma moça grande e peituda de traços eslavos, que estava usando um suéter grosso de lã de ovelha, calça roxa, galochas pretas de salto alto com barras de pele de cordeiro e um barrete combinando, soprava palavras inaudíveis pelo ar gélido de inverno. A voz do Irwin vazava pelo corredor frio.

— Desculpa, Olga... Estou trabalhando, Olga... Não, acho que não, Olga... — A boca vermelha da moça não parou de se mexer, e suas palavras, traduzidas em uma fumaça branca, flutuaram pelos galhos de lilases pelados que havia junto à porta. Depois, por fim: — Pode ser, Olga... Tchau, Olga.

Com uma espécie de amargura siberiana nos lábios pintados, a mulher foi descendo a escada de madeira que rangia a poucos centímetros dos meus olhos, e fiquei impressionada com a imensidão de seu busto, que sob o suéter de lã parecia uma estepe.

— Imagino que você deve ter várias namoradas em Cambridge — eu disse ao Irwin em tom descontraído, ao mesmo tempo em que cravava um espeto num escargot em um dos poucos autênticos restaurantes franceses da cidade.

— É, parece — Irwin confessou com um sorrisinho modesto — que eu me dou bem com as moças.

Peguei a concha vazia do meu caracol e bebi o caldo verde de ervas. Eu não sabia se isso era o certo, mas, depois de meses da dieta saudável e sem graça do hospital, estava morrendo de vontade de comer manteiga.

Eu tinha ligado para a dra. Nolan de um telefone público que havia no restaurante e pedido permissão para passar a noite em Cambridge com a Joan. Eu sequer sabia se o Irwin iria me convidar para voltar para seu apartamento depois do jantar, é claro, mas me pareceu promissor que ele tivesse mandado a moça eslava — que era esposa de outro professor — embora.

Eu inclinei a cabeça para trás e me servi de uma taça de Nuits St Georges.

— Você gosta mesmo de vinho.

— Só de Nuits St Georges. Eu imagino São Jorge… com o dragão…

Irwin esticou o braço, buscando a minha mão.

Eu achava que o primeiro homem com quem eu dormisse tinha que ser inteligente, porque assim eu o respeitaria. Irwin já era professor aos vinte e seis anos e tinha aquele tipo de pele muito branca e sem pelos de um geniozinho. Eu também precisava de um homem bastante experiente, para compensar a minha falta de repertório, e as muitas namoradas do Irwin me deixaram tranquila quanto a isso. Por último, só por desencargo, eu queria alguém que eu não conhecesse e que não veria depois — uma espécie de sacerdote desconhecido, como nas histórias sobre ritos tribais.

Quando chegou o fim da noite, eu já não tinha nenhuma dúvida de que o Irwin era a pessoa certa.

Desde que eu descobrira a falsidade do Buddy Willard, a virgindade era um fardo do qual eu queria me livrar. Eu tinha passado tanto tempo valorizando a virgindade que defendê-la a qualquer custo já era um hábito. Fazia cinco anos que eu a defendia, e não aguentava mais.

Foi só quando Irwin me pegou nos braços, já no apartamento, e me levou, meio zonza e molinha por causa do vinho, para o quarto, que estava um breu, que eu sussurrei:

— Sabe, Irwin, acho que eu tenho que te dizer que eu sou virgem.

Irwin deu risada e me jogou na cama.

Alguns minutos depois, uma exclamação de surpresa revelou que o Irwin não tinha acreditado em mim. Pensei que tinha sido uma boa decisão começar a usar um método contraceptivo durante o dia, porque, no meu estado de embriaguez daquela noite, eu nunca teria conseguido concluir aquela operação tão delicada e necessária. Eu me deitei, arrebatada e nua, no cobertor grosso do Irwin, esperando que a mudança milagrosa se manifestasse.

Mas só senti uma dor repentina e muito forte.

— Está doendo — eu disse. — É pra doer assim?

Irwin não respondeu. Depois ele disse:

— Às vezes dói.

Depois de um tempo Irwin se levantou e foi ao banheiro, e eu ouvi a água do chuveiro caindo. Eu não sabia ao certo se Irwin tinha feito o que pretendia fazer, ou se minha virgindade o impedira de alguma maneira. Tive vontade de perguntar a ele se eu ainda era virgem, mas estava muito abalada. Um líquido morno escorria pela minha virilha. Com receio, estiquei o braço e pus a mão ali.

Quando voltei a levantar a mão, colocando-a na frente da luz que vazava do banheiro, meus dedos estavam pretos.

— Irwin — eu disse, nervosa —, me traz uma toalha.

Irwin voltou calmamente para o quarto, com uma toalha de banho amarrada na cintura, e me jogou uma toalha menor. Coloquei a toalha entre as pernas e a tirei quase de imediato. Estava quase toda encharcada de sangue.

— Eu estou sangrando! — eu comuniquei, me sentando rapidamente.

— Ah, muitas vezes isso acontece — Irwin me garantiu. — Você vai ficar bem.

Nesse momento as histórias dos lençóis manchados de sangue na noite de núpcias e das cápsulas de tinta vermelha concedidas às noivas já defloradas me vieram à mente. Eu me perguntei quanto mais sangraria, e fiquei deitada, abraçada na toalha. Então me ocorreu que o sangue era a resposta que eu queria. Era impossível que eu continuasse sendo virgem. Sorri no escuro, me sentindo parte de uma grande tradição.

Discretamente, coloquei uma parte limpa da toalha branca sobre a minha ferida, pensando que assim que o sangramento parasse eu ia pegar o último bonde e voltar para o hospital. Eu queria paz total para pensar sobre a minha nova condição. Mas a toalha voltou preta, pingando.

— Eu... acho que é melhor eu ir embora — eu disse em voz baixa.

— Ainda não...

— Não, acho que é melhor eu ir.

Pedi a toalha emprestada para o Irwin e a enfiei entre as coxas como um curativo. Depois coloquei minhas roupas cheias de suor. Irwin se ofereceu para me levar de carro, mas eu não sabia como ele poderia me levar até o hospital, então procurei o endereço da Joan na minha carteira. Irwin conhecia a rua e foi dar partida no carro. Eu estava tão preocupada que não disse a ele que o sangramento não tinha parado. Estava torcendo para que parasse.

Mas, enquanto Irwin dirigia pelas ruas desertas e cheias de neve, senti o líquido morno atravessar a represa da toalha e da minha saia e chegar ao banco do carro.

Quando ele começou a diminuir a velocidade, passando por casas e mais casas iluminadas, pensei que havia tido sorte de não perder a virgindade enquanto morava na universidade ou na minha casa, porque nesses lugares teria sido impossível esconder o que aconteceu.

Joan abriu a porta com uma expressão surpresa e alegre. Irwin beijou minha mão e disse para a Joan cuidar bem de mim.

Fechei a porta e me apoiei nela, sentindo o sangue sumir do meu rosto numa torrente monumental.

— Nossa, Esther, o que foi que aconteceu? — Joan perguntou.

Eu me perguntei quando a Joan ia ver o sangue escorrendo pelas minhas pernas e grudando em um dos meus sapatos pretos de verniz, depois no outro. Pensei que eu poderia até ter levado um tiro, que a Joan mesmo assim ia me encarar com seus olhos pretos, esperando que eu pedisse um café e um sanduíche.

— Aquela enfermeira está aqui?

— Não, ela está trabalhando no turno da noite, no Caplan…

— Que bom. — Eu dei um sorrisinho amargo, sentindo mais uma golfada de sangue passar pela toalha encharcada e começar a tediosa jornada até meus sapatos. — Quer dizer… que ruim.

— Você está com uma cara estranha — Joan disse.

— É melhor você chamar um médico.

— Por quê?

— Rápido.

— Mas…

Ela ainda não tinha visto nada.

Eu me agachei, com um breve gemido, e tirei um dos meus sapatos pretos da Bloomingdale's, já surrado pelo inverno. Levantei o sapato diante dos olhos arregalados da Joan, que pareciam duas pedrinhas, e o virei, enquanto ela contemplava a cascata de sangue que caiu na direção do tapete bege.

— Meu Deus! O que é isso?

— Eu estou tendo uma hemorragia.

A Joan meio que me levou, meio que me arrastou até o sofá e me fez ficar deitada. Depois ela apoiou meus pés ensanguentados nas almofadas. Depois ela deu um passo para trás e perguntou:

— Quem era aquele homem?

Por um instante, cheguei a pensar que a Joan se recusaria a chamar um médico até que eu contasse toda a história da minha noite com o Irwin, e que mesmo depois da minha confissão ela não o faria, como uma espécie de castigo. Mas então percebi que ela acreditou em cada palavra da minha explicação, que ela não entendia de jeito nenhum minha decisão de ir para a cama com o Irwin e que a presença dele não tinha abalado em nada sua alegria em me reencontrar.

— Ah, um cara qualquer — eu respondi, com um gesto frouxo de desprezo. Outra golfada de sangue veio vindo e contraí os músculos da barriga, assustada. — Pega uma toalha.

Joan foi e voltou quase imediatamente, trazendo toalhas e lençóis. Como uma enfermeira treinada, ela tirou minhas roupas empapadas de sangue, respirou fundo quando chegou àquela primeira toalha vermelho-escarlate e fez um novo curativo. Eu fiquei deitada, tentando fazer meu coração bater mais devagar, já que cada batida soltava mais um jato de sangue.

Eu me lembrei com preocupação de um curso que fizera sobre o romance vitoriano, nos quais um sem-número de mulheres morriam, pálidas e nobres, se esvaindo em sangue depois de um parto difícil. Talvez Irwin tivesse me machucado de um jeito misterioso e terrível, e na verdade eu estivesse morrendo deitada no sofá da Joan.

Joan puxou um pufe e começou a telefonar para cada um dos médicos de Cambridge que havia em uma longa lista. O primeiro número não atendeu. Joan começou a explicar minha situação para o segundo número, que atendeu a ligação, mas depois disse "Entendi" e desligou.

— O que foi?

— Ele só vem se for um paciente que ele já conhece ou uma emergência. É domingo.

Tentei levantar o braço e olhar o relógio, mas minha mão era uma pedra ao lado do meu corpo e não se mexeu. Domingo, o paraíso dos médicos! Médicos nos clubes, médicos na beira do mar, médicos com amantes, médicos com esposas, médicos na igreja, médicos em iates, médicos em todo lugar fazendo questão de ser pessoas, e não médicos.

— Pelo amor de Deus — eu disse —, fala que é emergência.

O terceiro número não atendeu, e o quarto desligou no instante em que a Joan disse que tinha a ver com menstruação. Joan começou a chorar.

— Escuta, Joan — eu disse, pronunciando cada palavra —, telefona para o hospital municipal. Fala que é uma emergência. Eles vão ter que me atender.

Joan recobrou o ânimo e discou o quinto número. O pronto-socorro prometeu que um médico da equipe poderia me atender se eu fosse até lá. Então Joan chamou um táxi.

Ela insistiu em me acompanhar. Agarrei minha nova camada de toalha com certo desespero quando o taxista, impressionado com o endereço que a Joan lhe deu, saiu costurando o tráfego pelas ruas quase brancas de alvorada e parou cantando pneu diante da entrada do pronto-socorro.

Deixei a Joan pagar o táxi e entrei correndo na sala vazia e muito iluminada. Uma enfermeira saiu de trás de uma cortina branca. Com poucas breves frases, consegui contar a verdade sobre meu estado antes que a Joan chegasse, piscando aqueles olhos arregalados como uma coruja míope.

O médico do pronto-socorro chegou nesse momento, e eu subi, com a ajuda da enfermeira, na mesa de exames. A enfermeira falou algo no ouvido do médico, e ele assentiu e começou a remover as toalhas ensanguentadas. Senti os dedos dele começando a se mexer, e a Joan ficou, dura como um soldado, ao meu lado, segurando a minha mão — se era por ela ou por mim, eu não sabia.

— Ai! — gemi, depois de sentir uma dor mais forte.

O médico assobiou.

— Você foi sorteada.

— Por quê?

— Isso só acontece em uma a cada um milhão de mulheres.

O médico falou com a enfermeira em voz baixa e firme, e ela andou depressa até uma mesa que ficava ao lado e trouxe alguns rolos de gaze e instrumentos de metal.

— Eu estou vendo exatamente onde está a fonte do problema — o médico disse, se debruçando.

— Mas o doutor consegue resolver?

O médico riu.

— Consigo resolver, sim.

Uma batida na porta me despertou de repente. Já havia passado da meia-noite, e um silêncio mortal tomava conta do hospital psiquiátrico. Eu não imaginava quem ainda poderia estar acordada.

— Pode entrar! — eu disse, ligando a o abajur que ficava ao lado da cama.

A porta se abriu com um clique, e a cabeça escura e ágil da dra. Quinn apareceu na fresta. Olhei para ela com ar de surpresa, porque, embora soubesse quem ela era, e muitas vezes passasse por ela, com um breve aceno, no corredor do hospital, eu nunca falava com ela.

Nesse momento ela disse:

— Srta. Greenwood, posso entrar um minuto?

Fiz que sim.

A dra. Quinn entrou no quarto, fechando a porta sem fazer barulho. Ela estava usando um de seus ternos azul-marinho impecáveis com uma blusa branca feito neve com decote em V por baixo.

— Desculpe te incomodar, srta. Greenwood, ainda mais a essa hora da noite, mas pensei que você poderia nos ajudar com a Joan.

Por um instante, pensei que a dra. Quinn fosse me culpar pelo fato de a Joan ter voltado para o hospital. Eu ainda não sabia até que ponto a Joan tinha entendido o que aconteceu, depois da nossa passagem pelo pronto-socorro, mas alguns dias depois ela tinha voltado a morar no Belsize, mantendo, porém, todos os privilégios de idas até a cidade.

— Vou fazer o possível — eu disse à dra. Quinn.

Ela se sentou na beira da minha cama com uma expressão muito séria.

— Precisamos descobrir onde a Joan está. Pensamos que você pudesse ter alguma ideia.

Tive uma vontade súbita de me dissociar completamente da Joan.

— Não sei — eu disse, fria. — Ela não está do quarto dela?

O toque de recolher do Belsize já tinha passado havia algumas horas.

— Não. Ela tinha permissão para ir até a cidade e ao cinema hoje à noite, mas ainda não voltou.

— Com quem ela foi?

— Ela foi sozinha. — A dra. Quinn fez uma pausa. — Você sabe com quem ela poderia querer passar a noite, por acaso?

— Com certeza ela vai voltar. Ela deve ter se atrasado. — Mas eu não imaginava o que poderia ter feito a Joan se atrasar na noite tranquila de Boston.

A dra. Quinn balançou a cabeça.

— Faz uma hora que o último bonde passou.

— Talvez ela volte de táxi.

A dra. Quinn suspirou.

— Já tentaram falar com a tal da Kennedy? — eu prossegui. — Onde a Joan morava antes?

A dra. Quinn fez que sim.

— E com a família dela?

—Ah, ela nunca iria lá… mas também tentamos. —A dra. Quinn passou mais alguns minutos ali, como se estivesse sentindo o cheiro de alguma pista naquele ambiente imóvel. Então ela disse: — Bom, vamos fazer o possível.

E saiu.

Apaguei a luz e tentei voltar a dormir, mas o rosto da Joan flutuava diante de mim, desprovido de corpo e sorrindo, como o rosto do gato da Alice. Pensei até ter ouvido sua voz, farfalhando e sibilando no escuro, mas depois percebi que era só o vento noturno por entre as árvores do hospital…

Outra batida me acordou na alvorada fria e cinza.

Dessa vez eu mesma abri a porta.

Diante de mim estava a dra. Quinn. Ela estava em posição de sentido, como um sargento frágil, mas seus contornos pareciam estranhamente embaçados.

— Achei que você devia saber — a dra. Quinn disse. — A Joan foi encontrada.

A voz passiva que a dra. Quinn usou me gelou o sangue.

— Onde?

— No bosque, perto das lagoas congeladas...

Eu abri a boca, mas palavra nenhuma saiu.

— Um auxiliar de enfermagem a encontrou — a dra. Quinn prosseguiu —, agora, quando estava vindo trabalhar...

— Ela não...

— Ela morreu — disse a dra. Quinn. — Ela se enforcou, infelizmente.

Capítulo vinte

Uma nova camada de neve cobriu o hospital inteiro — não uma neve suave de Natal, mas uma avalanche de janeiro, daquelas que alcançam a altura da cabeça de um homem e escondem escolas, empresas e igrejas, deixando, por um dia ou mais, uma folha vazia e intocada em blocos de notas, agendas e calendários.

Em uma semana, se eu fosse aprovada na entrevista com o conselho médico, o carro preto de Philomena Guinea iria me levar para o oeste e me deixar diante dos portões de ferro forjado da minha universidade.

O coração do inverno!

Massachusetts ficaria submersa numa calma marmórea. Imaginei os vilarejos estilo Grandma Moses, cheios de flocos de neve, as plantas aquáticas secas estalando na imensidão dos pântanos, as lagoas onde sapos e peixes--gato sonhavam sob uma película de gelo e os bosques trêmulos.

Mas, sob a superfície falsamente limpa e plana, a topografia era a mesma, e, em vez de San Francisco, Europa ou Marte, eu estaria descobrindo a velha paisagem, riachos, montanhas e árvores. De certa forma parecia algo tão trivial, recomeçar, depois de uma pausa de seis meses, de onde eu tinha feito tanta questão de parar.

Todo mundo conheceria minha história, é claro.

A dra. Nolan, muito direta, tinha dito que muita gente ia ficar cheia de dedos comigo, ou até se afastar, como se eu fosse uma leprosa. O rosto da minha mãe me veio à mente, flutuando, uma lua branca com olhar de reprovação, em sua primeira e última visita ao hospital desde meu aniversário de vinte anos. Uma filha no manicômio! Era isso que eu tinha feito com ela. Ainda assim, era óbvio que ela havia decidido me perdoar.

— A gente vai continuar de onde a gente parou, Esther — ela dissera, com seu sorriso doce de mártir. — Vamos agir como se tudo isso tivesse sido um sonho ruim.

Um sonho ruim.

Para a pessoa que vive dentro da redoma de vidro, vazia e inerte como um bebê morto, o próprio mundo é o sonho ruim.

Um sonho ruim.

Eu me lembrava de tudo, sim.

Eu me lembrava dos cadáveres, da Doreen, do conto da figueira, do diamante do Marco, do marinheiro no parque, da enfermeira vesga do dr. Gordon, dos termômetros quebrados, do negro servindo vagem com feijão, dos quase dez quilos que eu tinha engordado por causa da insulina e da pedra que se projetava entre céu e mar como um crânio cinza.

Talvez o esquecimento, como uma neve generosa, fosse cobrir tudo e tirar o peso dessas coisas.

Mas elas faziam parte de mim. Elas eram a minha paisagem.

— Um homem veio te visitar!

A enfermeira sorridente e coberta de neve colocou a cabeça pela fresta da porta, e por um segundo de confusão pensei que eu de fato tinha voltado para a faculdade, e que aquela mobília branca elegante e aquela vista branca das árvores e montanhas eram uma versão melhorada das cadeiras e mesas riscadas e da vista do pátio vazio do meu antigo quarto. "Um homem veio te visitar!", a garota da recepção tinha dito no telefone do dormitório.

Qual era, afinal, a diferença entre nós, as garotas do Belsize, e as que jogavam bridge, contavam fofoca e estudavam na universidade para a qual eu voltaria? Aquelas garotas também viviam dentro de uma espécie de redoma de vidro.

— Pode entrar! — eu respondi, e Buddy Willard, com um boné cáqui nas mãos, entrou no quarto.

— Oi, Buddy — eu disse.

— Oi, Esther.

Ficamos ali, olhando um para o outro. Esperei um toque de emoção, um brilho mínimo. Nada. Nada além de um tédio imenso e amistoso. A figura do Buddy, coberta pelo casaco cáqui, me pareceu tão pequena e tão desconectada de mim quanto as ripas marrons nas quais ele tinha se apoiado naquele dia, um ano antes, no sopé da pista de esqui.

— Como você chegou aqui? — perguntei, por fim.

— Carro da minha mãe.

— Com essa neve toda?

— Bem... — Buddy deu um sorrisinho. — Meu carro atolou e eu não aguentei a subida. Será que eu posso pegar emprestado uma pá em algum lugar?

— A gente pode pedir uma pá para um dos zeladores.

— Ótimo. — Buddy se virou para sair.

— Espera, eu vou e te ajudo.

Nesse momento o Buddy olhou para mim e em seus olhos vi um lampejo de estranhamento — a mesma mistura de curiosidade e desconfiança que eu tinha visto nos olhos da mulher da Ciência Cristã, do meu antigo professor de inglês e do pastor unitarista que costumavam me visitar.

— Ah, Buddy... — Eu dei risada. — Eu estou bem.

— Ah, eu sei, eu sei, Esther — Buddy foi logo dizendo.

— É você que está proibido de empurrar um carro, Buddy. Não eu.

E de fato Buddy me deixou fazer tudo praticamente sozinha.

O carro tinha escorregado na subida para o hospital, que estava coberta de gelo, e deslizado para trás, ficando com uma roda para fora da pista, sobre um monte íngreme de neve.

O sol, saído de suas mortalhas cinzentas de nuvem, projetava um brilho veranil nas encostas intocadas. Fazendo uma pausa para olhar aquela imensidão imaculada, senti a mesma emoção intensa que sinto quando vejo árvores e vegetação quase completamente submersas por uma enchente — como se a ordem habitual do mundo tivesse mudado só um pouco e entrado numa nova fase.

O carro e a nevasca me pareceram bem-vindos. Por causa deles o Buddy demorou para perguntar o que eu sabia que ele ia perguntar, e que depois de fato perguntou, com uma voz baixa e nervosa, durante o chá da tarde do Belsize. DeeDee ficou nos espiando por detrás de sua xícara como uma gata invejosa. Depois da morte de Joan, tinham transferido a DeeDee para o Wymark por um tempo, mas a essa altura ela já tinha voltado a morar com a gente.

— Eu andei pensando… — Buddy pousou sua xícara no pires com um gesto desengonçado.

— Em que você andou pensando?

— Eu andei pensando… Quer dizer, eu achei que talvez você pudesse me explicar uma coisa.

Os olhos do Buddy encontraram os meus e, pela primeira vez, vi como ele tinha mudado. Em vez do velho sorriso confiante que surgia com a facilidade e a frequência de um flash de fotógrafo, sua expressão estava séria e até insegura — a expressão de um homem que nem sempre consegue aquilo que quer.

— Eu te explico se eu puder, Buddy.

— Você acha que tem alguma coisa em mim que deixa as mulheres loucas?

Eu não consegui me segurar e comecei a rir — talvez por causa da seriedade da expressão do Buddy e do sentido que a palavra "louca" costumava ter naquela frase.

— Quer dizer — Buddy insistiu —, eu namorei a Joan, e depois você, e primeiro você… ficou… e depois a Joan…

Com um dedo empurrei uma migalha de bolo na direção de uma gota de chá preto.

"Claro que não foi você!", escutei a dra. Nolan dizer. Eu a havia procurado para falar da Joan, e essa tinha sido a única vez que me lembro de vê-la brava. "Ninguém fez nada! Foi *ela* quem fez!" E depois a dra. Nolan tinha me contado que até os melhores psiquiatras tinham pacientes que cometiam suicídio, e que as únicas pessoas que teriam alguma responsabilidade sobre esses pacientes seriam eles mesmos, mas que nem eles se consideravam culpados por nada…

— Você não teve nada a ver com o que aconteceu com a gente, Buddy.

— Tem certeza?

— Absoluta.

— Que bom saber disso — Buddy disse, com um suspiro de alívio.

E tomou seu chá de uma vez, como se fosse um remédio.

— FIQUEI SABENDO QUE VOCÊ VAI abandonar a gente.

De repente me vi caminhando ao lado da Valerie no pequeno grupo supervisionado por uma enfermeira.

— Só se os médicos deixarem. Minha entrevista é amanhã.

A cada passo que dávamos a neve compactada estalava, e em todos os lados eu ouvia os pingos de alguma coisa fazendo música, à medida que o sol descongelava os cristais de gelo que antes do anoitecer já teriam se formado de novo.

As sombras dos pinheiros negros ganhavam um tom de lavanda naquela luz forte, e passei um tempo andando com a Valerie pelo labirinto tão conhecido dos caminhos do hospital, que agora se abriam pela neve. Os médicos, as enfermeiras e os pacientes que passavam pelos caminhos paralelos pareciam ter rodinhas nos pés, porque a neve tapava suas pernas.

— Essas entrevistas não servem pra nada! — Valerie disse, bufando. — Se eles querem te soltar, eles te soltam.

— Espero que sim.

Na frente do Caplan eu me despedi do rosto da Valerie, com seu semblante calmo de donzela da neve, detrás do qual tão pouco, fosse bom ou ruim, podia acontecer, e segui andando sozinha. Mesmo com tanto sol, minha respiração soltava uma fumaça branca. A última fala da Valerie tinha sido um "Até mais! A gente se vê" bastante alegre.

"Não se eu puder evitar", eu pensei.

Mas eu não tinha certeza. Eu não tinha certeza nenhuma. Como eu poderia saber que um dia — na faculdade, na Europa, em algum lugar, em qualquer lugar — a redoma de vidro, com suas distorções sufocantes, não iria descer de novo?

E o Buddy não tinha dito, como se quisesse se vingar porque eu tinha desatolado o carro e ele tinha ficado sem fazer nada: "Quero ver quem vai querer casar com você agora, Esther"?

"O quê?", eu tinha perguntado, jogando pás e mais pás de neve num monte, quase sem conseguir abrir os olhos por causa dos flocos que se soltavam.

"Quero ver quem vai querer casar com você agora, Esther. Agora que você passou", e o gesto do Buddy tinha incluído a montanha, os pinheiros e os edifícios austeros e cobertos de neve que fragmentavam a paisagem, "por aqui".

E é claro que eu não sabia quem ia querer casar comigo agora que eu tinha passado por onde eu tinha passado. Eu não fazia a mínima ideia.

— Tenho uma cobrança pra te mandar, Irwin.

Eu falava baixo no bocal do telefone público do hospital, que ficava no salão principal do edifício administrativo. De início desconfiei que a telefonista, sentada diante do painel de controle, estivesse escutando tudo, mas ela só continuou conectando e desconectando seus pequenos cabos sem nem piscar os olhos.

— Sim — Irwin disse.

— É uma conta de vinte dólares pelo atendimento de emergência num certo dia de dezembro e alguns exames uma semana depois.

— Sim — Irwin disse.

— O hospital disse que me mandaram a cobrança porque não houve resposta quando mandaram pra você.

— Tudo bem, tudo bem, vou fazer um cheque agora. Vou fazer um cheque em branco pra eles. — A voz do Irwin mudou de leve. — Quando te vejo?

— Você quer saber mesmo?

— Muito.

— Nunca — eu disse, e desliguei com um clique decidido.

Eu me perguntei, por um segundo, se Irwin ia mesmo mandar o cheque para o hospital, e depois pensei: "Claro que vai, ele é professor de matemática... Ele não vai querer deixar nenhuma ponta solta".

Senti uma tontura e um alívio inexplicáveis.

Eu não tinha sentido nada ao ouvir a voz do Irwin.

Essa havia sido a primeira vez, depois do nosso primeiro e último encontro, que eu tinha falado com ele, e eu tinha alguma certeza de que seria a última. Irwin não tinha nenhuma maneira de entrar em contato comigo, a não ser indo até o apartamento da enfermeira Kennedy, e depois da morte da Joan ela tinha se mudado para outro lugar sem deixar rastros.

Eu estava livre de verdade.

Os pais da Joan me convidaram para o funeral.

De acordo com a sra. Gilling, eu tinha sido uma das melhores amigas da Joan.

— Você não precisa ir, viu? — a dra. Nolan me disse. — Você pode muito bem escrever para eles e dizer que eu não te deixei ir.

— Eu vou — eu disse, e fui mesmo, e passei a cerimônia toda me perguntando o que eu pensava estar enterrando naquele dia.

O caixão avultava no altar, rodeado de flores que pareciam neve — a sombra negra de algo que não estava ali. Os rostos nos bancos ao meu redor pareciam de cera sob a luz das velas, e os galhos de pinheiro, deixados ali desde o Natal, espalhavam um perfume sepulcral pelo ar frio.

Ao meu lado, as bochechas da Jody vicejavam como maçãs vermelhas, e aqui e ali fui reconhecendo, em meio à pequena congregação, outros rostos de outras garotas da faculdade e da minha cidade natal que tinham conhecido a Joan. A DeeDee e a enfermeira Kennedy, ambas de lenço na cabeça, estavam num dos bancos da frente.

Então, atrás do caixão, das flores, do rosto do pastor e de todos que estavam ali, eu vi o gramado imenso do cemitério da nossa cidade, a essa altura coberto de neve, com os túmulos se projetando como chaminés sem fumaça.

Iam cavar um buraco escuro de quase dois metros no solo duro. Uma sombra se casaria com a outra, e a terra estranha, amarelada, da nossa região ia fechar aquela ferida em meio à brancura, e a próxima nevasca ia apagar tudo que havia de novo no túmulo da Joan.

Respirei fundo e ouvi meu coração, que insistia em bater.

Eu sou, eu sou, eu sou.

Os médicos estavam fazendo a reunião semanal do conselho — questões antigas, questões novas, pacientes que chegavam, pacientes que partiam,

entrevistas. Fingindo que lia uma *National Geographic* caindo aos pedaços, esperei minha vez na biblioteca do hospital.

Pacientes, ao lado das enfermeiras que as acompanhavam, andavam pelas estantes cheias de livros, conversando, em voz baixa, com a bibliotecária do hospital, que um dia também havia sido aluna da instituição. Parando para observá-la — míope, desinteressante, com cara de solteirona —, eu me perguntei como ela sabia se tinha mesmo se formado, e, ao contrário de seus clientes, estava bem.

— Não fica com medo — a dra. Nolan tinha dito. — Eu vou estar lá, com todos os outros médicos que você conhece e alguns visitantes, e o dr. Vining, o diretor do hospital, vai te fazer algumas perguntas, e depois você vai poder ir embora.

Mas, apesar do apoio da dra. Nolan, eu estava morrendo de medo.

Eu sempre havia imaginado que, na hora de ir embora, eu fosse me sentir confiante e consciente de tudo que estava por vir — afinal de contas, tinham me "analisado". Mas, não. Na verdade, eu só via interrogações.

Fiquei lançando olhares impacientes na direção da porta fechada da sala de reuniões. Minhas meias estavam alinhadas, meus sapatos pretos eram velhos, mas brilhavam, e meu conjunto de lã vermelha era tão espalhafatoso quanto meus planos. Eu já tinha quase tudo, como uma noiva preparando o enxoval.

Mas eu não ia me casar. Pensei que devia existir um ritual para nascer pela segunda vez — remendada, recauchutada e pronta para voltar a rodar. Eu estava tentando pensar numa ideia quando a dra. Nolan surgiu de repente e colocou a mão no meu ombro.

— Pode vir, Esther.

Eu me levantei e a segui até a porta aberta.

Parando para respirar fundo junto à porta, vi o médico grisalho que havia me falado sobre os rios e os peregrinos no meu primeiro dia, e o rosto cadavérico e cheio de cicatrizes da srta. Huey, e alguns olhos que pensei reconhecer de trás de máscaras brancas.

Todos os olhos e rostos se viraram na minha direção, e, me guiando por eles como se fossem um fio mágico, eu entrei na sala.

Sylvia Plath (1932-1963) foi uma das poetas mais aclamadas do século xx. Sua obra, composta por poemas, contos, crônicas, correspondência e um vasto diário, chamou a atenção de um grande número de leitores pelo mundo, que veem em seu verso singular a sublime expressão do desespero, da emoção violenta e da obsessão com a morte, despida de um verniz lírico, porque imerso na crueza dos sentimentos mais profundos. Foi casada com o também poeta Ted Hughes, com quem teve dois filhos. Depois de diversas tentativas ao longo da vida, Sylvia Plath se matou aos trinta anos, em Londres. Dela, a Biblioteca Azul publica ainda *Mary Ventura e o Nono Reino*, *Johnny Panic e a Bíblia de Sonhos* e *Os diáriòs de Sylvia Plath (1950-1962)*.